CRÓNICAS DE HIRAIA

ALBA ZAMORA

CRÓNICAS DE HIRAIA

DESTINO PROHIBIDO

MOLINO

Penguin
Random House
Grupo Editorial

Primera edición: octubre de 2023
Primera reimpresión: octubre de 2023

© 2023, Alba Zamora
© 2023, Penguin Random House Grupo Editorial, S. A. U.
Travessera de Gràcia, 47-49. 08021 Barcelona
© 2023, Giulia Calligola/Lunar Morrigan Arts, por el mapa

Los fragmentos de *Orgullo y prejuicio*, de Jane Austen,
que se citan en esta obra han sido extraídos de las traducciones de Ana M. Rodríguez,
publicadas por Alfaguara y Molino, en 2017 y 2023, respectivamente.

Printed in Spain — Impreso en España

ISBN: 978-84-272-3847-3
Depósito legal: B-13.797-2023

Compuesto en Grafime Digital, S. L.
Impreso en Rodesa
Villatuerta (Navarra)

MO 38473

A todos los lectores
que esperáis formar parte
de vuestra propia historia de fantasía.

Tal vez este sea el momento.

DYBRIA

TREFHARD

GRYMDAER

ETERNIS

BOSQUE MÁGICO
DE FFABLYN

FFABLYN

1

10 de octubre de 2021

—¡ALESSA LENNOX!

«Mierda».

—¡Alessa! ¡Por Dios!

Me quedé unos segundos parada, sin volverme. Como si eso fuera a hacer que mi cuerpo desapareciera mágicamente del pasillo de la universidad.

—Te veo luego, Cami —murmuré—. Huye tú que puedes.

Observé cómo mi amiga se escabullía entre la multitud de personas que, cómo no, habían decidido que mirarnos al profesor que gritaba mi nombre por el pasillo y a mí era mejor que continuar caminando hacia sus respectivas clases.

—¿Ustedes qué miran? ¡A clase!

Por una parte, me sentí aliviada por poder hablar con el profesor alejada del juicio de esas miradas. Pero, por otra, sabía que, si quería estar a solas conmigo, no era por nada bueno.

—¿Qué quiere? —me atreví a preguntar con la voz más dulce que fui capaz de entonar.

El doctor Salazar me observó con detenimiento, como si le sorprendiera que no supiera el motivo de sus gritos. Evidentemente, estaba al tanto del porqué de este espectáculo, pero no iba a reconocerlo fácilmente, no sin antes recitar un par de frases inocentes. Mi especialidad.

—¿Está usted de broma? ¿Cree que no sé lo que pretende? —insistió enarcando una ceja.

«Mierda».

—No… ¿Qué ocurre? —mantuve el tono, aunque esta vez no pude disimular el temblor en la voz. Fallé en mi cometido de derrochar tranquilidad, dulzura e inocencia.

—Se ha ausentado de diez seminarios. No, ¡de doce! —exclamó mientras se frotaba la frente con nerviosismo—. Sabe perfectamente que para superar el cuatrimestre hay que asistir al menos al ochenta por ciento de los seminarios, ¿cierto?

—Estoy al tanto, sí —tragué saliva.

—¿Entonces…?

El doctor Salazar hizo una pequeña pausa, parecía que intentaba deducir por qué había sido tan estúpida como para faltar a los seminarios cuando me jugaba la mitad del cuatrimestre.

Había un motivo detrás, claro que lo había. Sus clases me parecían tan inútiles, que perder el tiempo allí resultaba insultante, pero, claro, decírselo haría que me expulsaran al instante.

Me costó morderme la lengua, pero tenía que hacerlo.

—No he podido ir, lo siento.

—¿Lo siente? Claro que lo siente. —El profesor resopló indignado y a mí aquello me enfadó considerablemente.

¿Por qué fingía que le importaban sus alumnos? Sus clases consistían en leer el mismo documento una y otra vez. No se esforzaba por nosotros, ¿por qué me iba a esforzar por él?

—El año pasado hizo lo mismo. Apenas se interesó por las clases, pero luego en el examen final sacó casi un diez de diez, ¿cómo lo hace?

«Estudiando y aprendiendo sin ir a sus clases de mierda, señor. Porque invierto mi tiempo en cosas que de verdad me hacen comprender la medicina y el cuerpo humano».

—Porque me apasiona la medicina —resumí, tampoco era cuestión de humillarlo—. No volverá a ocurrir.

—Por supuesto que no volverá a ocurrir, señorita Lennox —carraspeó—. Tiene que asistir a todos los seminarios que quedan hasta el final del cuatrimestre, de lo contrario, no podrá aprobar la asignatura.

—¿En serio? —escupí, y al segundo me lamenté de no haber sido capaz de mantener un tono de voz mesurado.

—En serio.

Miré al profesor unos instantes esperando que dijera que era broma y que en realidad no era tan grave el haberme ausentado de las clases. Claro que lo era y yo estaba al tanto, pero preferí ignorar la realidad.

—Saco muy buenas notas —murmuré—. Tengo prácticamente la mejor media de la clase. No es justo.

—Al contrario, lo que no es justo es que usted crea que ausentándose de clase y sacando buenas notas en los exámenes tiene derecho al mismo título que los demás alumnos.

El enfado del profesor iba en aumento, notaba cómo le temblaban algunas vocales en cada frase que escupía. Pero yo también me estaba enfadando.

—Entonces ¿por qué no se plantea cómo me las arreglo para sacar buenas notas sin acudir a sus clases? No soy Marie Curie ni soy ninguna superdotada.

«Alessa, por favor, mantén la boca cerrada», pensé mientras me mordía el labio inferior con notable nerviosismo.

El profesor frunció el ceño, en parte, porque sabía que tenía razón. Y eso le molestó. Normal.

—Retírese antes de que le suspenda la asignatura directamente.

—Buenos días —murmuré antes de salir disparada por el pasillo en dirección a la cafetería.

Anduve durante un par de minutos por los largos pasillos de la facultad, hasta que, por fin, vi la larga melena rubia de Camila a través de la cristalera que separaba los jardines de la cafetería.

—Tía, ¿otra vez?

—¿Me has pedido un café? —pregunté ignorando su evidente intención de regañarme—. ¿No? No pasa nada. Ahora me pido uno yo.

Cami puso los ojos en blanco y volvió a la mesa donde estaban nuestras amigas. Todas reían animadamente y comentaban que Nadia había empezado a salir con un chico que nos encantaba a todas. Escuché sus grititos desde la barra.

—Un café con leche, por favor —dije mientras escuchaba la conversación de las chicas. Sonreí al ver a Nadia secarse las lágrimas de la risa por algo que había dicho Sofía.

—¿La leche como siempre? —preguntó el camarero acercándose a la barra.

—Sí, muy caliente —sonreí. Pedro, aquel afable camarero que veía unas tres veces al día como mínimo, me devolvió la sonrisa al tiempo que yo dejaba descansar mi peso sobre el brazo izquierdo en la barra—. Gracias.

—Otro para mí.

Al escuchar esa voz no pude evitar lamentarme durante unos segundos que se sintieron como décadas.

Juro que pude escuchar a Cami maldecir desde la mesa.

—Hola, Mario —musité sin volverme y con la vista fija en la

máquina de café, que parecía ir más lenta de lo normal. Respiré hondo antes de enfrentarme a la conversación que estaba a punto de comenzar.

—Buenos días, Ale. No te he visto en las prácticas de disecciones esta semana. ¿Todo bien?

Se hizo un silencio entre nosotros tan tenso que hasta Pedro lo notó.

—Alessa —dije mirándolo por primera vez—. Perdiste el derecho de llamarme Ale hace dos semanas. —No aparté la mirada ni un instante, por mucho esfuerzo emocional que me estuviera costando—. Y respecto a lo de las prácticas, pedí que me cambiaran de grupo, Mario.

Me sorprendí gratamente a mí misma por haberle hablado de forma tan firme y sincera. Con Mario nunca había sido capaz de mostrarme segura y eso me atormentó durante demasiados meses; me hacía mucho daño darme cuenta de lo diminuta que me había sentido a su lado.

Hablarle así hizo que un atisbo de valentía se reflejara en mi rostro. Siendo sincera, ya no me sentía triste. Al menos no como los días después de haberme enterado de que había estado acostándose con una chica de clase durante los seis meses que duró este intento absurdo de relación seria. Esos días fueron horribles y absolutamente devastadores. Pero no tan terribles como lo fue nuestra relación.

Ahora estaba furiosa. Odiaba con todo mi corazón que me mintieran y, más aún, que jugaran con mi confianza de esa forma. No iba a permitir que viera un solo atisbo de inseguridad. Ya no.

—Podrías venir luego al piso y hablamos —murmuró con la voz más temblorosa que nunca. El Mario dominante se había acobardado o eso quería aparentar—. Tengo que hablar contigo, Alessa —añadió poniendo énfasis en la última palabra.

Estaba extremadamente nervioso y su mirada verde esmeralda se veía triste y apagada. Algo que no comprendí del todo. ¿No era él el infiel? ¿No debería de ser yo la que estaba dolida?

Era un manipulador, debía recordarlo y tenerlo presente siempre.

—¿De qué quieres hablar? —murmuré.

—Prefiero decírtelo en privado.

—Guau, permite que me ría —protesté intentando mostrarme fuerte, aunque sonó como un sollozo—. ¿Ahora quieres privacidad? Por favor, Mario.

Me mantuvo la mirada unos segundos esperando que dijera algo más o tal vez rebuscaba entre su cobardía para decirme aquello que tantas ganas tenía.

—Estoy saliendo con Lucía. Creo que merecías saberlo después de todo.

Dudé entre enfadarme, llorar, patalear o simplemente asentir. Así que opté por la última alternativa, que parecía menos humillante.

Lucía, la chica con la que estuvo acostándose y quedando todo ese tiempo. Al final, resultaba que sí que se querían.

«No, Mario no quiere a la gente. Mario se obsesiona y manipula», repitió la vocecita de mi cabeza. No debía olvidarlo jamás.

—No quiero que la odies... —prosiguió.

—¿De verdad piensas que iba a odiar a Lucía por salir contigo? ¿Qué clase de persona te crees que soy? —Abrí los ojos sorprendida. ¿Tan mala persona me consideraba?—. El único aquí que despierta sentimientos nada positivos en mí eres tú, Mario.

—Ya —se limitó a responder—. ¿Entonces...?

—Entonces me voy a tomar un café con las chicas, si no te importa.

—¿Amigos? ¿Quedamos como amigos?

Estaba ya de camino a la mesa con el café en la mano, pero no pude evitar reírme por dentro al escuchar aquella propuesta.

—¿Estás de coña? —Me giré para mirarle enarcando una ceja. Estaba encarándole, ¡por fin!

—No puedes odiarme para siempre.

—Pero puedo intentarlo.

—Adiós, Alessa. —De nuevo enfatizó aquella última palabra. Y dolió, para qué mentir.

Caminé con paso decidido hacia la mesa de mis amigas. Me temblaba algo el pulso y lo odiaba, joder.

—¿Qué ha pasado?

Cami me hizo hueco en una de las sillas y las demás me miraron atentamente mientras me sentaba.

—Es gilipollas —musité.

—¿Qué ha hecho ahora? No lo aguanto, te lo juro. —Sofía se apartó los rizos rubios de la cara en un movimiento rápido—. ¿Te ha dicho algo? ¿Avisamos a alguien?

—Está saliendo con Lucía. Eso es lo único que ha venido a decirme. Nada de disculpa —murmuré.

Todas abrieron los ojos de par en par esperando que dijera que era broma. Pero mi mirada vidriosa les indicó que iba totalmente en serio.

—Bueno, esperable, ¿no? —Mónica me tendió la mano desde el otro lado de la mesa—. No me malinterpretes, me parece estúpido y que tiene un problema enorme de falta de empatía. No me sorprende que ahora te diga esa mierda.

—Ya, además —continuó Cami—, dice mucho de él no haberte pedido siquiera disculpas.

—Esperable, sí —musité—. ¿Por qué me afecta? No lo entiendo.

—¿Cómo no te va a afectar? —continuó Mónica mientras las demás asentían sin apartar la mirada de mí—. Te ha tratado muy mal, Ale. Y estuvisteis seis meses juntos.

—Qué asco. —Me limpié la nariz con la manga de mi sudadera *beige*—. Joder, que no estaba enamorada y aun así me siento como una mierda.

—Te sientes como una mierda porque te gustaba. —Gabri tomó un sorbo de su café—. Y porque jugó contigo como quiso. Si estuvieras enamorada sería peor, mucho peor.

—No sé vosotras, pero yo tengo ganas de pegarle un puñetazo.

Sonreí al escuchar a Sofía y su clara muestra de agresividad mientras acercaba el café a mis labios, ignorando que probablemente me iba a quemar. De hecho, me parecía una buena opción quemarme para frenar las lágrimas que amenazaban con salir. Si me centraba en eso tal vez lograría apartar de mi cabeza los pensamientos destructivos que comenzaban a apoderarse de mí.

Mis amigas me conocían casi más que yo a mí misma y sabían que cuando quería llorar lo mejor era dejarme en paz con mis pensamientos.

Y así estuvimos unos quince minutos bebiéndonos los seis cafés en silencio y dejando que poco a poco la herida fuera curando.

Ellas podían curar cualquier cosa.

La relación en sí fue una especie de tsunami que arrolló todo en mi vida, menos a ellas, a mis amigas. Que me pusiera los cuernos no fue más que el remate sobre una herida que, si no hubiera recibido ayuda, se habría quedado abierta para siempre.

Ahora tal vez podría suturarla y curar lo que él habría destrozado. Tal vez incluso algún día podría enamorarme.

Tal vez, pero mejor no.

Huía de cualquier sentimiento romántico que pudiera hacerme sentir mal otra vez; sabía que el amor no debía doler, pero ¿cómo diferencias lo que es amor de lo que no? Soy consciente de que no eliges de quién te enamoras y me preguntaba si mi subconsciente volvería a ser tan estúpido de enamorarse de alguien que me destrozara. Esperaba que no.

Mejor evitarlo.

—Bueno. —Gabriella rompió el silencio que inundaba la mesa—. Tenemos que salir de fiesta para solucionar esto.

—Yo iba a decir que nos contaras lo que ha pasado antes con el profesor —murmuró Cami—, pero salir me parece una idea considerablemente mejor.

—Sí, opino lo mismo —sonreí.

—¿El viernes?

—¿El viernes...? —repetí mirando a Gabri—. Bueno, vale.

—Esa no es la actitud, Ale.

Miré a Sofía tratando de poner la mirada asesina más tenaz que fui capaz de sacar, pero en lugar de eso me salió una mueca extraña que hizo que comenzara a reírse a carcajadas.

—Vale —asentí alzando los brazos en señal de rendición—. El viernes.

Pasamos el resto de la mañana comentando la ropa que llevaríamos a la discoteca dos días después, nos parecía menos dañino que hablar sobre la evidente rabia interna que sentía hacia Mario, pero ¿qué iba a hacer al respecto?

Siendo sincera tampoco es que estuviera enamorada. Era complicado, teniendo en cuenta que mi libro favorito era *Orgullo y prejuicio* y mis estándares estaban al nivel de mister Darcy, por lo menos.

Pero me lo pasaba muy bien con él, me gustaba estar a su lado y, joder, Mario era guapísimo. ¿Cómo no iba a gustarme? ¿Cómo no iba a cegarme ante sus comportamientos destructivos?

Pero ¿cómo no había sido capaz de detectar su forma tóxica de tratarme?

—¿En qué piensas? —Cami se adelantó unos pasos hasta alcanzarme, dejando atrás a las chicas.

—En nada, ¿por?

Resumí en «nada» el hecho de que era consciente de que no iba a ser capaz de confiar en ningún chico porque, por lo visto, a todos les parezco fácil de engañar. Que mi profesor me había dado un último aviso y si seguía faltando a clase no iba a poder superar la carrera.

—Ya, nada —murmuró—. Tía, sé que no estás pasando unas semanas muy buenas, pero si necesitas algo puedes contar conmigo y con las chicas, lo sabes, ¿no?

—Cami, no es el fin del mundo —sonreí—. Solo me ha hecho daño un idiota y un profesor me ha regañado. Mañana o en un par de días estaré como nueva.

—Eso espero, porque verte tan seria me da miedo. Lo digo de veras.

Reí exageradamente mientras Cami me miraba impasible. Sabía que no bromeaba en absoluto.

—Eres la luz del grupo, Ale. Si tú estás mal, nosotras lo estamos también, funcionamos así. Lo hicimos cuando… —Entrecerró los ojos nerviosa—. Cuando ocurrió lo de Mario.

Sabía a lo que se refería, pero antes de que pudiera recordármelo preferí cortar la frase.

—Tranquila —extendí mi brazo para rodearle el cuello—, estoy bien.

Estaba bien, pero, para ser honesta, en ese preciso instante solo podía visualizar el pequeño sofá que daba a la ventana y el libro que estaba leyendo.

—Me voy a casa con mi libro —exclamé volviéndome hacia mis amigas—. ¿Alguna se viene? Podemos leer juntas.

—He quedado con Paul. —Nadia puso la cara más boba de enamorada que puede existir en el mundo y yo le saqué la lengua.

Las demás decidieron irse a sus casas y yo me alegré. Necesitaba estar sola con mis cosas y con mis libros, sentirme segura.

Caminé unos diez minutos hasta mi casa, no estaba muy lejos de la facultad y eso me ahorraba tener que madrugar tanto como otros años, aunque echaba de menos el tren.

Me relajaba estar en el andén y ver a la gente pasar, los propios vagones me gustaban y me hacían sentir tranquila, relajada, en paz. Incluso algunas veces me sigo montando en el tren solamente para leer en él.

Abrí la puerta del apartamento de la forma más delicada posible, aunque no pude evitar que chirriara como de costumbre.

En cuanto entré en casa me invadió una sensación de calma. Como si mi cuerpo llevara esperando eso todo el día, un escalofrío me recorrió toda la columna vertebral.

Soledad.

—Vale —dije en alto confirmándome que ya había llegado a casa—. Tengo hambre.

Merendé un sándwich de queso con cebolla caramelizada (receta por cortesía de la madre de Cami) y me dirigí lo antes posible a aquel rincón que me brindaba tanta alegría y tranquilidad a partes iguales.

Siempre que me siento triste recuerdo que tengo la enorme suerte de tener ese pequeño espacio para mí. Un gigantesco ventanal con marco blanco situado justo encima de un pequeño sofá convertía ese rincón en el lugar más especial de mi apartamento.

Mientras pasaba el dedo por el borde del ventanal, repasé mentalmente los libros de mi biblioteca.

Y, cómo no, *Orgullo y prejuicio* me pareció una mejor opción que continuar con la saga que estaba leyendo.

—Por fin —musité.

Durante unos breves segundos observé las vistas que tenía desde la ventana de mi piso. Tampoco eran muy especiales, no es que viviera frente al Times Square ni nada parecido. Sin embargo, el pequeño parque con algunos árboles de hoja caduca, que tenía enfrente, siempre hacía que mi humor mejorara al instante.

No necesitaba nada más.

CAPÍTULO 1

Es una verdad reconocida por todo el mundo que un soltero dueño de una gran fortuna siente, un día u otro, la necesidad de encontrar esposa.

Mis ojos amenazaban con cerrarse. Dormirme cada noche cerca de las tres de la madrugaba comenzaba a pasarme factura.

Aunque los sentimientos y opiniones de un hombre que se encuentra en esta situación sean poco conocidos a su llegada a un vecindario

22

cualquiera, esta creencia está tan presente en las familias que lo rodean, que lo consideran propiedad de alguna de sus hijas.

Cerré el libro unos segundos y lo apoyé sobre la cabeza. ¿Por qué siempre me entraba sueño cuando quería hacer algo que me interesaba? Aunque, a decir verdad, llevaba unos días bastante más cansada de lo normal. Sentía que todo me pesaba más.

—Querido Bennet —le decía cierto día su esposa—, ¿has oído que por fin han alquilado Netherfield?
Mr. Bennet contestó que no lo había oído.
—Pues así es —prosiguió Mrs. Bennet—; lo ha alquilado un joven muy rico del norte de Inglaterra.

—Alessa, por Dios —murmuré esta vez en alto.
Era imposible. No comprendía por qué estaba tan cansada y abatida. Era una sensación extraña. No podía mantener los ojos abiertos, no podía siquiera esforzarme en leer las palabras pues estas se mezclaban en mi mente de forma inexacta.
Quería leer. Necesitaba hacerlo.
—Voy a tener que empezar a acostarme antes —dije.

Mr. Bennet no respondió.
—¿No te interesa saber quién lo ha alquilado? —preguntó su mujer con impaciencia.
—Estás deseando decirlo y no tengo inconveniente en escucharlo.

—Me rindo. No puedo más.
Deposité el libro sobre el alféizar de la ventana y, sin apenas darme cuenta de que aún no me había tumbado, cerré los ojos

de forma ansiosa, buscando calmar la pesadez que hacía que me dolieran los párpados. Hasta que, por fin, caí en un sueño profundo.

Cabalgaba sobre la hierba mojada.

Las gotas de la lluvia caían a tal velocidad que casi herían mi rostro, pero nada comparable a la sensación de libertad que me brindaba montar a caballo en aquel prado.

Escuché unos cascos a mi derecha, también rápidos, fugaces.

Dirigí la vista hacia ese sonido y un joven me sorprendió guiñándome un ojo. Me conocía. Su mirada de ébano no dejó de sonreírme ni un instante mientras dejábamos atrás la arboleda.

Extendió su mano hacia mí para tocarme y yo hice lo mismo.

Nuestros dedos luchaban por juntarse mientras cabalgábamos bajo la lluvia y extendíamos con todas nuestras fuerzas los brazos para poder unirnos. Lo necesitaba y no sabía por qué.

Entonces, de repente, fui consciente de que estaba soñando.

Pero era un sueño muy real, demasiado real.

El joven continuaba mirándome con el brazo extendido, esperando que yo me esforzara por tocar su mano, por atrapar sus dedos. Pero un intenso sentimiento de pánico me invadió.

Podía oler la tierra mojada, sentir al caballo debajo de mí. El viento me estremecía la piel mientras pasaba velozmente sobre mi cara, las gotas de lluvia seguían azotándome con fuerza.

Era completamente real. Más vívido que cualquier emoción que hubiera sentido antes.

Sin saber por qué extendí mi brazo de nuevo. Aquel muchacho extendió aún más el suyo. Ignoré el pánico que sentía, porque lo único en lo que realmente me veía capaz de pensar era en lo mucho que necesitaba tocar al joven.

Sus ojos oscuros me miraban ansiosos por rozar mis dedos, yo supe que los míos le miraban de la misma forma.

¿Por qué lo necesitaba tanto? ¿Por qué podía razonar en un sueño? ¿Qué estaba haciendo?

Alessa, despierta. Vamos, ¡despierta!

2

11 de octubre de 2021

—Y ASÍ FUE COMO ALE ME RESUMIÓ EN AUDIOS DE CINCO MINU-
tos cómo tuvo un romance fugaz con un buenorro mientras
dormía.

Todas aplaudieron mientras Cami hacía una pequeña reverencia como muestra de agradecimiento.

—Eres cruel —exclamé entre risas—. ¡Solamente fueron seis
audios!

—¡De cinco minutos cada uno! —respondió con un gesto
dramático—. Pero fue entretenido.

—Yo una vez soñé que tenía una cita fugaz con Justin Bieber.
—Sofía estalló en carcajadas tapándose la cara—. Mis quince
años fueron duros.

—¿Quién no ha soñado con Justin Bieber?

Gabri y Sofía continuaron riéndose hasta que sus voces em-
pezaron a parecerse más a una morsa que a un ser humano.
Tampoco era tan gracioso, pero en grupo todo nos parecía más
divertido y digno de provocar una risa conjunta durante veinte
minutos, al menos.

Es cierto que en cuanto desperté de aquel sueño lo primero

que hice fue abrir WhatsApp y contárselo a Cami. Me levanté tan desubicada que necesitaba compartirlo con alguien.

Entre audio y audio, me reí yo sola al pensar en lo absurdo que es darle tanta importancia a que mi cerebro reproduzca un escenario ficticio mientras duermo.

—Teníais que haberle visto —dije riéndome aún—. En serio, no sabéis cómo era.

Recordé su pelo oscuro y revuelto. Los ojos del color de una noche estrellada mirándome con deseo, con necesidad.

Bendita imaginación.

—¿Cómo era? Ah, sí: «musculoso y con una mirada que hacía que me temblaran las piernas encima del caballo». —Cami imitó mi voz aún dormida y exageró mi relato llevándose las manos a la cabeza.

—Tendríamos que haber estado allí todas para dar nuestro consentimiento a vuestro romance fugaz —sugirió Sofía—. Imagínate, las seis en un caballo tratando de tocar al chico en plan dramático.

—Habría salido cabalgando en la dirección contraria, tía —dije.

Pero antes de que Sofía ni siquiera pudiese intentar argumentar lo contrario, Mario se abrió paso entre nosotras en mitad del pasillo.

Se me heló la sangre, creo que incluso mi corazón dejó de latir por unos segundos. Todas las risas cesaron al instante.

—Alessa, por favor, necesito hablar contigo.

Siempre que escuchaba su voz de manera inesperada me inundaba un momento de pánico, un segundo de miedo irracional que aún no había conseguido superar. Me quedé rígida y tardé un instante en reaccionar, pero mis amigas se me adelantaron.

—No seas pesado, ¿quieres? —dijo Mónica poniéndose por delante de mí.

—Esto no va contigo —murmuró Mario entre dientes.

—¿Qué coño quieres?

Quise que sonara intimidante o al menos que denotara seguridad en mí misma, pero sonó casi como un sollozo y, lo peor, Mario se dio cuenta.

—Hablar.

—Venga, habla —dije cruzándome de brazos.

—En privado —murmuró con la mandíbula tensa.

No comprendía su actitud. ¿Me quería volver loca acaso? ¿No le pareció suficiente con ponerme los cuernos y tratarme de manera tan cruel después?

—No, ahora —esta vez sí que logré mostrar algo más seguridad—. Venga, no seas cobarde, se lo voy a contar a todas después.

Pude ver la ira en sus ojos, una furia interna que jamás había visto y que me demostró que este era el verdadero Mario. Alguien que después de hacerme daño, vuelve para hurgar en la herida.

—Por lo que veo vas contando la versión que te conviene de lo nuestro —musitó.

—¿Hay otra versión?

—¿Solo es válida la versión en la que yo soy un mierda? —Vi cómo una vena se marcaba en su frente—. ¿Le has contado a tu puta psicóloga que no me satisfacías en la cama, Alessa? —se limitó a preguntar alzando el tono de voz por encima de la gente que caminaba por el pasillo. Escuché a mis amigas responder, pero yo no oí nada. Me sumí en un eco que me protegió de la humillación que quería causarme.

Abrí los ojos sorprendida de que realmente hubiera sido

capaz de decir eso. No podía ni fingir seguridad, no cuando me quería humillar de esa forma.

—Yo...

«Eres cobarde, Alessa», me repetí a mí misma.

—Eres cruel —terminé por decir.

—Digo verdades —exclamó. Y temblé ante la única persona que me había hecho temblar en mi vida—. Lucía sí lo consigue. Estoy muy bien con ella y siempre lo estuve, por eso me enrollaba con ella los fines de semana después de quedar contigo. Deja de culparme —hizo una pequeña pausa que causó que mi corazón diera un vuelco— porque la culpa de todo esto nunca fue mía.

Miles de pensamientos se cruzaron por mi mente mientras terminaba de asimilar sus palabras y comencé a repasar nuestra relación:

«Salimos durante seis meses.

»Me manipula, humilla y controla.

»Lucía me cuenta que se estaba acostando con Mario.

»Mario me bloquea en redes sociales cuando quiero hablar con él para que me dé una explicación.

»Aparece en la cafetería y me cuenta que sale con ella.

»Se enfada conmigo porque nunca fui suficiente.

»Me lo restriega.

»¿Algo más?».

—Marchaos —murmuré—. Chicas, idos, por favor.

—No. —Sofía me tomó la mano—. Ni de coña, Ale.

Mario continuaba observando la escena con esa misma mirada de ira. Pero necesitaba enfrentarme a él sola.

—En serio —me limité a responder.

Aunque dudaron unos instantes, se mezclaron entre las personas que caminaban por el pasillo y las perdí de vista.

—¿Qué? —musitó Mario.

—Que no entiendo cómo puedes ser tan cruel. Tan mala persona.

Me temblaban las manos, odiaba sentirme tan pisoteada. No era cuestión de estar enamorada o no estar enamorada, era cuestión de dignidad.

No solo me había mentido, también me había silenciado durante dos semanas cuando yo únicamente quería que me contara qué había pasado, anulándome. Ahora me restregaba todo el daño que me había hecho. Y, lo peor, ¡me echaba la culpa a mí!

Me controló durante meses y yo justificaba sus acciones una y otra vez cegada por el deseo de poder enamorarme y las ganas que tenía de que fuera de él.

Jamás nadie había provocado que me quedara sin palabras, pero él conseguía que no me atreviera a responder, que no supiera gestionar lo que quería decir.

—¿Cruel? Si te estoy dando explicaciones. —Subió el tono de voz y se llevó una mano a la cabeza—. No puedes pretender que te diga lo que quieres oír.

—Me has mentido durante meses y, si con eso no era suficiente, te has reído de mi dolor y me lo has restregado —dije acercándome a él. Noté un nudo en la garganta pero no me detuve—. No solo no me pediste disculpas, sino que me bloqueaste durante casi dos semanas, impidiéndome de todas las formas posibles que yo supiera siquiera por qué lo habías hecho. Y, ahora que te parece el momento adecuado, vienes a decirme que no era suficiente —musité tratando de aguantarme las lágrimas con todas mis fuerzas—. Me has humillado.

—Cállate —escupió.

Me temblaron las piernas del pánico que sentí por su tono y aquello me avergonzó.

—Nunca estuve enamorada de ti, pensé que eso surgiría con el tiempo, pero ahora agradezco que solo me gustaras porque, si no, todo este daño habría sido devastador. Eres mala persona, Mario.

Mario me empujó con fuerza para apartarme de su camino y sentí el vértigo de la caída inesperada antes de golpearme la cabeza con la pared.

Noté un sabor a metal en mi labio inferior. Sangre. Me lo había mordido.

—Zorra —escupió mientras se disponía a alejarse por el pasillo.

Todo a mi alrededor comenzó a pasar de forma fugaz, como si fuera un sueño. Un sueño mucho menos real que el del día anterior.

Me toqué la cabeza con la mano temblorosa y noté algo húmedo. No pude evitar que mi garganta ardiera por la bilis que subió de mi estómago y amenazaba con salir.

Entre todo el caos, sentí cómo unas manos me agarraban por los hombros con firmeza. Sujetándome, apoyándome y reconfortándome. Abrí la boca nerviosa y tomé una gran bocanada de aire, incapaz de gestionar tantas emociones en un solo momento.

Cuando pensé que tenía la energía suficiente como para mirar, abrí los ojos y vi a un chico de pelo rubio encararse con Mario.

Y otro chico que no conocía.

Pero aquellas manos continuaban ejerciendo presión sobre mis hombros, de alguna forma, apartaron el pánico que atenazaba mis pulmones y, con ello, recupecé la capacidad para respirar y pensar con normalidad.

Agaché la cabeza para mirar aquellas manos, pero no vi

nada. No había ningún rastro de que alguien estuviera tocándome.

Pero estaban ahí, lo sabía. Lo sentía.

—¡Eh, no la toques!

Escuché los gritos de fondo como si estuviera al otro lado de un túnel, muy lejos de mí. Las voces de la discusión, la gente preguntando si estaba bien, todo el mundo parecía estar a kilómetros de distancia, salvo esas manos que no lograba ver y me reconfortaban tanto que asustaba.

Su tacto era lo único real para mí.

—Estás sangrando.

De pronto, aquel tacto fantasma desapareció y la realidad volvió a su sitio.

Me volví para mirar a la persona que me había estado reconfortando, pero ya no estaba. Quizá nunca estuvo allí.

—Estoy bien —murmuré.

Pero no lo estaba en absoluto. No por la sangre o por el hormigueo que sentía en la cara a causa del golpe, sino por el impacto de que la persona con la que estuve seis meses de mi vida me agrediera.

—Me la llevo yo.

Un chico de unos treinta años (y vestido con un jersey tan pasado de moda que podría habérselo puesto mi abuelo) me agarró con decisión del brazo y me ayudó a incorporarme del suelo.

—Alessa, ven conmigo —repitió—. Soy Darío Arias.

Asentí, aunque no tenía la menor idea de quién era Darío Arias y le seguí porque cualquier sitio me parecía mejor que un lugar en el que Mario forcejeaba con otras personas. No quería ver ese espectáculo, no quería verlo a él.

—¿Estás bien?

No. La verdad es que no. Nunca me habían pegado y mucho menos un chico que se supone que me gustaba.

—Sí —mentí—. ¿Adónde vamos?

—A mi despacho.

Asentí al comprender que se trataba de un profesor. De alguna forma, su presencia me hacía sentir segura, puede que fuera él quien me había reconfortado de esa forma unos minutos antes. Nunca lo sabría porque, evidentemente, no le iba a preguntar.

La gente se volvía a medida que pasaba con Darío, supuse que por la sangre o, tal vez, por las lágrimas que comenzaban a caer por mi rostro y yo ni siquiera me había dado cuenta.

«Alessa, tía, venga», murmuré hacia mis adentros.

Pero seguía en *shock* y mi mente no funcionaba todavía como tenía que hacerlo.

—Siéntate, vuelvo en un instante.

Darío Arias abrió la puerta de su despacho para, después, perderse por los pasillos de la universidad de nuevo.

Supe que de verdad era un profesor de esta facultad porque su despacho era como el de los demás. Una mesa de madera, un par de sillas, un sofá de cuero marrón y al fondo una pequeña estantería.

Me senté en el sofá, nerviosa.

¿Qué había pasado? Repasaba los hechos una y otra vez y una rabia intensa se apoderó de mí cuando por un segundo me planteé sentirme culpable.

—Ya estoy, perdona.

El profesor entró a paso ligero en el despacho y cerró la puerta tras de sí. Traía en sus manos un botiquín y un par de toallas.

—Ten, estás sangrando.

Cogí la toalla naranja que me había cedido Darío y la apreté sobre la herida de la cabeza. Dolía mucho.

—¿Qué ha pasado? —preguntó sentándose junto a mí en el sofá.

—Estábamos discutiendo.

¿Cómo iba a explicárselo todo? Me sentía superada por la situación.

—¿Y...?

—Y me ha empujado, ¿no lo ha visto? —pregunté alzando las cejas.

—Claro que lo he visto, Alessa. Es solo que quería saber tu versión.

—Ah, ¿necesitas saber la otra versión? ¿Hay alguna forma de justificar lo que ha hecho?

Si respondía que sí, no iba a saber cómo gestionar mi rabia.

—Claro que no, por Dios. —Darío pareció sorprenderse de que siquiera me lo planteara—. Pero veía necesario hablar contigo. Además —continuó—, no te veía muy a gusto en medio del pasillo.

—¿Qué le van a hacer? —interrumpí nerviosa. Mario me daba miedo y eso lo odiaba más que nada en el mundo porque lo de sentirme acobardada por alguien no ocurría a menudo.

Si había algo que me caracterizaba era mi genio y eso incluía no dejarme pisar por nada ni nadie. Pero con Mario esa parte de mí había quedado asfixiada y aquello me asustaba mucho. Me asustaba porque, de alguna forma, su manipulación emocional me había anulado como persona.

—Unos compañeros querían pegarle y una chica casi le arranca los ojos... —empezó a recitar como si se tratara de un poema.

—Digo los profesores, la universidad.

—Expulsarlo, por supuesto.

Respiré tranquila y, como por arte de magia, la presión que sentía en mi pecho se disolvió.

—Bien —murmuré.

Darío me observaba con atención, pero yo no comprendía muy bien por qué. Analizaba cada gesto, cada expresión que ponía como si tratara de averiguar lo que pensaba en cada momento.

Me incomodaba porque yo no tenía la más remota idea de lo que hablar y él no dejaba de observarme como si estar allí existiendo fuera más que suficiente para recopilar toda la información que necesitaba sobre mí.

—¿Es usted psiquiatra?

Darío estalló en carcajadas y yo me quedé perpleja ante esa reacción. Tampoco era una pregunta tan estúpida. Tal vez me observaba de esa forma para diagnosticarme algún tipo de enfermedad mental relacionada con el trauma.

—No, no soy psiquiatra y no me trates de usted —dijo, una vez dejó de reírse sin sentido alguno.

—¿Y por qué me miras así? —pregunté enarcando una ceja—. Me ha empujado, vale. Pero no soy tonta. Sé que quieres sacarme algo. ¿De verdad eres profesor?

A medida que hablaba me di cuenta de lo estúpida que sonaba.

—Te miro así porque te han agredido y estoy intentando averiguar cómo ayudarte —murmuró el profesor.

—Pero ¿por qué quieres ayudarme? No me malinterpretes, ni siquiera eres mi profesor.

—En eso te equivocas, Alessa.

Darío enarcó una ceja y miró un par de veces el botiquín, nervioso. ¿De qué iba esto?

—Soy el nuevo profesor de Genética Molecular, hoy es mi primer día —dijo, pasándose una mano por su pelo engomina-do—. Voy a sustituir al doctor Salazar.

—Ah —musité—, vale.

Dije «ah, vale» en lugar de gritar y alegrarme porque por fin sustituyeran al peor profesor que había tenido. Por un segundo me sentí mal al pensar eso del señor Salazar ya que me había defendido de Mario. Agradezco que me ayudara, pero era un mal profesor que no merecía estar en la universidad.

—¿Eso es todo lo que tienes que decir?

—¿Qué más quieres que diga? —pregunté de forma algo tosca—.¿Por qué sabes mi nombre?

De nuevo, sonaba estúpida a más no poder.

—Porque he mirado el listado de alumnos con las fotos para poder aprenderme los nombres —explicó relajando el tono de voz—. Y déjame decirte que, siendo la única de la clase con ape-llido inglés, no me ha sido difícil aprenderme el tuyo.

—Cierto, perdona. —No pude evitar sonrojarme. Me había sacado de aquel infierno y yo no dejaba de atosigarle con pre-guntas absurdas que mostraban una desconfianza desmedida.

Darío se levantó del sofá y se dirigió a su escritorio. Le tem-blaban las manos y él lo sabía, por eso cerraba el puño de vez en cuando tratando de disimularlo.

Ya no me dolía la cabeza, la herida parecía superficial. Ade-más, el *shock* que sentía se iba esfumando poco a poco y se iba transformando en un intenso enfado.

Lo único que se me ocurría para paliar eso era leer en mi ventana o las manos que antes presionaron mis hombros, si es que en algún momento estuvieron allí.

—¿Te encuentras mejor? —preguntó Darío colocándose las gafas—. Parece que sí.

—Sí, gracias —me limité a responder.

—Pues mañana te veo en clase, entonces.

Alcé una ceja sorprendida. ¿No iba a hacerme preguntas o soltarme un sermón para ayudarme a superar lo traumática que había sido la situación? ¿No pensaba sugerir llevarme al hospital? Nuestra conversación había durado escasos dos minutos.

—De acuerdo, hasta mañana —respondí confusa, dirigiéndome a paso ligero hacia la puerta—. Gracias.

Darío asintió a modo de respuesta y cerré la puerta detrás de mí.

Unas intensas ganas de llorar se apoderaron de mí al dejar aquel despacho, tal vez porque llevaba demasiado tiempo aguantando un nudo en la garganta que necesitaba deshacer para empezar a recomponerme.

Me apoyé sobre la pared y dejé que las lágrimas siguieran su propio camino.

Me sentía débil, anulada.

Durante el último mes me había sentido extraña. Todo me afectaba más, todo me parecía un mundo y mi mal carácter se había intensificado considerablemente. No obstante, el golpe de Mario me habría afectado igual incluso antes de pasar por esta mala época. No llegaba a comprender cómo el chico que tantas veces había besado podía mirarme con tal desprecio y tanto odio.

¿Cómo había sido capaz de tratarme así?

Mientras la angustia comenzaba a acumularse en mi pecho de nuevo, unas manos volvieron a tocar mis hombros.

Las manos que no podía ver y solo sentía.

Las manos que no existían, pero habían eliminado la angustia del pecho en apenas diez segundos.

Y yo me quedé quieta. No me importaba no verlo, por unos

segundos me dio igual lo extraño que era sentir el tacto de alguien sobre mis hombros cuando realmente estaba sola.

Pero no me importaba. Aquellas manos consiguieron quitarme la tristeza que comenzaba a inundar mi corazón de nuevo.

3

Anduve por los distintos pasillos de la facultad hasta que visualicé el tumulto de gente que había dejado atrás antes.

La diferencia era que ya no estaba Mario y habían regresado mis amigas, que estaban hablando con el chico que me había defendido.

Tener que enfrentarme a decenas de personas dispuestas a consolarme era el plan que menos me apetecía en el mundo, precedido, claro, por el de ver a Mario.

—¡Alessa! —exclamó Cami.

Vino corriendo hacia mí seguida de Sofía y Mónica.

—No me han dejado pegarlo, pero te juro, Ale, que lo he intentado —dijo Sofía tocándome el rostro—. ¿Estás bien? ¿Te duele?

Cami, Sofía y Mónica comenzaron a atosigarme con preguntas y comentarios sobre lo cerdo que evidentemente era Mario, aunque, a decir verdad, yo continuaba algo abrumada por la situación. No podía insultarlo ni quejarme de lo ocurrido, tan solo asentía confirmando que todo lo que decían mis amigas era cierto.

Porque la verdad es que sí lo era.

—Chicas, estoy bien, tranquilas —musité—. No me duele.

—Ya, por eso pones esa mueca extraña cada vez que hablas. —Mónica, señaló mi labio cortado—. Te duele un montón.

—Quiero irme a casa —dije.

Sofía, Mónica y Cami me observaron unos segundos esperando que les contara algo más de cómo me sentía, por lo menos.

—No sabíamos dónde estabas. El chico nos ha contado que te habías ido con un profesor. —Sofía, enarcó una ceja.

—Es nuestro futuro profe de Genética Molecular —expliqué—. Y es simpático.

No tenía intención de explicar lo extraño que era su comportamiento ni lo paranoica que me había puesto sin motivo, tampoco les iba a decir que sentí a una persona abrazarme cuando no había nadie haciéndolo.

Claro que acabaría contándoselo, eran mis amigas, pero ese no era el momento. No cuando lo único que tenía en mente era hacerme un café en casa y dormir. No cuando sentía que las últimas dos horas de mi vida habían formado parte de un mal sueño y no de la realidad.

—Me voy a casa —continué—. ¿Vosotras?

—¿No vas a ir a la enfermería? —Cami parecía nerviosa—. Tía…

—Lo que mejor me va a venir es dormir —respondí de forma algo tosca.

Me di cuenta de que estaba siendo injusta, no se merecía que le tratara mal.

—Perdón, estoy muy cansada.

«Cansada» era una palabra que no resumía al completo cómo me sentía, se alejaba muchísimo, pero servía para ahorrarme preguntas y juicios de valor innecesarios.

Mis amigas no insistieron más y me acompañaron a casa. Entendieron, sin que se lo explicase, que la soledad era lo único que podía curarme o, al menos, aliviarme lo suficiente como para poder ir a la universidad al día siguiente.

En parte, me sentía algo dramática por lo mucho que me estaba afectando, pero recordé algo que me había dicho mi psicóloga un par de años antes.

—¿Qué harías si fuera tu amiga la que hubiera vivido lo que tú estás viviendo?

Esa pregunta me había ayudado muchas veces, es por eso por lo que decidí hacérmela de nuevo.

Llegué a la conclusión de que si el exnovio de una amiga la hubiera agredido yo jamás pensaría que había sido por su culpa o que era una exagerada, por lo que ¿por qué pensarlo de mí misma?

Eso me lo enseñó Macarena o, como yo la llamaba: la mejor psicóloga del mundo.

Por suerte, en mi familia el cuidado de la salud mental siempre había sido muy importante, por lo que ir a mi psicóloga era más preventivo que urgente, simplemente, me daba las claves para resolver los problemas por mí misma.

—Si necesitas algo nos dices, ¿vale? —murmuró Mónica mientras me abrazaba—. A la mínima que Mario te escriba o te diga algo, nos avisas y venimos.

—Tranquila. —Sonreí—. Está todo controlado, si me dice algo os llamo.

Abracé a mis amigas de nuevo y cerré la puerta resoplando tan fuerte que era bastante probable que me hubieran oído, pero me daba igual.

Dejé caer mi cuerpo apoyando la espalda sobre el marco de la puerta hasta que llegué al suelo.

—Vaya día de mierda —dije en alto.

En ese momento me di cuenta de que apenas eran las doce

de la mañana y me pesaba el cuerpo como si hubieran pasado horas y horas de una pesadilla eterna.

Caminé a toda prisa hacia la cocina para prepararme la taza de descafeinado más grande que encontrara y después tumbarme en la cama para dormir. Si eso no mejoraba mi día, no se me ocurría nada que pudiera conseguirlo.

Mientras el descafeinado salía de la cafetera, busqué en mi móvil el contacto de mi madre. Tal vez podríamos hablar unos minutos.

—Mejor luego —murmuré.

No quería molestar. Ella jamás me había dado a entender que mis llamadas le incordiaran, todo lo contrario. Pero a las doce de la mañana ella trabajaba y no quería tener que explicarle que Mario, el exnovio que ella tanto odiaba, me había hecho daño de esa forma.

Entonces, decidí escribir a Macarena para pedir una sesión esa semana. Llevaba unos meses sin ir y lo ocurrido con Mario me había hecho darme cuenta de que mi salud mental esas semanas distaba mucho de estar bien.

Bloqueé el móvil al tiempo que la cafetera dejaba de sonar y me dirigí con la taza hasta la cama.

No pude evitar fijarme en el reflejo de mi espejo antes de tumbarme.

A decir verdad, nunca he tenido un rostro rosado saludable. Si algo destacaba de mi cara era lo increíblemente pálida que resultaba en contraste con el pelo negro azabache que hacía que mis ojeras destacaran cada vez más.

Cami siempre me había dicho que eso le parecía muy sexy, pero ver mis ojeras violáceas en el espejo no hacía más que generarme inseguridad y hoy no estaba de humor para seguir analizando el hecho de que estaba más pálida, si es que era posible, y con peor cara en mucho tiempo.

Pero las ojeras no fueron lo que me llamó la atención aquella vez. Me palpé con delicadeza la cabeza y no pude evitar poner una mueca de dolor.

La sangre del labio y la máscara de pestañas debajo del párpado me recordaron por qué estaba en casa luchando por distraerme de la realidad, por qué había llorado tanto que el maquillaje que me había puesto por la mañana se había corrido.

Pero antes de que pudiera volver a llorar o, siquiera, pensar en hacerlo, ignoré el café que acababa de hacerme y, sumida en un profundo agotamiento, dejé que mis sueños me dominaran de nuevo.

Mi cuerpo se tambaleaba sobre la barca y ese impulso hizo que me tuviera que agarrar a los bordes de esta para no perder el equilibrio.

—Es por las cecaelias, están mudándose.

Una voz grave hizo que me volviera para observar de forma fugaz a un muchacho de pelo oscuro sentado junto a mí.

«Es un sueño».

«Es él».

—Estoy soñando —murmuré—. Estoy soñando otra vez —repetí mirando esta vez al joven.

Aquel chico continuó mirándome impasible, como si no entendiera lo que le estaba diciendo.

—¿No te estás mareando? —preguntó el joven ignorando mis palabras—. Las cecaelias se están...

—... mudando, sí —completé enarcando una ceja.

No estaba asustada, de hecho, me relajé al saber que estaba soñando. Asumí que al ser producto de mi imaginación podía disfrutarlo plenamente y, en el momento en el que comenzara a sufrir, podría despertarme. No pasaba nada, ¿no? Además, estaba en un lugar muy bonito.

Lo que parecía una pequeña luz iluminaba nuestra barca en medio de un lago gigantesco. Pero, pese a la poca iluminación, pude ver con claridad unas inmensas montañas que rodeaban el lago. Estamos en un escenario tan bonito... ¿Cómo es posible que mi mente lo haya creado? «Estamos», repetí en mi cabeza.

El chico seguía junto a mí en la barca y apenas le había prestado atención.

Hasta ese momento, solo me había concentrado en el paisaje, pero entonces también me percaté de que llevaba un vestido verde oscuro precioso y que aquel joven no dejaba de mirarme como si yo fuera más fascinante que las enormes montañas que nos rodeaban.

Mantuve el contacto visual con él y recordé lo que sentí cuando lo miraba desde el caballo en el otro sueño. Recordé que era ese mismo rostro, ese mismo cuerpo. Pero esta vez no sentía la necesidad de tocar su mano, iba mucho más allá. Fruncí el ceño confusa ante el sentimiento tan intenso que despertaba en mí.

¿Amor? ¿Atracción?

Si eso era un sueño no me quería despertar jamás.

Me quedé petrificada ante los ojos negros y profundos de aquel joven, que me miraban con tal intensidad que me temblaron las piernas aun estando sentada.

Le brillaban los ojos al mirarme y supe que yo le miraba de la misma forma.

Era extraño sentir un vínculo tan fuerte con él, pero supuse que de eso tratan los sueños, de no poner límites a nuestra imaginación.

Nunca había estado enamorada hasta ese momento. Sabía que cuando me despertara no sentiría eso, porque aquel muchacho no era real y yo no estaba enamorada, pero era emocionante estarlo en un sueño.

Podía experimentarlo sin dolor, por fin.

Sentí las mariposas en el estómago de las que hablaban mis amigas.

Era agradable.

Quise preguntarle algo, cualquier cosa para dejar de mirarlo como si fuera estúpida. Pero jamás había sentido algo así y era una sensación increíble.

Él me miraba de la misma forma, admirando mi rostro. Instintivamente palpé mi cara para comprobar si mi labio cortado estaba también en el sueño y, sí, lo estaba.

Tenía que estar horrible. Pensé en mis ojeras, en el labio hinchado y en la sangre reseca en la boca.

—Estás preciosa, como siempre.

Tragué saliva al escuchar aquella frase, significaba muchas cosas, demasiadas.

Ese sentimiento intenso y arrollador que me obligaba a concentrar cada célula del cuerpo en tocar el suyo, como si eso fuera lo único que importara en el mundo. Me dominaba. Ya nada me lo impedía.

Nada, salvo el miedo a la emoción más fuerte que había sentido jamás y al hecho de que la estaba sintiendo mientras dormía.

El chico seguía mirándome. Tensó la mandíbula al darse cuenta de que me había movido hacia él con la intención de reducir espacio que nos separaban en la barca.

—Ale —murmuró.

Que dijera mi nombre hizo que me estremeciera. Cómo podía ser un sueño tan real, cómo podía un simple producto de mi imaginación provocar que se me acelerara el corazón de esa forma. Estábamos tan cerca que compartíamos aire, sentía su aliento cálido sobre mis labios.

—Derek —respondí sin pensar, sin ser consciente de que acababa de poner nombre al chico de mi sueño y él lo había aceptado.

Derek.

Abrió los labios a punto de decir algo, pero una voz femenina no muy lejos de nuestra barca nos alertó a ambos.

Antes de que pudiera preguntar en alto qué acababa de ocurrir, observé cómo unas luces amarillas emergían del agua a escasos metros de mí.

Parecían luciérnagas que volaban desde el agua hasta el cielo.

Pronto descubrí que no solo no eran pequeños bichos, sino que unas criaturas de cabellera rubia alzaban sus manos por encima del agua dejando volar un polvo luminoso.

—Cecaelias —indicó Derek.

No cabía en mí de asombro. Decenas, tal vez, centenas de aquellas hermosas mujeres salían del agua con los brazos en alto iluminando la oscuridad en la que nos encontrábamos con unas luces amarillas diminutas que ascendían hacia el cielo hasta perderse entre las nubes.

No tenía claro lo que eran las cecaelias, pero no me importó. Me conformé con observar sus afilados rostros salir de debajo de aquellas aguas.

Un espectáculo de luz que resaltó la belleza de las montañas que nos rodeaban, pero, sobre todo, del cielo bajo el que estábamos.

Parecía que las estrellas hubieran caído del cielo para iluminarnos la noche a Derek y a mí.

Pero Derek no miraba el cielo. Derek tenía sus ojos fijos en los míos.

—¿Qué? —pregunté. Tuve la extraña sensación de que me iba a despertar del sueño en escasos segundos.

—¿Te gusta?

—Mucho —respondí—. ¿A ti?

—He visto a las cecaelias hacer esto desde que era niño, no me impresiona tanto —murmuró acercándose a mí sin apartar la mirada.

—Es imposible que no te impresione esto —dije alzando la vista al cielo cubierto por luces diminutas—. Es lo más bonito que he visto jamás.

—No estoy de acuerdo en eso —murmuró sin mirar las luces, sin mirar el espectáculo. Tan solo me miraba a mí con esos ojos que ya me encantaban y ni siquiera existían.

Mi cerebro creó la mirada más bonita que había visto jamás.

—¡Joder! —exhalé mientras depositaba una mano en mi pecho.

Me había despertado del segundo sueño más real que había tenido en mi vida y, también, del más bonito con diferencia. ¿Cómo se suponía que iba a volver ahora a mi vida normal? Sin magia. Sin Derek.

4

No pude evitar poner los ojos en blanco al escucharlo. ¿En serio? ¿Tan pronto?

—Para el viernes lo tenéis que subir al aula virtual. —Darío Arias apuntó la información en la pizarra. Pude sentir la mirada de asco de Sofía desde mi asiento en primera fila—. En dos días os da tiempo, si habéis atendido al doctor Salazar este mes de clase.

Echaba de menos al profesor Salazar y solo había estado un día ausente, él explicaba tan mal que hacía que me escocieran los ojos, pero, al menos, no nos mandaba deberes como si fuéramos niños pequeños.

—¡Hasta el viernes! Estudiad —dijo mientras recogía sus cosas de la mesa antes de salir del aula.

—¿Alguna puede explicarme cómo voy a ser capaz de descubrir un posible tratamiento para la ataxia de Friedreich? ¿Podéis?

Gabri apareció detrás de mí y apoyó sus manos en mi hombro mientras sentencié:

—No, yo tampoco.

—En realidad no es tan malo. —Mónica suspiró—. Qué coño, es terrible. ¿Cómo se supone que se nos va a ocurrir una terapia para una enfermedad incurable?

—Lo que es terrible es que piense que realmente se lo voy a entregar —dijo Sofía apartándose los rizos rubios de la frente—. En serio.

Reí ante el comentario de Sofía, aunque no fuera una broma en absoluto.

—¿Tú que vas a hacer, Ale? —preguntó Cami—. ¿Te duele todavía?

—Pues no sé cómo, pero lo haré —resoplé apretándome aún más la coleta sobre la cabeza—. Tengo que compensar mis ausencias, así que ya se me puede ocurrir la idea de mi vida.

Supe que no había respondido a su última pregunta, pero con una mirada bastó para hacer entender a mi amiga que no iba a responderla porque me dolía tanto que hablar en exceso hacía que palpitara la herida del labio.

—Además, recordad que el viernes salimos —añadió Mónica desviando la atención de mí—. ¿Dónde?

—¿Cuenca Club? —quise preguntar —. Vamos, es la discoteca LGTBIQ+ por excelencia, hay ambientazo siempre.

—Por mí, bien —respondieron Sofía y Gabri a la vez—. A ver si ligo, ¿no? —terminó Sofía.

Todas las miradas del grupo se dirigieron a mí en cuanto Sofía pronunció la palabra «ligar».

Seguido, cómo no, de la dramática Cami y su risita característica que me advirtió de lo que estaba a punto de decir.

—Ale —se tapó la boca con una mano—, tú no ligues, que ya te tiras a un guapo moreno y musculoso mientras duermes.

Estallé a reír ante la acusación de su (tristemente falsa) acusación.

—¡Yo no he hecho nada con nadie! —Levanté los brazos en señal de inocencia—. Ojalá lo hubiese hecho, pero no. —Continué riéndome—. Ya te dije que todo consistía solo en miraditas intensas.

—Pues menudas miraditas intensas —continuó Cami—. Ojalá me miraran así a mí.

—Ya —murmuré mientras alargaba la risa.

Pero mi risa se tornó casi en un lamento que, esta vez, no pude disimular.

Un lamento que expresó lo increíble y estúpidamente confundida que me sentía desde la noche anterior.

—¿Estás bien?

Noté cómo Cami ponía una mano en mi pierna, mostrándome su apoyo. Supe enseguida que había asumido que mi mala cara era por acordarme de Mario.

—Sí, tranquila. —Sonreí—. Sofía, ¿tienes a alguna chica en mente para la fiesta del viernes?

El resto de la conversación transcurrió en torno a la futura novia de Sofía, pero mi mente estaba en otro lugar muy distinto, con compañía distinta incluida.

Llegué a pensar que era por mis hormonas, que ese sentimiento de tristeza profunda y dependencia emocional no eran más que un trámite hormonal.

Me sentía exhausta y no podía dejar de pensar en lo feliz que me sentía soñando.

Era ridículo, pero no podía evitarlo.

Notaba cómo la obsesión por el producto de mi imaginación comenzaba a crecer y no comprendía por qué. Me apasiona la lectura y aunque estuviera enamorada de mister Darcy (entre otros) me consideraba una persona bastante cuerda y racional.

Pero mis emociones habían dejado de tener sentido. Nada lo tenía, en realidad. No cuando me había pasado toda la noche despertándome una y otra vez porque no volvía a soñar con Derek y no era capaz de dormir profundamente sin pensar en las ganas que tenía de volver a donde estuviera él. Me gustaba la versión de mí misma con la que soñaba. Me hacía sentir bien.

Ansiaba su mirada aun estando despierta. Todo mi cuerpo, cada célula, necesitaba volver a verlo.

No me sentía enamorada de él como en mis sueños, como es lógico. Era más... atracción. Deseo.

Tal vez, obsesión.

Me generaba curiosidad, todo él me parecía interesante y atractivo a partes iguales. Y el hecho de que en mis sueños yo estuviera enamorada de él no hacía más que provocarme más y más ganas de volver a soñar.

Por él, pero, sobre todo, por mí. Me sentí muy tranquila en aquella barca, necesitaba experimentar esa paz de nuevo.

Decidí que si soñaba con él una tercera vez llamaría al centro de salud para contar lo que me estaba pasando. Había visto muchas temporadas de *Anatomía de Grey* y mi experiencia admirando al doctor Shepherd me decía que podía ser una alucinación causada por una enfermedad neurológica.

Pero lo peor de todo era que me sentía aterrada por el propio hecho de estar asustada por no volver a soñar con él.

Necesitaba una sesión con Macarena.

—Estoy bien, tía, no te preocupes —dije volviéndome hacia las chicas al sentir que me tocaban el hombro. Estaban preocupadas por mí, y eso me daba mucha lástima porque jamás llegarían a comprender lo que sentía al echar de menos estar dormida en esos momentos.

Pero nadie se percató de mis palabras, de hecho, todas siguieron hablando sin inmutarse.

—¿Quién ha sido? —pregunté alzando la voz.

Dejaron de hablar y me miraron extrañadas. ¿Qué mosca me había picado? Nadie lo sabía, ni yo misma.

—¿El qué? —preguntó Cami.

—¿Quién me ha tocado el hombro? —pregunté de nuevo con la voz temblorosa.

—Nadie te ha tocado, Ale.

Sofía me miró como si estuviera loca. Y lo parecía.

Así que decidí relativizar el hecho de que hubiera sentido cómo alguien apoyaba sus manos sobre mis hombros y, por decimoquinta vez en lo que llevaba de mañana, sonreí.

—Estaba de coña —mentí—. ¿Qué decíais?

Pero antes de que pudieran responder, Darío Arias entró en el aula a paso ligero y comenzó a pasar la vista por el fondo de clase, levantándose las gafas con un dedo. La clase se sumió en un profundo silencio mientras el profesor repasaba una a una las caras de sus alumnos.

—¡Ah! Si estás ahí —exclamó.

Y, sí, tenía sus ojos fijos en mí.

—Ven a mi despacho —murmuró dejando atrás la clase de nuevo.

Alcé las cejas sorprendida. ¿Otra vez?

—Tía, me da malas vibras, a la mínima nos llamas, ¿vale? —susurró Cami.

Las demás asintieron mostrando su apoyo.

Anduve detrás del profesor, que caminaba bastante más rápido que yo y de forma algo brusca. No frenó hasta que llegó a su despacho y se apoyó en la mesa de su escritorio.

—¿Qué tal, Alessa?

—Bien —musité entre dientes. Darío no dejaba de mirarme de aquella forma tan intensa, como si quisiera analizar cada uno de mis pensamientos—. ¿Qué pasa?

—Nada.

Darío Arias sonrió dejando ver unos dientes perfectos que demostraban que había llevado aparato durante muchos años de su vida.

—¿Me puedo ir?

—No —respondió cortante, esta vez, frotándose las manos de una forma muy extraña. Tanto, que no pude evitar dirigir la vista a sus dedos temblorosos—. Quiero decir, que preferiría que no, todavía no.

Me quedé quieta observándolo. No parecía tener malas intenciones.

Pero su mirada me provocaba desazón. Sentía que lo sabía todo de mí, que conocía cada recoveco de mi mente.

—Con todos mis respetos, ¿qué pasa entonces?

A Darío no pareció sorprenderle mi pregunta, de hecho, ese comentario no hizo más que agrandar su sonrisa de oreja a oreja.

—En realidad, quería proponerte algo.

—Dime —dije cruzándome de brazos.

Pareció pensarse durante unos segundos qué decir o, más bien, cómo decirlo.

—¿Estás descansando bien?

—Sí, ¿por qué? —insistí.

—Hay una exposición en el centro de Madrid sobre la medicina griega que creo que podría interesarte —comenzó—. Ahora bien, no quiero añadirte más carga de trabajo, si no estás descansando bien o estás muy cansada…

Él mismo dejó de hablar y centró su vista en la montura de

sus gafas que, segundos antes, se había quitado para limpiarlas con el borde de la chaqueta.

—De acuerdo, sí, iré. Me lo dice para compensar lo de los seminarios, ¿no?

—Algo así, sí. —Terminó de frotar sus gafas—. Además, no sé por qué, pero siento que la cultura griega te podría interesar bastante, no solo en el ámbito médico.

—¿A qué se refiere?

—¿No es usted una gran lectora?

—Sí. —Sonreí de manera algo forzosa. No sabía por dónde iba a salir esta conversación—. Pero no suelo leer sobre Grecia, la verdad.

—Pero sí sobre fantasía, ¿no?

Abrí la boca para responder lo primero que se me pasó por la cabeza, ¿cómo sabía Darío mis gustos literarios?

—¿Cómo lo…?

—¿Que cómo lo sé? —Rio—. El doctor Salazar es muy observador y me contó que camina por los pasillos de la universidad libro en mano.

—Pues así es, sí.

—Si le gusta la fantasía, interesarse en la cultura griega es… necesario, diría yo.

Fue en ese preciso momento cuando sentí que el objetivo de la conversación no estaba para nada centrado en los intereses médicos que un profesor de Genética pudiera tener.

—Para entender la mitología actual es necesario conocer su origen, Alessa —continuó, mostrándose impasible y sin apartar la mirada de mí.

—¿Por qué quieres que aprenda mitología? No entiendo nada, Darío.

—Grecia es la cuna de la medicina occidental, y una buena

médica y lectora como tú debería conocer bien sus orígenes. —Darío exhibía su perfecta dentadura blanca de nuevo—. Y eso implica, por ende, conocer bien su mitología.

—Acudiré a la exposición, vale —respondí de manera casi automática.

—Si descubre algo acerca de mitología fantástica que pueda interesarme, coméntemelo el lunes. Puede irse.

Y, acto seguido, se dirigió a paso rápido a la puerta de su despacho para invitarme a salir. No comprendí nada de la conversación, pero decidí asumir que simplemente el sustituto del doctor Salazar era aún más raro que este.

—Puede que encuentre algo… cautivador sobre alguna criatura cuando llegue al final de la exposición, después de la sección sobre medicina griega —continuó antes de que yo saliera del despacho—. Aunque no poner a criaturas fantásticas actuales me parece un error, a decir verdad.

—¿Un error? —pregunté sin volverme cuando atravesaba el marco de la puerta.

—Es un grave error no culturizar a los visitantes de la exposición acerca de criaturas tan interesantes como las cecaelias, por ejemplo.

¿Me había vuelto loca?

¿Acababa de decir mi profesor lo que creía que había dicho?

—¿Alessa? —Enarcó una ceja mientras yo ponía la mayor cara de estúpida posible. Creo que se me heló la respiración.

—¿Puedes repetirlo? —dije con voz débil. De nuevo, sonó casi como un lamento en lugar de una voz firme que denotara seguridad.

—¿Qué quieres que repita? —dijo mientras exhalaba un largo suspiro—. ¿Sabes lo que son? Las cecaelias.

Me dio la sensación de que se estaba riendo de mí. Eso o mi

vida era un cúmulo constante de vivencias surrealistas que no hacían más que empeorar mi salud mental.

Pero ¿cómo iba a saber él que yo había soñado con cecaelias? ¿Cómo iba a saber él que llevaba desde la noche anterior sin poder pensar en otra cosa que en un hombre ficticio que me llevaba a ver cecaelias a un lago?

—¿Cómo…? —No fui capaz de completar mi pregunta. Era tan compleja y arrolladora que en ese momento no supe cómo expresar todo lo que sentía.

—¿Cómo qué? —Darío enarcó una ceja de nuevo.

—Nada. —Suspiré—. Vale, visitaré la exposición, sí.

Esto pareció satisfacerlo y se me revolvió el estómago al verle sonreír orgulloso ante mi nerviosismo.

¿Por qué iba a saber él nada de mis sueños? Era imposible que mis amigas le hubiesen contado mis sueños. Tal vez, me había oído hablar de ello en clase.

Sí, definitivamente tenía que ser eso.

Me despedí con seguridad. Creía que me detendría o que soltaría alguna frase sospechosa mientras se colocaba las gafas con el dedo índice. Pero, en lugar de eso, me dejó ir.

Salí de aquel despacho, de nuevo, con más preguntas que cuando entré, por lo que pensé en ir a la biblioteca a contestar todas las que pudiera.

Pero apenas di un paso fuera, mi vista se nubló por completo debido a una neblina que sentía que solo yo podía ver. Todos mis sentidos quedaron adormecidos y tuve que apoyarme en la pared más cercana para no caerme.

No oía, no veía, no sentía.

Lo único que percibía era una especie de eco y unas, casi irrefrenables, ganas de dormir.

Noté cómo me palpitaban las sienes y me subía bilis por la

garganta. El corazón comenzó a latir con fuerza al pensar en lo que podía estar pasándome. ¿Un infarto, tal vez? ¿Un ataque de ansiedad epiléptico?

Intenté bajar la cabeza para mirar mis manos y sentir algo conocido, pero en lugar de mis dedos vi una sombra que cubría todo mi ser, ahogándome e incitándome a dormir.

Mis párpados no podían más, pero estaba tan preocupada por el sentimiento de muerte inminente que lo único que podía intentar era no dormirme, el miedo era lo único que me daba fuerzas para luchar contra esa necesidad que me dominaba cada vez más.

—Mierda —fui capaz de exhalar.

Caí al suelo mientras mi alrededor continuaba siendo invisible, y al notar el tacto del mármol bajo mis pantalones vaqueros sentí algo de alivio, eso significaba que seguía despierta.

«Poco a poco, Alessa».

Distinguí su voz entre la confusión y el terremoto que había en mi mente. Darío, era Darío Arias el que estaba hablando.

Una presión incontrolable colapsó mis pulmones al pensar en lo que podía haber ocurrido. Esa presión tenía nombre, «miedo».

—*Tranquila, pronto ocurrirá* —repitió Darío.

No le veía, de hecho, no le escuchaba. Era como si su voz sonase en mi mente, no venía del exterior. Pero yo me sentía demasiado cansada para levantarme o para pedir ayuda.

¿Me habría drogado? Empecé a llorar. No podía pasarme esto, no podía ser verdad.

Pero no me dio tiempo a agobiarme más. Mis sueños me dominaron.

De nuevo.

—¡Vamos, Alessa!

Alcé la cabeza por encima de la multitud que caminaba por delante de mí buscando la voz que me llamaba.

Derek.

—¿Adónde? —pregunté confusa y devolviéndole una mirada que supe que le pondría nervioso.

Efectivamente, enarcó una ceja y me tendió la mano.

—Ahora lo verás.

Fue entonces cuando me acordé de todo.

«Es un sueño.

»Derek no es real, nada de esto es real».

Frené en seco en medio de aquella multitud y empecé a mirar a mi alrededor confusa. ¿Cómo había llegado hasta aquí de nuevo? Las dichosas mariposas volvieron, mis ganas de estar junto a él, también.

—Ale, ¿estás bien?

Los anteriores sueños pasaron por mi mente a gran velocidad, busqué en mi memoria cuándo me había ido a dormir para poder estar soñando esto de nuevo. No recordaba absolutamente nada, solo las ganas irrefrenables que tenía de volver a soñar con él.

Era raro, no se me ocurría ninguna explicación lógica, así que decidí hacer lo que mejor se me daba hacer: dejarme llevar.

—Sí, estoy bien. ¿Por qué?

Derek me miró de nuevo, esperando poder averiguar qué me ocurría. Tenía la sensación de que lo sabía todo de mí, que, en algún momento, él y yo habíamos estado tan unidos que conocía cada centímetro de mi alma y de mi mente. Pero eso era imposible, Derek no era más que una creación de mi cerebro.

Sin decir nada más, volvió a agarrarme de la mano con fuerza y caminó con decisión entre la multitud que se dirigía a un mismo punto: al otro lado de aquel puente.

Como Derek tiraba de mí, me permití disfrutar de mi sueño al completo y observar cada recoveco de la maravillosa creación de mi mente.

Un puente empedrado, con flores enredadas entre sus huecos y una cantidad de gente que podía igualar fácilmente a la Puerta del Sol de Madrid en Navidad. Giré el cuello para analizar los rostros de las personas y quedé maravillada al distinguir orejas puntiagudas y patas peludas.

Se me erizó la piel al pensar en *Narnia* o en *El señor de los anillos*. Por fin podía vivir algo así, aunque fuera soñando.

Era curioso porque, aunque fuera la primera vez que viera aquel lugar, no me sentía una extraña.

Me sentía como en mi hogar.

Y estar con Derek también era como estar en casa.

Derek me daba la tranquilidad de un hogar.

Me pareció que el puente pasaba por encima de un lago, tal vez el lago de mi anterior sueño, pero no pude comprobarlo porque Derek tiraba de mí y las personas de mi alrededor me lo impedían.

Levanté la cabeza y un enorme arco de piedra llamó mi atención. No pude evitar sentir una gran curiosidad por averiguar qué habría tras esa entrada.

Derek apretó mi mano con más fuerza y acarició la palma con su dedo pulgar. Se me erizó el vello de la nuca.

Entonces el paisaje dejó de interesarme. Me interesaban más la espalda de Derek y su mano contra la mía.

Llevaba una camisa con las mangas abombadas y un chaleco marrón que se ceñía a su cintura. Noté cómo un calor inesperado subió por mi espalda hasta sonrojar mis mejillas.

—Ya estamos. —Derek se giró para mirarme y sonreí como una

boba al darme cuenta de que había interrumpido mis pensamientos sobre lo sexy que me parecía—. Estás muy roja, Ale.

—Mentira —suspiré. Pero evidentemente estaba del color de las flores del puente, por lo menos—. Estoy fenomenal. Estupenda. —De ridiculez en ridiculez.

—Eso ya lo veo.

Si seguía hablándome así, juré que me iba a despertar del sueño del susto.

Se me escapó otra sonrisa de bobalicona y me obligué a mirar a otro sitio que no fueran sus ojos negros por un instante.

—¿Dónde estamos? —pregunté absolutamente maravillada.

—En la Plaza —respondió Derek.

Decenas de personas (o criaturas) caminaban de un lado a otro de una plaza impresionantemente bonita en la que guirnaldas de flores atadas a tiendas o puentecillos cruzaban por el centro de aquel lugar, aparentemente, de paso.

Unos niños pequeños con las orejas puntiagudas jugaban en el centro de esta preciosa plaza con una pandereta. Familias, parejas y grupos de personas sonreían animados por aquel lugar que se había convertido en mi sitio favorito del mundo.

Observé con atención los puestecillos que rodeaban la plaza. Vendían dulces y gominolas de tamaños y formas que jamás habría podido imaginar, utensilios de madera sofisticados y ropa que hubiera deseado poder quedarme cuando despertara.

Fue entonces cuando pensé en mí y en mi aspecto.

Agaché la cabeza nerviosa esperando encontrar el precioso vestido verde que llevaba en el anterior sueño y, por fortuna, así fue.

Estaba algo sucio y desgastado, no parecía ser un vestido especialmente elegante, pero no me importaba. Hacía mucho tiempo que no me sentía tan guapa y cómoda. Había nacido para llevar vestidos así, era como una segunda piel.

—¡Ahí! —Derek, levantó mi mano y señaló a los niños que jugaban en mitad de la plaza.

Un muchacho con patas de animal se acercó a ellos. Llevaba un violín en la mano y tenía una sonrisa tan grande que hizo que automáticamente quisiera hablar con él.

—¿Quién es? —pregunté curiosa.

—Observa.

Derek parecía estar supernervioso e impaciente por que viera algo, y eso me pareció de lo más tierno. Su mirada saltaba de mí a la plaza y le brillaban los ojos.

Sé que debía tener una cara de estúpida de cuidado, pero me daba igual. Nunca me habían mirado con tanta ilusión, y vivirlo hacía que se me revolviera todo por dentro.

Pero estaba soñando, debía tenerlo presente. Me despertaría en cualquier momento y tendría que asumir que no podría vivir en una ilusión para siempre.

El muchacho de patas peludas interrumpió mis pensamientos con una melodía interpretada con el violín.

—Ya empieza. —Derek sonrió orgulloso.

El joven tocó el violín en soledad apenas unos segundos, entonces, los niños comenzaron a hacer sonar la pandereta junto a él. Instantes después, otro chico de patas peludas se acercó con otro instrumento de cuerda.

La plaza comenzó a llenarse de música y la gente que pasaba por ahí se agrupó en un círculo alrededor de ellos.

—¡Vamos!

Esta vez fui yo la que tiró de la mano de Derek para acercarme a los curiosos que también querían ver el espectáculo.

Pero otra persona me apartó de él antes de que siquiera pudiera darme cuenta. Uno de los niños que tocaba la pandereta me tendió la mano y comenzó a dar vueltas conmigo.

Casi me muero de la vergüenza.

Algo dentro de mí me animó a seguir bailando, así que hice caso a ese yo interior y continué bailando con el niño. En apenas dos minutos, la plaza dejó de ser una vía de tránsito y se convirtió en una tarima de baile para parejas.

Sentía una felicidad tan intensa bailando y dando palmas con todas esas personas que noté cómo mis ojos se pusieron vidriosos. La música bailaba directamente con mi corazón, me removía las entrañas.

Formamos unas filas en parejas sin dejar de dar palmas, fue ese momento en el que busqué con la mirada a Derek. Estaba al final de la fila con otro muchacho. Reía abiertamente, estaba guapísimo.

Se formaron alrededor de las comisuras de sus labios unos pequeños hoyuelos y su mirada, normalmente intensa y sexy, parecía sonreír junto a su boca. Hicimos contacto visual sin dejar nuestra sonrisa de lado y yo podría haberme quedado a vivir en ese momento.

Dábamos vueltas agarrados de los brazos e intercambiábamos las parejas de forma que parecía una coreografía ensayada, pero no lo era.

Reía, aplaudía, bailaba y giraba al ritmo de la música, jamás había disfrutado tanto de una canción. Movía la falda de mi vestido como si hubiera nacido para ello, sin dejar de ir al compás de la música y bailar al ritmo de mi compañero.

—¡Ale! —Rio este.

Otro giro de parejas.

Después otro.

Y otro.

Con cada giro me sentía más desesperada por tocarle y compartir mi felicidad con él. Por escuchar su risa más cerca de mí.

La música parecía llegar a su fin y supe que este era el último giro de parejas. Entonces, roté sobre mi propio eje un par de veces, hasta que unos brazos me frenaron, agarrándome de la cintura.

—Te tengo —murmuró Derek sin separar sus manos de mi cuerpo. Casi podía tocar los hoyuelos de su boca con mis labios gracias a la corta distancia que nos separaba—. Me muero por besarte.

—Derek —exhalé justo después de despertarme.

5

CINCO DÍAS.

Habían pasado tan solo cinco días y todo mi ser había cambiado desde aquel sueño.

Desde el baile.

«Te tengo».

Desde que sus manos tocaron mis caderas por primera vez.

«Me muero por besarte».

Desde que la barrera entre la realidad y los sueños se quebrantó por completo.

Cami acariciaba mi mano con decisión mientras esperábamos a que las demás chicas vinieran a verme. El único sonido que nos acompañaba, además de su respiración agitada, era el reloj de mi habitación y su molesto tictac.

No quería salir, no quería comer. Apenas quería levantarme de la cama.

—¿Te sientes preparada para hablar del tema?

Mi amiga no dejaba de mirarme con pena y miedo, sobre todo, lo segundo. Yo la entendía, estaba tan asustada que no me sentía preparada para siquiera pronunciar su nombre.

El nombre del muchacho con el que llevaba soñando exactamente una semana.

En tan solo siete días mi estado de ánimo había cambiado tanto que me sentía arrollada, sobrepasada por la situación. Pero el detonante había explotado cinco días antes, cuando la felicidad más pura existente inundó mi corazón y desató una necesidad incontrolable.

¿Qué hay más terrible que experimentar la mejor versión de ti misma y saber que no es real?

Cuando desperté del sueño no recordaba nada. Darío Arias me dijo que estaba conmigo cuando me desmayé, pero no fui capaz de recordar ni un solo momento de lo que ocurrió antes de desvanecerme en mis sueños.

—No —musité.

Lo negué una vez más porque ni yo misma entendía mis sentimientos, no comprendía mi mente, mis sueños ni mi estado de ánimo.

Aquella mañana cuando desperté en el despacho de Darío tras soñar con Derek y la Plaza supe que todo había cambiado. Que no iba a quedarse todo eso en sueños felices.

Sentía que había algo más, que desde aquel día algo iba a perseguirme hasta estando despierta. Y así fue.

Nadia y Gabri estaban convencidas de que mis alucinaciones tenían algo que ver con temas espirituales que yo no comprendía. Mónica, Cami y Sofía opinaban que debía ir al médico cuanto antes.

Yo, por otra parte, no dejaba de pensar en *Anatomía de Grey* y en los capítulos que mostraban a pacientes con alucinaciones vívidas como las mías.

Desde hacía cinco días, veía mis sueños cuando cerraba los ojos y, a veces, sin cerrarlos. Si no pestañeaba rápido, Derek aparecía delante de mí. Cuando me quedaba adormilaba en clase veía la Plaza en lugar del PowerPoint del profesor. Si mis amigas me tocaban sentía el tacto de Derek en lugar del suyo.

Como en ese mismo instante, si cerraba los ojos la mano de Cami era la de Derek.

La barrera entre la realidad y los sueños había desaparecido.

Pero lo que más miedo me daba no era el propio hecho de ver mis sueños, sino lo mucho que sufría cuando no lo hacía.

Era esa necesidad que nacía desde lo más profundo de mi alma que me repetía una y otra vez que cerrara los ojos y me dejara llevar por mis sueños.

Quería hacerlo, quería que mis sueños me dominaran.

Esos pensamientos eran tan peligrosos y destructivos, que tenerlos hacía que me temblaran las piernas de puro pavor. No quería cansarme de vivir en la realidad, no quería necesitar estar en otro lugar que no fuera el mío.

Por eso decidí no dormir.

Una decisión estúpida que solo demostraba que había visto demasiadas películas de ficción, pero estar despierta era lo único que me aseguraba que podía seguir en la realidad.

Iba a luchar con todas mis fuerzas para no necesitar soñar para ser feliz.

Pero eso significaba que tendría que luchar contra mi propia felicidad, mi corazón jamás había estado tan alegre como en aquella plaza y eso me avergonzaba.

Era extraño, sentía que algo dentro de mí ansiaba salir y ser feliz en mis sueños. Algo primitivo y tenaz.

—Otra vez —murmuré—. Otra vez, Cami.

Pero ya no estaba Cami, sabía que era ella, pero no veía su rostro. En su lugar, la cara de Derek sustituyó a la de mi amiga, sin apartar la mano de mí.

«Es porque me estoy quedando dormida».

—Derek —susurré.

Quería verlo y tocarlo. Seguir junto a él mucho más tiempo del que mis sueños me permitían, pero no podía sentirme tan atada a mi imaginación.

Era insano y autodestructivo.

La versión de mí que sentía revoloteos repentinos en el estómago al estar junto a él, la versión que solo aparecía cuando dormía había comenzado a escapar por los poros de mi piel hasta fusionarse con mi yo real.

La Alessa que solo sentía atracción y curiosidad estaba desapareciendo.

Y no sabía por qué.

Si hubiera leído una historia como la mía en un libro habría pensado que la protagonista era una exagerada obsesiva, que solo eran sueños y esa dependencia emocional no era más que un mal desarrollo del personaje.

La cara de Derek seguía delante de mí, impasible. Sus labios temblaban al mirar los míos.

—Cami, por favor —dije cerrando los ojos con fuerza para, de alguna forma, intentar aclararme.

Volví a abrirlos y seguía ahí. Sin soltar mi mano, Derek no se había inmutado.

—Vete, no puedo —murmuré, y como me pasó otros cientos de veces, lo murmuré con miedo a que no volviera—. Derek, esto está mal.

Entonces, entre pestañeo y pestañeo, la cara de Cami volvió.

¿Me sentí aliviada? Claro. Pero sentí dolor y alivio a partes iguales.

—Tía —sollozó esta, me abrazó con lágrimas en los ojos y presionó su cuerpo contra el mío.

Esto estaba mal, muy mal.

—¿Qué me está pasando? —musité sin separarme del pecho de mi mejor amiga—. ¿Qué coño me está pasando?

—No lo sé, Ale —dijo—. No tengo ni idea.

—En realidad, yo sí.

Me giré rápidamente al escuchar la voz que tanto detestaba oír: Darío Arias.

Estaba en mi habitación. En mi casa. Estaba recostado sobre el marco de la puerta mientras enarcaba una ceja y me miraba con un rostro que mostraba de todo menos lo que a mí me inundaba en ese momento: miedo. Parecía resultarle divertido verme en esas condiciones, en pijama y con aspecto de haber sido arrastrada por un pajar. Hundida.

—¿Qué coño haces aquí? —Me incorporé separándome de Cami—. No, en serio. ¿Qué haces en mi casa, Darío?

Podía soportar su comportamiento en la universidad, pero no en mi casa. Aunque no había ido a la exposición, él había seguido acosándome, mencionando mis sueños y entrometiéndose en mi vida y la de mis amigas.

—Hemos sido nosotras, Ale.

Miré a Nadia, que asomó la cabeza por detrás de Darío.

—¿En serio? ¿Habéis recurrido al profesor porque no sabíais qué hacer conmigo?

—¿Y qué querías que hiciéramos? No nos dejas llamar a tus padres y toda tu familia vive en Inglaterra, estamos solas, joder. —Sofía alzó la voz y a medida que hablaba se iba poniendo más y más roja—. Nos dijo que podría ayudarte, por eso le hemos dicho que viniera.

—Solo ha pasado una semana, estoy bien —musité entre dientes—. Podríais habérmelo dicho, al menos.

Claro que no estaba bien, pero ¿recurrir a Darío? ¿Alguien

me conoce desde hace una semana y ya se cree con el derecho a ayudarme? No, gracias.

—Queríamos ayudar —continuó Cami.

—¿Llamando al profesor acosador?

—Estoy aquí. —Darío alzó una mano—. Y no soy un acosador, gracias.

Dirigí una mirada asesina a Darío mientras mis amigas me observaban esperando a que reaccionara.

—Solo ha pasado una semana, no hacía falta desesperarse tanto como para llamar a este hombre, en serio.

—¿Vas a seguir hablando de mí como si no estuviera aquí? —dijo alzando una ceja.

Era profesor, lo sabía. Pero no me intimidaba lo más mínimo. No cuando se había comportado de forma tan extraña conmigo. ¿Qué experiencia podía tener alguien que, si no fuera por su ropa y su estética pasada de moda, parecería que tenía dieciocho años recién cumplidos?

—Sí, siempre y cuando sigas ahí apoyado en el marco de la puerta de mi puta habitación —refunfuñé—. Vamos, no estoy tan mal.

—Ale, ¿tú te has visto, tía?

Sofía apartó a Darío de la puerta y avanzó hacía mí, arrodillándose en el suelo para estar a mi altura.

—Estás fatal.

—Gracias.

—No, en serio —continuó—. Te conozco desde que íbamos a la escuela juntas y jamás te he visto tan triste y obsesionada. —Hizo una pequeña pausa para retirarme un mechón de cabello de la cara—. Tía, que tienes alucinaciones.

—No pasa nada —mentí—. Me recuperaré.

—¡Sí que pasa! —saltó Cami—. Desde hace cinco días esta

situación se ha vuelto insoportable. —Parecía estar a punto de perder los nervios—. Acepta que Darío te ayude. No puedes dejar que recaiga sobre nosotras toda esta situación. ¡Nos vamos a volver locas!

—¿Y qué vais a hacer? ¿Qué coño vais a hacer? —Noté cómo la acidez quemaba mi garganta y mis ojos comenzaban a ponerse vidriosos—. Veo a un chico que no conozco de nada cuando cierro los ojos, un mundo con extrañas sirenas y gente con piernas de animal. ¡Y no estoy drogada! ¡A saber lo que tendré! —exclamé—. Os estoy diciendo que creo que estoy obsesionada con una alucinación. ¡¿Y tiene que venir él a mi casa a darme un sermón?!

—No venía a darte ningún sermón.

—¡Cállate! —exclamamos todas a la vez—. Por favor —añadió Cami.

—Escúchale, por favor. —Sofía, continuó mirándome con desesperación—. Probemos, y si no tiene ninguna solución, vamos a Urgencias.

—Ya fuimos, pero al no ver nada en la TAC nos mandaron a casa —añadió Cami.

—Lo sé, pero volveremos.

Sofía hablaba como si depositara una confianza ciega en Darío. No sé qué me tendría que contar, pero a ella parecía interesarle mucho.

Mientras nosotras debatíamos o, más bien, discutíamos, Darío me examinaba como siempre hacía. Mirándome a través de sus gafas de pasta marrón y acomodándoselas con un dedo cuando se ponía nervioso.

Si cedía era por mis amigas, no por mí.

No era agradable sentirme como una absoluta demente y que encima mi salvador tuviera que ser ese profesor.

Podía salvarme sola.

—Vale, hablaré con él —murmuré entre dientes—, pero lo hago por vosotras.

—Gracias. —Cami alzó los brazos en señal de tregua.

Mis amigas se acercaron a abrazarme como si me estuvieran entregando a un matadero y eso no ayudó, la verdad.

—¿Qué?

Me senté a los pies de la cama mientras Darío cerraba la puerta y dejaba caer su peso sobre ella.

—Alessa, soy la persona que menos quiere perjudicarte de esta casa. Lo sabes, ¿no?

—No —refunfuñé.

—Como tú veas —se limitó a responder—. ¿Quieres que te ayude? No te voy a ayudar si tú no quieres que lo haga.

No pude evitar reírme. Claro que no quería que él me ayudara. Necesitaba ayuda, vale. Pero no la suya.

—Sí —mentí, por ellas—. Claro.

—Mientes.

—¿Y? —Eché mi peso hacía delante apoyando mis manos en los muslos—. ¿Qué problema hay?

—Que yo quiero desmentir muchas cosas que crees —respondió con calma—. Y tú me mientes. ¿No es eso injusto?

—Hay muchas cosas injustas.

—Esta no debería de ser una de ellas.

Esperé unos segundos a que cediera. A que después de su actitud misteriosa, que me ponía de los nervios, me contara aquello que tenía tantas ganas de contarme.

—Bueno, ¿qué? —cedí yo.

—Tienes curiosidad, ¿eh? —Volvió a sonreír mientras se cruzaba de brazos ante mi mirada—. No lo disimules.

—Por Dios, Darío. Sí, tengo curiosidad. ¿Qué pasa?

La sonrisa de Darío desapareció repentinamente y en su rostro apareció una sombra de preocupación o, más bien, inseguridad.

—¿Qué me dirías si te dijera que…? —comenzó a decir con un hilo de voz irreconocible y muy distinto a su egocentrismo habitual.

—Si me dijeras ¿el qué?

De nuevo, reflexionó durante unos segundos cómo debía decírmelo. Lo deduje por su movimiento de gafas con el dedo índice.

Entonces, no pude controlar mi impaciencia y me incliné hacia delante. Descruzó los brazos, abrió la boca despacio y con un brillo en los ojos que nunca había visto en él respondió.

—¿Qué me dirías si te dijera que todos tus sueños son reales? ¿Que todas las historias que has leído tienen algo de cierto? —musitó—. Y ¿qué me dirías si supieras que él existe?

6

Me quedé helada y creo que dejé de respirar. Todo eso, segundos antes de soltar una sonora carcajada.

—Te diría que dejaras de vacilarme. Y que no soy estúpida.

Darío rio con sarcasmo.

—¿No me crees?

—Por supuesto que no. —Los nervios comenzaban a acumularse en mi estómago. Esto era surrealista, injusto y no tenía ni el más mínimo sentido—. ¿Estás de coña, ¿no?

—¿Piensas que tengo cara de ir de broma?

—Me da igual la cara que tengas. —Me encogí de hombros y se me escapó una risa nerviosa—. No voy a aguantar que me digas esas tonterías, ¿ahora estamos en *Crepúsculo*? No, mejor en *Harry Potter*.

—Ya te gustaría —susurró.

—Claro que me gustaría, de hecho, sería lo mejor que podría pasarme. —Forcé de nuevo una risa burlona que daba a entender lo sinsentido que me parecía esta conversación—. Pero esta es la vida real, Darío.

—Los humanos tenéis la manía de pensar que la vida real es solo lo que vosotros veis —exhaló.

«Los humanos».

«Humanos».

¿Estaba insinuando que no era un humano? Tal vez Darío también era una alucinación. O tal vez todas mis amigas lo eran.

Puede que incluso nada fuera real, que estuviera en coma y esa conversación fuera parte de un sueño.

Pero esa absurda idea se disipó de mi mente cuando vi la cara de Darío riéndose ante mi expresión seria y estupefacta.

—Darío, se me acaba la paciencia. Si quieres jugar a un juego de rol tan solo tenías que decírmelo —escupí—. ¿Puedes parar de reírte?

—Es que eres graciosa, todo hay que decirlo.

—¿Graciosa? —exclamé levantándome de la cama—. ¿En serio? ¿Te parezco graciosa?

—Sí, graciosa. Considerablemente agresiva también, y tienes un carácter bastante fuerte, por cierto. Y muy guapa.

—No seas cerdo —dije mientras cruzaba de brazos.

Estaba a punto de perder la paciencia e irme a una librería a gastarme todo el dinero de mi tarjeta. A punto.

—Tengo 26 años, ¿tan viejo parezco? Además, tengo novio.

—Me alegro por ti.

—¿Te alegras? —dijo parpadeando de forma dramática.

—No, en realidad me da igual. ¿Vas a decirme ya cómo piensas ayudarme?

Entonces, el profesor decidió que era hora de dejar de reírse de mí (por fin) y se sentó en la silla de mi escritorio mientras el miedo nublaba su rostro.

Dejé de forzar más la risa nerviosa, esa nube de indecisión también me afectó a mí.

—Alessa, prométeme que me creerás.

—No puedo prometerte nada.

—Tienes que hacerlo.

—¿Por qué? ¿Qué te debo?

—A mí no me debes nada. Si me crees, mejorarás. —Se quitó las gafas para limpiarlas con la manga del jersey—. Pero tienes que prometérmelo.

—No me fío de ti, Darío.

—Lo sé. Y lo entiendo —musitó—. En una semana me he entrometido en tu vida.

—Me alegra que lo reconozcas —dije sin una pizca de sarcasmo.

—Pero lo he hecho por una muy buena razón y, si no colaboras, todo habrá sido en vano.

Mi estómago comenzó a revolverse de nuevo al ver la mirada sombría de Darío.

—De acuerdo. Habla.

—Derek existe. Lo que sueñas son visiones de otro mundo que es tan real como este. —Tragó saliva—. Alessa, Derek es real, tus sueños son reales.

No pude retener más la bilis en mi garganta y vomité a los pies de la cama.

Darío se quedó sentado impasible observando cómo me limpiaba la boca con la manga hasta que volví a mirarlo con todo el orgullo que pude.

—¿No vas a decir nada? —murmuró.

Las ganas de llorar me dominaron. No entendía por qué, era evidente que se estaba riendo de mí otra vez, pero algo dentro de mí quería que fuera verdad.

Quería que sus palabras fueran reales y que mis sueños no hubieran sido producto de mi locura.

—No juegues con esto, por favor —musité dejando escapar un lamento—. Me duele mucho.

—¿El qué?

—Me duele obsesionarme por un producto de mi imaginación. Me duele porque no tiene sentido que necesite tanto estar allí, que le necesite a él. Y eso me está volviendo loca —sollocé.

»Me duele que vengas a mi casa a reírte de mí y hagas que me cree ilusiones falsas. Y me duele también que juegues con lo que probablemente sea una enfermedad muy grave.

—No estás enferma. Alessa, escúchame…

—Vete de mi casa.

—Deja que me…

—¡Vete de mi casa!

—Te estás equivocando, Alessa.

—Vete —sollocé—. ¡Vete de una maldita vez!

Darío abandonó mi cuarto dejándome abatida a los pies de mi cama y esforzándome por no vomitar de nuevo. Algo dentro de mí me decía que me había equivocado.

Pero ahora no podía pensar en ello.

Porque volví a ver a Derek.

7

—No existe —murmuré mirando sus ojos negros—. No es real.

Derek permanecía quieto delante de mi puerta obstruyendo la salida. Pero no me daba miedo, al contrario. Verle ahí me hizo sentir más segura de lo que me había sentido en horas, y eso era lo que me asustaba.

—¿Qué significa esto? ¿Qué me pasa? —pregunté secándome la última lágrima que caía por mi mejilla. Y sí, digo la última lágrima porque su presencia disipó la neblina gris que ensombrecía mi mente.

Pero no fue eso lo que hizo que me levantara de la cama para acercarme a él.

Fue la ilusión con la que me miraba.

El amor que desprendían sus ojos al mirarme.

Me tenía hipnotizada, completamente entregada a él. Y me daba igual que no tuviera sentido, que mis sentimientos por él fueran tan intensos o que fuera, literalmente, producto de mi imaginación.

Me daba igual porque jamás me había sentido así.

Por eso extendí la mano para tocarlo, a sabiendas de que no era real.

—¿Me escuchas? —pregunté en alto sintiéndome estúpida, de nuevo—: ¿Derek?

Estaba serio y me miraba fijamente.

Nuestras manos se juntaron.

No sabía a dónde me iba a llevar eso, pero no me importaba. Ya nada lo hacía.

—¿Estás despierta? —murmuró. Sentí una mano rodear mi cintura—. ¿Ale?

Esperé unos segundos antes de responder, asimilando que, de nuevo, estaba inmersa en uno de mis sueños.

—Sí —murmuré.

Me incorporé despacio para observar a mi alrededor y analizar el escenario en el que me encontraba. Una cama con sábanas negras y un dosel beige nos rodeaban a Derek y a mí. No podía ver más allá de esa tela translúcida, pero pude distinguir una luz que provenía de una vela y el manto de estrellas que se dejaba ver a través de un pequeño hueco en el dosel que daba a la ventana.

—¿Estás bien?

Agaché la cabeza para mirarlo. Y todo volvió a cobrar sentido.

Me sentía feliz en mis sueños, me sentía a gusto, tranquila, resguardada y el revoloteo en mi estómago había vuelto.

Ahí no estaba enferma o loca. Ahí era una versión de mí feliz.

Y él estaba ahí, tumbado de costado mirándome como si yo fuera lo único importante en el mundo.

De nuevo, la incertidumbre ante la intensidad de mis sentimientos me azotó. Pero traté de ignorarla y asumir que, aunque fueran sueños, quizá en otra vida nos enamoraríamos.

Puede que todo tuviera sentido, aunque no lo encontrara.

—Mejor que bien —murmuré.

Cogió mis caderas con firmeza e hizo que me sentara encima de sus piernas. Me estremecí al ser consciente del poder que ejercía sobre mí y de lo increíblemente sexy que era sentirlo debajo de mí.

—No puedo dormir —musitó sin apartar sus manos de mis caderas.

—¿Por qué?

De alguna forma, sabía la respuesta, pero no tenía ni la más remota idea de por qué.

—Lo de hoy... —Hizo una pausa para inhalar hondo, separó una de sus manos de mi piel y se la pasó por el pelo—. Ha sido difícil. No me malinterpretes..., habría elegido esto mil y una veces, pero ¿qué pasará con mis madres? ¿Qué dirá la Corte? Nos buscarán, Ale... Nos perseguirán por mi culpa. Mi maldita culpa.

Al oírle decir eso sentí una especie de punzada en el corazón. Era un dolor real.

La Alessa que pertenecía al sueño tenía muy clara la conversación de la que estaba siendo partícipe, pero la que tan solo vivía ese sueño, la que estaba preocupada por sus emociones, mi lado racional, no tenía ni idea.

Pese a eso, entendía su dolor. Mi corazón lloraba junto al suyo y sabía cómo responder.

Aunque no tuviera ni la más remota idea de por qué.

—No digas que es tu culpa, Derek —murmuré, mientras me sentaba con las piernas cruzadas junto a él—. Elegir esto... —sentí que me había quedado sin palabras— es cosa de los dos. No te cargues toda la culpa.

—Tú no tienes culpa de ser quién eres. Yo sí.

Dentro de mí todo pareció romperse.

—No podemos elegir quiénes somos, pero sí la parte que decidimos potenciar —musité, depositando mi mano temblorosa en su

79

brazo. Mis palabras salían de forma automática de mi boca y cada vez me sentía más alejada de la parte racional de mi ser—. Escogí estar contigo, pese a todo. Además, estar conmigo te puede matar... —susurré, y él me miró por primera vez en la conversación—, lo sabes.

—Alessa —exhaló—, hay tantas cosas que pueden matarme que no me importa arriesgarme una vez más. —Continuó mirándome mientras uno de los hoyuelos en la comisura de sus labios salía a la luz—. Además, sería todo un honor morir por quererte.

Eso fue... demoledor. Demoledor porque jamás me habían dicho algo así de triste y bonito a partes iguales.

Entonces, la Alessa racional pareció resurgir de entre las aparentes cenizas en las que estaba dormida. Lo sentí en el fruncido de ceño que Derek me dedicó al ver la nube de confusión que me poseía.

—Derek... no sé qué significa esto.

Me refería a mis sueños, a mis alucinaciones. Al hecho de que estar con él fuera tan vívido y que cuando eso ocurría yo sintiera cosas tan intensas que me asustaban.

—No tenemos por qué encontrarle sentido a todo.

No había entendido a qué me refería, era evidente. Pero de alguna forma su respuesta fue más que suficiente.

Tenía que dejar de pensar y, simplemente, ser.

Dejarme llevar, otra vez. Era lo único que me quedaba.

Derek continuaba tumbado bocarriba, yo sentada a su derecha y con la mirada gacha. Pero sabía que él me miraba.

—¿Sabes? Yo no quiero dormir —respondí sin pensar, buscando sus ojos con cierta urgencia. No quería pensar, tal vez ni hablar.

Me incliné hacia delante y su mirada oscura recorrió cada centímetro de mi camisón. Una mirada depredadora y sensual que hizo temblar la barrera interior que me separaba del descontrol más absoluto.

Un descontrol que no me daba miedo, sino ganas.

—¿A qué te refieres? —Enarcó una ceja y ladeó su boca—. Explícamelo, Alessa.

—Sabes lo que quiero decir —murmuré, noté cómo mis mejillas ardían—. ¿Te tengo que enseñar? ¿Tan perdido estás?

—Me encantaría que me enseñaras todo. —Me pareció que soltó un leve gruñido. Los músculos de su cuello se tensaron, presioné mis piernas, nerviosa—. Pero... —musitó.

—¿Pero?

—Pero puedo empezar a enseñarte yo.

Con sorprendente rapidez, sus manos agarraron mi cadera y me sentó sobre su pelvis.

—Lo que necesites —gruñó. Su mirada era feroz y necesitada mientras sus manos acariciaban mis caderas por encima del camisón.

No hizo falta más.

Eso fue más que suficiente para que se desatara una bestia hasta el momento desconocida para mí. Aquella barrera que mantenía a raya el descontrol se derrumbó por completo.

Derek levantó mi camisón y pude sentir sus manos sobre mi piel. Pasamos ahí unos segundos, ansiosos por terminar de romper la distancia.

Entonces, sin apartar las manos de mí ni un solo instante, nos dio la vuelta y su cadera encajó perfectamente entre mis piernas. Deslizó sus manos entre mi pelo, arqueé la espalda para poder alcanzar sus labios y desde el momento en el que su boca rozó la mía, todo dentro de mí se tensó.

Necesitaba más. Derek devoraba cada centímetro de mi boca, pegando su torso al mío y me obligaba a erguirme hacia él. Me besaba como si lo llevara haciendo años y lo único que yo podía hacer era dejarme llevar por la mejor sensación que había sentido jamás.

Dejé escapar un gemido cuando, sujetando mi espalda, comenzó a besar y lamer mi cuello. No podía pensar, no podía hacerlo mientras su lengua recorría mi clavícula.

Arañé su espalda con fuerza, intentando aferrarme a sus músculos como si eso fuera a incrementar el placer que sentía solamente con su tacto.

—Es un sueño —me dije a mí misma cuando se deshizo de mi camisón y dejó mi torso desnudo pegado al suyo.

—No es real —pensé de nuevo mientras volvía a juntar su boca con la mía y me mordisqueaba el labio con sutileza.

Derek agarró mis muslos haciendo que me sentara encima de él, abrazada a su cuello solo podía pensar en las irrefrenables ganas que tenía de lamerlo. Pero él no me dejaba separarme de su boca y tampoco me importaba.

Sus manos acariciaban mi espalda con desesperación, buscando tocar cada centímetro de mí y yo me aferré a su pelo negro de la misma forma.

Pero, entonces, Derek me dejó caer sobre la cama. Me estremecí al no sentir su contacto directo contra mi cuerpo.

No tuve otro remedio que aferrarme a las sábanas negras mientras besaba mis senos de la forma más sexy que hubiera podido imaginar. Acercándose, poco a poco, a lo que iba a ser una cumbre de placer y descontrol.

No solté, ni un segundo, las sábanas; me aferraba a ellas para contener el calor que recorría todo mi cuerpo y estaba concentrándose en el bajo vientre.

—¿Sigo? ¿Quieres que siga? —Derek levantó el cabeza justo antes de llegar a mi centro. Sus pupilas dilatadas ardían con un fuego que me hizo agarrar con más fuerza las sábanas—. Pídemelo, Alessa.

—Bésame —susurré arqueando mi espalda y buscando con mis manos el pelo oscuro de Derek—, por favor.

Yo misma dirigí su cabeza hacia el punto que desató el placer más increíble que había sentido jamás. No dejé de repetir su nombre mientras él besaba y lamía la parte más sensible de mi cuerpo.

Las sensaciones se convirtieron en un nudo tenso dentro de mí. El calor irradiaba de mi interior por sus besos, por su contacto físico y por verle en esa posición.

Y, para mi sorpresa, no hizo falta que soltara las sábanas negras.

Como bien dijo, esa noche, él me iba a enseñar.

Y yo dejé que tomara el control.

—¡Alessa!

Cami me miraba con lágrimas en los ojos mientras yo trataba de despertarme.

Estaba en mi cama.

Sola.

—¿Estoy en mi casa? —pregunté tapándome la cara con las manos. Supe que estaba roja al instante—. ¿Cuánto tiempo llevas aquí?

—Tía, llevas una hora dormida —sollozó Cami dejando caer su cuerpo junto a mí—. No podía despertarte, iba a llamar a una ambulancia. ¿Estás bien? —comenzó a decir atropelladamente.

Entonces, me acordé de mi sueño y del momento en el que desperté.

Recordé a Derek tocándome y besando mi clavícula.

Mis manos arañando su espalda.

Sus ojos centelleantes mirándome desde donde se cruzaban mis piernas.

—Cami, tengo que buscar a Darío —escupí, mientras me incorporaba y me apoyaba en mi amiga para salir de la cama—. Es urgente.

Jamás había tenido algo tan claro como en ese instante. Mi cordura dejó de importarme.

—¿Te has vuelto loca?

—¿Qué pasa?

—Le has echado —murmuró mirándome con cara de que se me había ido la cabeza completamente. No la culpo.

—Cami, necesito hablar con él. —Me dirigí hacia la puerta con paso decidido—. Darío me ha dicho una cosa y necesito contarle algo.

—Ya nos lo ha explicado, pero tía yo estoy de acuerdo contigo, se ha reído de ti y...

—Si Derek es real... —interrumpí, apoyando mi mano en el marco de la puerta— Si Darío no miente y Derek existe... Necesito encontrarlo.

Y abandoné mi cuarto.

8

En estos tres años yendo a la misma facultad jamás había tardado tan poco en llegar. Eso sí, practicar atletismo me había ayudado considerablemente en la tarea.

Solo sabía que Darío era profesor en mi universidad, no tenía otro sitio donde buscarlo.

Tenía que estar ahí.

Aparté a unos chicos que caminaban por el pasillo de un empujón y los escuché maldecirme, pero no me disculpé; apenas podía pensar.

—¡Darío!

Lo encontré junto a una máquina expendedora, revisando los códigos de los productos. Sonrió sin levantar la cabeza al escuchar su nombre.

Sabía que iba a ir.

Sabía por qué le llamaba.

—¡Darío! —repetí.

Por fin, se decidió a mirarme.

Sus ojos gritaban un evidente «te lo dije», pero no tenía absolutamente nada que reprocharme. Solo estaba dispuesta a escuchar.

O más bien, dispuesta a que me convenciera. Tenía tantas ganas de estar equivocada que ya no me importaba lo surrealista que pudiera parecer la situación.

—¿Sí?

—Tengo que hablar contigo —dije tratando de no mostrar ningún ápice de inseguridad en mis palabras— sobre lo de antes.

—¿Qué es lo de antes?

Darío sabía a qué me refería y, como buen egocéntrico, pensó que sería mejor hacerme sufrir un poco.

No iba a rebajarme. Pero ¿y si perdía mi única oportunidad de encontrar el amor?

El miedo dominó todo mi ser.

¿Derek merecería la pena?

Recordé a Mario y lo acobardada que me sentía junto a él. El miedo que experimentaba al tener que explicarle por qué me había puesto un escote y no algo que tapara más mis pechos. La humillación a la que me sometía cuando compartía detalles sexuales con sus amigos.

Todos aquellos pensamientos pasaron por mi mente como un álbum de fotos.

Al final, comprendí que la cuestión no era estar o no con Derek. La cuestión era si estaba dispuesta a luchar por la oportunidad de ser feliz.

—Lo sabes perfectamente —musité, al fin.

—Tengo mala memoria. —Darío se colocó las gafas, de nuevo—. No recuerdo nada de las últimas horas —continuó.

Respiré despacio antes de renunciar a mi orgullo una vez más.

—Quería hablar sobre lo que me has dicho en mi casa —exhalé—. Te he echado sin darte la oportunidad de que te explicaras. Lo siento —aquellas palabras quemaron mi garganta.

—Eres increíblemente complicada, ¿lo sabías, Alessa? —Dejó

escapar una pequeña risa—. La humana más complicada que he conocido.

—¿Puedes parar de hablar como si fueras un elfo de *El señor de los anillos*? —respondí con una risa demasiado forzada.

—Anda, sígueme —dijo Darío negando con la cabeza, como si pensara «Estos humanos me tienen harto».

—¿Adónde vamos? —pregunté.

—A mi despacho.

Claro, cómo no.

Su despacho era como su guarida. Sin saberlo, estaba completamente segura de que toda la vida de Darío estaba entre aquellas paredes. Se movía por ese cubículo como si pasara veinte horas al día pensando, trabajando o haciendo a saber qué dentro de aquella habitación. Pero no parecía el espacio de un profesor de Genética en absoluto, su despacho se asemejaba más al de un erudito del siglo XIX obsesionado con la literatura clásica que al de un catedrático de ciencias.

De hecho, si algo caracterizaba a Darío era su pasión por lo *vintage*, y aquel despacho, en apariencia pequeño y simple, tenía mucho estilo. Al igual que él. Veinteañero, pero con ropa que podría llevar mi abuelo un domingo.

Si no fuera porque se había comportado como un acosador durante toda la semana, podríamos hasta haber sido amigos.

—Cierra y siéntate —me indicó.

Iba a responderle con un comentario sarcástico, pero al ver una sombra de preocupación en su cara decidí sentarme en el sofá sin decir nada.

No sé por qué pero me preocupaba verlo así. Tras sus gafas de pasta no podía identificar si era miedo o inseguridad lo que reflejaban sus ojos. Tal vez indecisión.

—¿Qué te ha hecho cambiar de opinión? —Darío se apoyó

en el escritorio—. Tus amigas me lo han contado todo, así que ahora quiero saber tu versión.

Noté que se volvía a formar el nudo de mi estómago. Que Darío lo supiera todo sobre esa última semana era demasiado.

Pero no podía seguir cerrándome en banda o culpando a mis amigas. Ellas lo habían dado todo por mí, se habían volcado y estaban sobrepasadas por la situación.

Aunque me costara admitirlo, en el fondo, Darío me transmitía confianza, no sabía por qué, pero lo hacía. Puede que después de todo sí quisiera ayudarme.

Puede.

—Cuando te fuiste, vi a Derek en la puerta —dije dirigiendo mi vista a las piernas que no dejaba de mover nerviosa—. Te juro que era muy real, más que otras veces.

—Explícate.

—Lo de verle despierta comenzó hace cinco días, tras el sueño de la Plaza. —Le miré esperando una confirmación de que sabía lo de ese sueño. Asintió con la cabeza—. Cuando comenzaba a tener sueño, veía visiones de él.

Hice una pequeña pausa para tragar saliva y tratar de calmar mi pulso.

—Le veía a él y a las criaturas extrañas. —Este se rio ante mi descripción, pero yo continuaba con la mirada gacha—. Esta mañana cuando te fuiste…, Darío, puedo jurarte que él estaba allí. Era tan real como cualquier otra persona. No sé por qué. Quizá lo que me ocurre es más grave de lo que creía…

No pude continuar hablando, noté una presión en el pecho que me obligó a coger aire. Darío continuaba impasible, esperando a que me recuperara.

—¿Qué me ocurre? Por favor, Darío —murmuré levantando la mirada por primera vez—. No quiero bromas, ni juegos de rol raros ni cosas que inciten a pensar que estás loco o que yo lo estoy también. —Exhalé aire mientras me llevaba una mano al pecho.

—Alessa —murmuró—, quiero que me escuches con atención, ¿de acuerdo? —Asentí—. No voy a mentirte, jamás lo he hecho.

Sus ojos brillaban. Estaba siendo sincero.

—Así que, por favor, necesito que me creas, que abras tu mente y estés dispuesta a deconstruir todo lo que siempre has creído que era cierto por una... —se llevó la mano a barbilla— realidad distinta.

—Vale, te escucho.

—Verás, partamos de la base de que se os ha enseñado desde pequeños que vuestro mundo es el único. Y no hablo de planetas, hablo de realidades —aclaró—. ¿Conoces la teoría del multiverso?

—Algo he oído, sí.

—Según esta teoría existen infinitos universos paralelos. Y es cierta.

Le miré esperando a que se explicase mejor. Se limpió las gafas con la manga.

—Aunque te planteo una pregunta. Si varios universos coexisten entre sí..., ¿se podría pasar de unos a otros? ¿Podríamos viajar entre realidades? —dijo mientras seguía limpiando las gafas.

Iba a responder que no. Que eso era imposible y también una absoluta locura. Pero me di cuenta de que, en realidad, Darío no quería que respondiera. Tardó escasos segundos en continuar:

—La teoría del multiverso dice que no... —Se rio con ironía—. Pero lo cierto es que sí es posible.

—¿Cómo lo sabes? —pregunté atropelladamente. Estaba fascinada por la gran seguridad con la que me explicaba todo aquello.

—Porque lo he vivido de primera mano.

Abrí los ojos sorprendida y me repetí que no iba a mentirme. Me lo había prometido.

—¿Has cambiado de universo? ¿Cómo se hace eso? —No pude evitar alzar la voz nerviosa—. No entiendo nada.

—Sí, pero eso te lo cuento más tarde. —Darío se apartó de la mesa y comenzó a andar hacia la puerta—. Ya sabes mucho. Demasiado por hoy.

Me quedé en el sofá asimilando que me estaba echando de su despacho tras contarme que había viajado entre universos y ¿esperaba que yo me marchara sin más información? Se notaba que no me conocía.

—Darío, no me pienso mover de este sillón hasta que me cuentes todo lo que necesito saber —dije con firmeza y mirándolo a los ojos. Este se apoyó en el marco de la puerta—. Antes fui yo la que huyó, evité el tema. No huyas tú ahora.

Cruzándose de brazos, asintió y volvió a su mesa. Yo no aparté la mirada de sus gafas ni un segundo.

—No quiero que te asustes, Alessa.

—No me da miedo.

—Sí te da miedo.

—Pero me da igual enfrentarme a él —espeté—. No me importa el reto al que tenga que enfrentarme si eso supone que esta situación se va a solucionar.

—No sabes lo que estás diciendo.

—¡Sí lo sé! —exclamé levantándome del sofá—. Así que deja de hacerte el interesante y cuéntamelo todo de una maldita vez.

Darío enarcó una ceja y carraspeó para aclararse la garganta:

—La vida se rige por unas normas superiores a nosotros —empezó—, unas leyes que dicen lo que está bien y lo que no lo está. Lo que se puede hacer y lo que sería preferible evitar hacer. Es una fuerza superior a todos y no existe nadie que pueda eludir que se cumpla. —Me miró directamente a los ojos con muchísima intensidad—. Es por esto por lo que cambiar entre universos físicamente es casi imposible. ¿Te imaginas que todos aquí supieran que existen más mundos aparte del suyo?

—Darío, espera. —Negué con la cabeza intentando aclarar mis ideas y comprender lo que estaba contándome—. ¿Me estás diciendo que esos mundos o universos tienen personas de verdad? ¿Y quién rige todo esto? ¿Dios?

—Bueno —aclaró su garganta de nuevo—, personas, criaturas, seres, sombras, ángeles… y una larga lista de posibilidades. Y no, si existiera Dios, no sería capaz de controlar tal cantidad de realidades.

—Y, todas estas… —noté cómo mi cabeza comenzaba a palpitar— criaturas, ¿saben que existimos?

—Nadie sabe que estos otros universos existen, por motivos evidentes.

—La gente querría ir a los otros universos —completé yo. Darío asintió—. Si lo supieran… Bueno —alcé la voz—, ¿tú por qué lo sabes?

—A eso quiero llegar —musitó—. Estas leyes que te he mencionado indican una especie de… —se llevó la mano a la barbilla— profecía.

En el momento en el que dijo la palabra profecía, todas las novelas de ficción que había leído a lo largo de mi vida bombardearon mi mente.

Las profecías existían.

Había realidad en la propia fantasía.

—Esta profecía habla de que existen personas que nacen en el universo que no les corresponde —cuando dijo estas palabras, se me escapó un grito de sorpresa que tuvo que oírse en las clases más cercanas—. Porque sí, a todos nos corresponde hacer algo, seguir una vida o cumplir una función y, como supondrás, es poco común que a alguien le ocurra esto, pasa una vez cada miles de años.

—Es algo así como… ¿el destino?

—Sí, exactamente eso. —Darío sonrió orgulloso.

—¿Y cómo se sabe cuándo alguien no pertenece al mundo que le corresponde?

—Yo lo supe enseguida.

Tardé en reaccionar unos segundos. No pude disimular mi sorpresa al escuchar la declaración del profesor.

Pero a este parecía divertirle mi reacción. Su ceja enarcada y sonrisa torcida de siempre lo revelaban.

—Comencé a tener sueños hace tiempo, mucho tiempo. Al cumplir los 21, como tú —continuó.

—¿No tenías 26 años?

—Hace mucho tiempo que tengo 26, Alessa.

Traté de asimilar sus palabras, de nuevo.

—¿Eso qué significa?

—Significa que los humanos tenéis que comenzar a plantearos que no sois los únicos en el universo. Que hay gente como tú en otras realidades, pero no solo eso. Hay magia y oscuridad. Criaturas que ni los libros han podido describir y otras muchas que te sonarán. —Darío se acercó a mí—. Pero también hay mal y corrupción. Al igual que en este mundo, hay oscuridad, traición, miedo y poder. Hay sombras con forma humana y el mal en su máxima expresión.

Pero su advertencia funesta me pasó por alto. Solo podía pensar en una cosa:

«Todo con lo que he soñado siempre es real.

»La magia es real».

9

PASARON UNOS SEGUNDOS HASTA QUE REUNÍ LA OSADÍA SUFI-
ciente como para continuar preguntando todo aquello que
pasaba por mi mente. Jamás había tenido que gestionar tanta
información como en aquellos instantes.

O, más bien, información tan importante para mí.

—¿Qué eres?

—En el universo del que vengo —le tembló la voz, y sentí
cómo mi corazón se contraía con fuerza— era un elfo. Ahora
soy humano, como tú.

«Como tú».

—Pero, entonces —murmuré—, ¿cuántos años tienes?

—Unos cuantos miles de años, hace tiempo que dejé de contar —respondió con tranquilidad.

De nuevo, Darío (el elfo, por muy surrealista que sonase)
pareció quedarse sin habla. Sus pestañas se movían lentamente
mientras yo luchaba por no vomitar y mantenerme erguida. No
sabía si llorar de la emoción o del susto ante todo lo que me
estaba contando.

—El día de mi vigésimo primer cumpleaños ocurrió. Empezó con sueños y una extraña sensación de dependencia. Al
principio no entendía nada de por qué me estaba ocurriendo

eso, por qué veía un mundo que no conocía cuando dormía noche tras noche. Hasta que me atreví a ir a donde de verdad pertenecía.

Darío no pertenecía al mundo en el que había nacido. Jamás había pensado en la importancia de «pertenecer» a un lugar hasta que en ese momento tuve la sensación de no pertenecer al mío.

Pero ¿qué se sentía al pertenecer a un lugar? ¿Al estar donde verdaderamente debes estar? Me asusté al no saber responder a mi propia pregunta.

—¿Veías a un chico? ¿Como yo? —Agradecí estar apoyándome en algo para no caerme al suelo.

—No. —Levantó la mirada—. Solo veía las calles modernas, los edificios, las clases… Aquí, han pasado cinco años, pero allí han pasado cientos de miles, Alessa. Por eso, aquí tengo 26 años.

—¿Qué es allí? ¿De dónde me hablas?

—Te hablo de un sitio en el que todas las leyendas son reales, donde tus libros han cobrado vida. —No apartó sus ojos de mí ni un segundo—. Pero tendrás que conocerlo tú misma.

—¿Cómo? —pregunté de sopetón.

—Nada de lo que te está pasando es coincidencia, Alessa. Cuanto antes asumas el porqué de la situación, antes le pondrás fin.

Sabía a lo que se refería.

Sabía que, en cuanto pronunciara aquellas palabras, toda mi vida cambiaría.

—Soy parte de la profecía, ¿verdad?

Me atreví a decir aquello que tanto miedo me daba pero que a la vez le devolvía sentido a todo. A mis noches llorando por culpa de las historias, a mi vacío interior cuando acababa un libro.

De repente entendí por qué siempre me había sentido fuera de lugar.

Por qué mi único alivio diario era sumergirme en novelas de fantasía que me ayudaran a escapar de la realidad.

Porque, efectivamente, esta realidad no era la mía. Nunca lo fue.

—Así es —murmuró—. No tienes opción. Tienes que marcharte, Alessa.

Pensé en mi familia. En mis padres. Y en mis amigas.

En Sofía y su efusividad.

En la empatía incondicional de Cami.

Pensé en Gabri y su alma tan especial, en Mónica y en su actitud tan infantil y madura al mismo tiempo. En Nadia aconsejándome con una mano en el corazón.

Eran mi familia. Mi familia de distinta sangre y yo las iba a abandonar.

Derek era guapo, atractivo y me sentía muy bien con él en mis sueños. Pero nada comparado al amor que sentía por mis amigas.

No, me daba igual Derek.

No podía separarme de ellas. Mis amigas me lo habían dado todo y yo no iba a abandonarlas. Ni por un chico, ni por nadie.

Ellas eran el verdadero amor de mi vida.

—No —murmuré agachando la mirada—. No puedo dejarlo todo… e irme.

—Alessa, ¿qué no entiendes de que no tienes opción?

Darío se irguió por completo. Pude ver su presencia y poder. Su mirada casi severa fija sobre mí. Darío el profesor se había ido, ya solo quedaba su verdadero yo.

El elfo.

—Siempre hay opción. Es mi vida y decido quedarme.

—¿Sabes lo que estás diciendo? Te he dicho que el universo se rige por normas que tú no puedes controlar. —Se llevó una mano a la cabeza—. Si no te vas, acabarás volviéndote loca, Alessa. Los sueños no pararán y las visiones, tampoco. Cada vez serán más y más vívidas hasta que la barrera entre ambos mundos desaparezca, y acabes en una especie de limbo mental del que te sea imposible salir —escupió—. No tienes opción.

La habitación dio vueltas a mi alrededor y cerré los ojos tratando de mantenerme quieta y lo más serena posible.

No era así como me lo había imaginado.

—Pero... —murmuré—. ¿Qué voy a hacer allí?

—Seguir tu destino, Alessa. Siempre fuiste más que una humana y eso lo sabes.

—¡No! Claro que no lo sé —exclamé—. ¿Cómo voy a saber que soy un puto error del universo? Esto es... —Las lágrimas amenazaban con brotar de mis ojos—. Esto es injusto. No tengo elección sobre mi propia vida, sobre mi destino.

—Hace un rato me has dicho que querías vivir en una historia de libro y tú...

—¡No contaba con esto! Con abandonar a mi familia, con tener que elegir entre lo que se supone que tengo que hacer y lo que quiero hacer.

—Estás asustada —afirmó torciendo la boca en una sonrisa—. Asumir tu destino requiere de un coraje que no tienes, Alessa.

—Das por hecho que yo jamás dejaría de hacer algo que quisiera por miedo. No te confundas. —Me puse de pie por primera vez en los últimos minutos y caminé hacia él.

Era cierto. Podía ser muchas cosas, pero cobarde no. Sentía miedo a diario, desde que me levantaba por la mañana hasta que me acostaba, pero eso no iba a frenarme jamás.

—Entonces… si no es miedo, ¿qué es? —murmuró señalándome con el dedo de forma acusadora—. ¿Vas a dejar de vivir tu vida por los demás? ¿Por tu familia?

—¿No tengo derecho a decidir sobre mi futuro? ¿Sobre mí misma?

—No.

—¿No?

—¿Es necesario que te repita la parte de que es tu destino? ¿De que no tienes elección?

—Siempre hay elección.

—No siempre, Alessa —de repente, su tono pareció calmarse—, y creo que es hora de que comprendas que una de las situaciones en las que no la tienes es ahora mismo. Acéptalo.

«Acéptalo».

Me llevé las manos a la cabeza de forma casi instintiva. No estaba acostumbrada a no tener elección, a tener que asumir cosas sobre mi vida tan graves e importantes como la que se me exigía en esos instantes.

Tendría que marcharme.

Sonará absurdo, pero pensé en las protagonistas de libros con las que soñaba ser. A Bella Swan, por ejemplo, no le costó asumir que su novio era un vampiro, pero, claro, era un libro. Su historia no eran más que unas páginas repletas de palabras.

Mi vida era real y yo tenía que actuar en consecuencia.

No sé cuánto tiempo pasó hasta que me atreví a mirar a Darío a los ojos, tal vez segundos o minutos, ni idea. Solo era capaz de dar vueltas por el cuarto con las manos retorciendo nerviosamente mechones enmarañados del pelo mientras me preguntaba una y otra vez en qué momento mi vida había pasado a ser tan surrealista. «Eres valiente, cariño».

Eso fue lo que me dijo mi madre antes de dejarme en el internado cuando era solo una niña y tuve que comenzar mi vida sola en otro país, lejos de Londres y de mi hogar.

Sí, era cierto. Pero fui valiente a la hora de enfrenarme a la tristeza y a la soledad que se encerraban entre aquellas paredes.

Ahora tenía que mostrar coraje para ir al lugar al que pertenecía.

Fue entonces cuando me di cuenta de que vivir requiere más valentía que cualquier otra cosa en el mundo.

¿Estaba dispuesta a enfrentarme a un destino lejos de mi familia? ¿Lejos de mi propio mundo?

No lo sabía, pero tenía que hacerlo.

«Valentía, coraje, disciplina —pensé—. Siempre».

—¿Cuándo tendría que marcharme? —dije levantando la cabeza despacio para buscar con la mirada los ojos ambarinos de Darío. Había orgullo en su mirada.

—Cuanto antes. Esta noche.

Era demasiado pronto, demasiado rápido.

—¿Y qué tengo que hacer? —Mi voz sonó con más decisión de la que sentía en realidad.

—Dormir y... —se colocó las gafas con el dedo índice— soñar.

10

LAS PERSONAS DEL PASILLO CAMINABAN CON DECISIÓN POR NUES-
tro lado.

—¿Has tenido clase hasta ahora? —reconocí el rostro del
muchacho rubio que se había plantado delante de mí. Me de-
fendió de Mario y no sabía su nombre—. Pensaba que habías
salido antes, pero no te vi en disecciones.

—Sí —respondí casi sin pensar—. Ya me voy a casa.

—Vale. —Sonrió alegre—. Hasta mañana.

—Hasta mañana —respondí.

El chico sonrió de nuevo con la mirada y se dirigió a una de
las clases. No volvería a ver su cara jamás, eso no parecía importante hasta unas horas antes, pensaba que siempre habría un
mañana, otra oportunidad.

—Oye —exclamé, dando un par de zancadas hasta alcanzarlo de nuevo—. ¡Gracias! —Este no pareció entender nada—.
Por defenderme de Mario. Muchas gracias.

—Ah —asintió—. De nada, no hay nada que agradecer
—dijo al tiempo que se alejaba de mí.

—¿Estás bien? —Darío puso su brazo sobre el mío—. No le
conocías, ¿qué te pasa?

—No le conoceré jamás —musité—. Vámonos, por favor.

La semana pasada no sabía que iba a hacer esas cosas por última vez en algún momento de los siguientes días. Que sería mi último café con mis amigas, mi última mañana tomando apuntes de Genética medio dormida o la última vez que acudiría a una clase con la profesora de Cirugía General y su manera tan apasionante de hablar del cuerpo humano. No sabía que iba a ser la última vez que iba a darle los buenos días a mis compañeros o la última vez que reiría con mis amigas hasta sospechar que iba a hacerme pis encima.

Me sentía… ¿expectante? ¿Abatida? No lo sabía. Sentía tantas cosas que creí que jamás podría ponerlas en palabras, mi corazón estaba sobrepasado por la realidad nueva a la que me tendría que enfrentar. Darío trató de explicarme lo mejor que pudo toda esta locura y me contó cosas con las que creí que jamás iba a tener que lidiar, pero aun así, pese a que él puso toda su intención en narrarme cada detalle del que se suponía que era mi destino, yo me sentía absolutamente perdida. Pero nunca fui solo Alessa Lennox, era la elegida de mi propia historia.

—Vamos. —Darío interrumpió mis pensamientos mientras dejábamos atrás la facultad—. Sin sentimientos, sin emociones, Alessa. —Parecía saber lo que pensaba—. Eres fuerte. El universo nunca elige a personas débiles.

—¿No es curioso que lo digas tú? También cumpliste la profecía.

—Por eso mismo lo decía, cariño.

—No me llames cariño —farfullé entre dientes—, es repulsivo.

Darío levantó los brazos como en una señal de darse por vencido.

Entonces, lo sentí. En mis entrañas, en todo mi ser. Un hormigueo que recorrió cada extremidad de mi cuerpo me alertó de lo que estaba a punto de ocurrir.

—Derek —murmuré.

Pero no le veía. Fue una sensación que no había experimentado antes en todos esos días de confusión. Eso fue lo que hizo que cerrase los ojos con fuerza. Esperé verle o soñar con él de nuevo, pero en lugar de eso la ola de la emoción más intensa que había sentido jamás inundó cada recoveco de mi alma, corazón y mente.

Darío pareció darse cuenta porque posó su mano en mi hombro, pero no pude responderle siquiera. No podía caminar, respirar o ver. Me quedé petrificada.

Sentí lo mismo que cuando Derek me besó, lo mismo que cuando nos vimos en la barca rodeados de aquellas criaturas. Una sensación de amor mezclada con un deseo muy intenso. Necesidad.

Todo mi cuerpo se tensó, como si su alma estuviera dentro de mí y yo le perteneciera.

—¿Qué me está pasando? —dije sin ver. Sin mover un solo centímetro de mi cuerpo.

—¿Qué sientes?

Darío posó sus brazos sobre mis hombros con mucha pesadez, tanta que dudé de si este era Derek o continuaba siendo mi profesor. La realidad se disipó, de nuevo.

Comenzaba a entrar en el limbo al que tanto temía.

—No lo sé. —No abrí los ojos—. No sé qué puede estar pasando.

Entonces Darío cogió mi brazo y comenzó a avanzar a gran velocidad a través de las calles de Madrid como si mi vida fuera en ello.

Me sentía presa sin poder huir o hablar, no tenía control de mi cuerpo. De repente, me había convertido en un trozo de carne sin poder de decisión.

Estaba secuestrada en mi propio cuerpo.

—Darío... —susurré ahogada.

—Está ocurriendo demasiado pronto.

Sentí la ira en su voz, la rabia y el terror.

Entre toda la neblina de sentimientos confusos, vi a mis amigas.

A mis padres.

A mis profesores.

—Te vas ya —escuché al profesor como si fuera un eco en una cueva—. Alessa, es el momento. Ha llegado antes de lo que pensaba.

No.

No podía irme tan pronto. Tenía que despedirme, darles una explicación, aunque para ellas pasaría a no ser nada.

Eso me había contado Darío.

Al cambiar de universo mi ser dejaría de existir en el otro, y no quedaría siquiera un rastro de cenizas de lo que fui. Yo me acordaría de cada segundo que pasé allí, pero nadie recordaría que yo había existido.

¿Acaso era egoísta lamentarme porque mi existencia se reduciría a la nada? Probablemente. Era egoísta estar tan asustada de dejar de ser importante para la gente que amaba, aunque eso significara que pudieran continuar sus vidas sin echarme de menos.

Porque yo pasaría cada segundo de mi existencia haciéndolo.

Lo cierto era que, al menos, no tendrían que pasar la suya sufriendo y anhelando mi presencia a sabiendas de que jamás iba a volver.

Un miedo ensordecedor inundaba cada centímetro de mi ser. Si hubiese tenido un poco más de tiempo, quizá me habría emocionado la oportunidad de vivir mi propia historia de ficción. Tal vez me hubiera ilusionado saber que al otro lado me esperaba un muchacho atractivo y amable.

Derek.

El profesor no comprendía por qué mis sueños insistían tanto en mi relación con Derek, no entendía qué tenían que ver con mi pertenencia a ningún universo.

Y mi yo normal, de alguna forma, se sentía atada a él. ¿Cómo explicar el sentimiento de que sabía que iba a enamorarme de él? ¿De necesitar su tacto sin haberlo sentido jamás?

—¿Estás lista?

—¿Qué tengo que hacer?

Mi voz resonó como un grito entre la tormenta que me rodeaba. No podía reconocer si seguíamos en la calle o si habíamos llegado a un lugar cubierto, solo existía la oscuridad para mí.

La oscuridad y la voz de Darío.

—Nada, yo no hice nada.

Entonces el rostro de Darío apareció entre la penumbra con esa sonrisa característica suya. Sus manos agarraron las mías y sentí que sería por última vez.

—Alessa, yo he pasado por lo mismo que tú —su voz retumbaba a mi alrededor. Yo continué con los ojos cerrados—. Está siendo muy… muy brusco —tartamudeó—, pero el destino funciona así, no puedes controlarlo, no puedes huir de él. —Su voz quemaba y la nube de mi alrededor se hizo más y más densa—. Enfréntate a él, asume lo que eres y no te frenes.

Entonces, la oscuridad me consumió. Se metió en cada uno de los poros de mi cuerpo y pasó a formar parte de mí. Y yo me dejé llevar.

Porque no podía seguir huyendo de mí misma.

11

EL SABOR METÁLICO QUE RECORRÍA MIS LABIOS FUE LO PRIMERO que sentí antes siquiera de abrir los ojos.

Sangre.

Intenté abrir los ojos, pero no lo conseguí.

—Tranquila —murmuré para mis adentros. Sabía que tenía el rostro cubierto de sangre aún sin verme—. Tranquila.

Me permití unos segundos de adaptación al entorno y reuní valor para extender mis sentidos más allá del gusto de mi propia sangre.

Nada. No oía nada. Tan solo un leve susurro de viento y un silencio adormecido. Sin embargo, olía la frescura de los árboles y una amalgama de aromas florales.

Abrí los ojos resguardándome con la mano del sol directo que azotaba mi cara. Estaba en un bosque, tirada en el suelo.

Miré mi cuerpo esperando encontrar alguna magulladura y palpé mi rostro con nerviosismo para confirmar lo que creía, sangre espesa y caliente brotaba de mi nariz. Gemí de dolor al intentar tapar la herida, pero no había forma.

—Venga —me animé—. Venga, joder.

Traté de incorporarme confusa sin dejar de palpar mi cuerpo y rostro con las manos. No llevaba la sudadera *beige* ni los vaqueros con los que había ido a la universidad, en lugar de eso, me sorprendí a mí misma con un vestido formado por un corsé blanco y una tela superpuesta verde oliva.

Ahogué un grito al reconocer la ropa.

En uno de mis sueños lo llevaba, en el de la Plaza con Derek.

—Derek —musité.

Mordí mi labio inferior y alcé la vista al cielo para aguantar las lágrimas. Era fuerte, tenía que encontrar explicación a eso, un sentido a la locura que estaba viviendo.

Me incorporé del todo sacudiendo mi vestido y observé de verdad lo que me rodeaba.

No era un bosque normal, era el bosque más alucinante que había visto jamás y por un segundo me planteé si estaba viéndolo realmente o soñaba con ello.

Un gigantesco roble que cuadriplicaba mi altura hacía algo de sombra en mitad de una ladera compuesta de césped y musgos verdes en tonalidades oscuras. Las hojas, frondosas, caían en cascada y la luz se filtraba por las ramas de manera armoniosa. Algunas rocas sobresalían de entre algunos helechos verde enebro.

Mi piel se erizó al verme ahí parada, tan insignificante en comparación con la vida que me rodeaba.

El bosque respiraba magia.

Fue entonces cuando el olor de una hoguera me alertó e hizo que me llevara la mano al pecho.

—Mierda.

Si había una hoguera fuera, habría personas. Me debatí entre hablar con ellos o esconderme, no sabía si huir a un sitio mejor o explicar el motivo de mi presencia, pero… ¿qué iba a decir?

«Oye, perdona, que vengo de otro universo y pasaba por aquí para ver si conoces a un chico muy guapo que se llama Derek».

No, definitivamente, no era una opción. No si pretendía que no me detuvieran o ingresara en un manicomio. ¿Habría manicomios? ¿Personas?

¿Y si mis sueños no habían mostrado el lugar en el que había aparecido? ¿Y si me había equivocado de universo? La ansiedad comenzó a inundar mi corazón y sentí el nerviosismo a punto de salir por todo el cuerpo. Temí quedarme bloqueada, pero en lugar de eso, mi respiración ahogada y mi pecho agitado me ayudaron a mover los pies uno detrás del otro y tratar de buscar un lugar para esconderme.

Tenía que encontrar a Derek cuanto antes. Era la única persona que conocía en este universo. Más o menos.

Vi un matorral bastante frondoso y corrí hacia allí como si mi vida fuera en ello, levantando mi vestido a medida que corría.

—Vaya mierda —pensé al ser consciente de lo que me entorpecía aquella falda larga. Para bailar en la Plaza era precioso y comodísimo, pero para huir por el bosque…

El olor de la hoguera me inundó las fosas nasales hasta que terminó casi por marearme. No supe de dónde venía el sonido hasta que escuché unas cuantas ramas romperse a mi derecha.

—¡Carl!

Una voz masculina sonó cerca. Demasiado cerca.

Me cubrí con las hojas apretando la mano contra el corazón para intentar frenar mi pulso acelerado. Todavía notaba la ansiedad en mis manos, en la punta de los dedos que temblaban casi más que mis piernas. Hice amago de recogerme la melena, pero sin coletero resultó complicado.

—¡Carl! Tenemos que volver a Ellyeth, ¡ya!

Sonaba enfadado.

Se me ocurrió que podría seguirlos. Sí, tal vez si les seguía hasta lo que decían que era Ellyeth podría buscar ayuda y averiguar dónde estaba Derek.

—Bruno, ¿le vas a explicar tú a las reinas lo de que no hemos encontrado un solo pilz en tres horas de camino? ¿O les lamerás el culo hasta que te perdonen y te dejen ir con su hijito a jugar a las espaditas?

—Eres gilipollas.

—¡Yo por lo menos no soy un cagaprisas de mierda!

No sé si fue que las voces cada vez estaban más cerca lo que hizo que me llevara la mano a la boca para ahogar un grito o el hecho de que fueran incluso más vulgares que mis amigas y yo criticando a Mario en la cafetería. Me esperaba un vocabulario digno del medievo y no palabrotas comunes.

Tenía que salir de ahí, pero sin verlos ni saber por dónde iban a salir era imposible.

Tal vez podría decirles que necesitaba ayuda, no los conocía de nada y puede que fueran educados y amables. No todo el mundo tenía que querer matarme, ¿no? Además, al parecer conocían a las reinas de aquel lugar y eso me llevaba a...

«¿Qué pasará con mis madres? ¿Qué dirá el reino? Nos buscarán, Ale... Nos perseguirán por mi culpa. Mi maldita culpa».

Derek mencionó en un sueño a dos mujeres que eran sus madres y una Corte. ¿La reina tenía alguna relación con Derek?

Quizá lo conocían.

Mis impulsos me decían que continuara escondida, que no me dejara ver. Pero tenía que enfriar la cabeza, dejar de pensar como si fuera una protagonista de libro y pensar como un ser humano normal. Dejarme de tonterías.

Traté de alzar la cabeza, hacía algunos segundos que no oía nada.

Con la mano en la boca y aguantando la respiración agudicé la vista. Nada. Solo el roble y un silencio tenso.

—Vale —murmuré.

Unos instantes más y saldría. Tal vez podría explicarles a aquellos hombres mi origen o a quién buscaba. Tal vez podrían llevarme con Derek.

—Bruno, ¿cuántos pilz mataste la semana pasada? Yo siete. —La voz oscura y orgullosa de aquel hombre apareció por mi derecha.

—Yo catorce, inútil.

—Pero eran pequeños, ¡eso no cuenta!

Dos hombres aparecieron por fin en mi campo de visión. Ambos eran altos y con espaldas anchas y poderosas. Llevaban una especie de armadura negra atada por delante y unos pantalones ajustados a juego. Me llamaron la atención la gigantesca espada que el más alto de ellos portaba y el arco de madera del otro.

—¡Claro que cuenta, Carl!

El tal Carl era de menor altura (aun así, mucho más alto que yo) y con el pelo rubio por los hombros, Bruno, sin embargo, llevaba la cabeza rapada y una barba oscura y frondosa.

Pero lo que hizo que me estremeciera fue el simple detalle de sus orejas en punta.

—Elfos —musité, tapándome aún la boca con una mano.

No se parecían a los elfos de las películas. Las orejas eran iguales y también eran atléticos y atractivos, pero ahí acababan las similitudes. Llevaban una armadura mucho más moderna que las que había imaginado y no parecían nada delicados. Su belleza era de rasgos marcados, duros, y el rubio llevaba una mano tatuada al completo.

Sus comentarios sobre lo orgullosos que se sentían de haber

matado a unos pilz —fuesen los que fuesen— hicieron que me replanteara seriamente salir.

Bruno dio unas cuantas vueltas sobre su eje con la espada en alto, Carl le siguió. Este último apuntaba con su arco a todas las zonas a las que dirigía la vista y eso me hizo agacharme aún más entre el arbusto, parecía que tenían la vista ágil y no quería arriesgarme a que…

—¡Joder!

No sé ni cómo esquivé la flecha, pero lo que iba a ser mi muerte segura acabó clavando la falda de mi vestido al suelo.

Mierda.

Bruno y Carl corrieron hacia mí y ni siquiera me dio tiempo de intentar arrancar la flecha del suelo para poder huir. Sentía mi corazón a mil por hora palpitando en el pecho.

¿Cómo me habían visto? ¿En qué momento me habían descubierto?

—Casi te mato —murmuró Carl. No parecía enfadado ni con intención de hacerme daño. Tan solo me observaba impasible al otro lado del matorral junto a su compañero—. ¿Quién eres? ¿Cómo has esquivado mi flecha? —A medida que hablaba, iba abriendo más los ojos—. Creía que eras un pilz.

Todavía tirada en el suelo, pero ya libre de la flecha, me planteé qué responder. No sabía hasta qué punto podía fiarme de ellos y era plenamente consciente de que estaba en desventaja.

—No sé, solo la he esquivado —me limité a responder. Carl se cruzó de brazos y Bruno no dejaba de mirarme con la boca abierta. ¿Nunca habían visto a una mujer o qué?—. Y soy Alessa. Alessa Lennox.

—Alessa Lennox, ¿qué eres?

Se me escapó una risa al escuchar la voz grave y profunda de aquel tal Bruno temblar al preguntarme eso. ¿Qué mosca les había picado? Hasta hacía unos segundos estaba escondida detrás de un arbusto asustada porque hablaban de asesinar criaturas de forma temeraria y ruda y ahora parecía que iban a llorar delante de mí por haber esquivado una flecha.

Siempre tuve buenos reflejos, no hay más.

—Soy... —pensé cómo responder esa pregunta de forma apropiada en un mundo con criaturas distintas a la raza humana—, soy una humana.

Mientras ellos continuaban con su rostro boquiabierto y la mirada perdida decidí limpiar un poco el vestido e incorporarme. Estaba hablando con ellos tirada en la tierra del bosque. No era cuestión de humillarme.

—¿Qué haces aquí? ¿Estás sola? —Bruno pareció despertar de la especie de *shock* en el que estaba inmerso, relajando la mirada, y se acercó algo a mí. Di un par de pasos atrás al ver que continuaba con la espada en alto. No me fiaba . Somos bekrigers.

—¿Bekrigers? —repetí—. ¿Qué es eso?

Ambos alzaron las cejas confundidos y se miraron.

—No eres de aquí, ¿verdad? —Bruno envainó su espada—. ¿De dónde eres?

—De muy lejos —respondí sin pensar.

—Ya veo. —Carl intervino. Sus ojos reflejaban casi tanta desconfianza como los míos—. Pero estás en territorio real, lo sabes, ¿no? —Creo que detecté algo de ¿interés? detrás de esos ojos claros—. No pareces de Ffablyn, pero no estás tan sucia como para ser de Trefhard... ¿De dónde vienes, Alessa?

No tenía muchas otras opciones.

Si mentía se iban a dar cuenta, no parecían estúpidos y no sabía cómo disimular el hecho de que venía de otro mundo.

Y, si les contaba la verdad, había dos posibilidades. Podían tomarme por mentirosa o acceder a ayudarme y llevarme con Derek.

Pero tenía que arriesgarme. En la vida real las personas eran seres razonables, ¿no? No creía que por ser elfos (o algo similar) tuvieran que matarme por explicarles mi situación, por muy surrealista que sonase.

—No sabía que estaba en territorio real porque no sé dónde estoy —comencé, cruzándome de brazos—. Necesito… necesito buscar a Derek. No soy de este reino, yo vivo en Madrid, una ciudad de España, ¿sabéis? —Evidentemente no sabían lo que era España y no fueron necesarias sus caras de sorpresa para corroborarlo—. Vengo de otro… otro mundo. —Tragué saliva y me arrepentí al instante de que se notara lo nerviosa que estaba—. Soy estudiante en una universidad de allí, y la realidad es que estoy aquí porque comencé a soñar con este sitio hace una semana. —Carl y Bruno abrieron aún más los ojos—. Lo fuerte de todo esto es que vengo de otro universo. —Cogí aire, estaba hablando muy rápido—. Me lo contó mi profesor de Genética Molecular, por cierto. Entonces, según él, mi destino es estar aquí porque mis sueños así lo indican, así que sería un placer que me llevarais con Derek para poder contarle esta historia. Creo que antes habéis hablado de él, debe ser el hijo ese con el que quieres jugar a las espaditas —miré a Bruno, estaba serio y tieso como un espantapájaros—; así que, por favor, si pudierais ayudarme, sería genial.

Resoplé con fuerza al terminar mi relato y esperé cruzada de brazos a que alguno de los dos me dijera algo o pusiera mínimo una mueca que indicara que me habían escuchado.

Entonces, detecté una mirada cómplice entre ellos que no entendí y Carl se pasó los dedos por la melena rubia y anduvo hacia mí muy despacio.

—Alessa… —murmuró alargando su mano tatuada hacia mí—. Ven con nosotros.

—¡Gracias! —Sonreí.

—Pero antes vamos a ir a ver a una amiga que conocemos en Ellyeth —Bruno se puso al lado contrario de Carl—. Es bruja, seguro que podrá ayudarte…

Tenía que haberlo supuesto.

—No estoy loca. —Aparté de un manotazo el tacto de Carl—. ¡Juro que estoy diciendo la verdad!

—Tranquila, Alessa, buscaremos ayuda y…

—¡Juro que es verdad lo que he contado! —exclamé.

Me aparté de ellos bruscamente y marqué distancia. Comprendía que mi relato sonara surrealista, a mí misma me lo pareció cuando Darío vino a contármelo. Pero la realidad era que necesitaba de forma urgente conocer a Derek y contárselo.

Necesitaba respuestas.

—No me vais a creer, ¿verdad?

Sus rostros estupefactos me recordaban a mí misma tratando de comprender las mentiras de Mario una vez más. No creían ni una sola palabra que decía.

Bruno y Carl no respondieron. Supe que, como soldados que parecían ser, estaban analizando la situación y cómo resolverla.

—Tan solo respondedme a esto —continué—. ¿Conocéis a Derek?

—Hay muchos Derek aquí, pero supongo que te refieres a… a Derek Maxwell, el príncipe heredero, hijo de las reinas Cassandra y Lauren.

Tenía que ser él.

Sí. Derek Maxwell.

—Sí. Es él. Tengo que verlo —respondí ansiosa—. Es importante, es el único al que… conozco. Tengo que verlo a él y a sus madres. —Tal vez si hablaba directamente con las mandamases del lugar lograría encontrar un sentido a todo esto.

—No podemos llevarte ante la familia real. —Bruno pareció ponerse nervioso—. Es algo excepcional, como comprenderás. —Este se frotó la barba—. Alessa, de verdad que nos has caído bien, pero llevarte con la bruja sería lo más sencillo y...

—¿Y qué hay que hacer para poder ir? Para poder ver a las reinas.

—Hombre... —A Carl se le escapó una pequeña carcajada—. O en actos oficiales... o por una infracción grave a la seguridad de reino.

—¿Qué se considera una infracción grave?

Se me estaba ocurriendo una muy mala idea.

—Pues... —Bruno volvió a rascarse la barba—. Atentados, masacres...

No, no iba a hacer nada de eso.

—O, claro, agredir en gravedad a un bekriger —completó Carl—. Ese sería motivo más que de sobra para llevar a alguien delante de la reina... —Sonreí. Este negó con la cabeza—. No, no hagas el imbécil. Nos hemos llevado bien hasta ahora, Alessa. Somos soldados.

—Y yo estoy desesperada, no me creéis y...

—Somos bekrigers, no sabes lo que estás diciendo. —Bruno puso su mano en la vaina de la espada. Todo mi cuerpo se tensó ante aquel acto y bajé la mirada a unas piedras que había debajo de mi vestido—. No hagas el tonto, no queremos hacerte daño.

—Lo siento —murmuré. Cuerpo alerta y mirada clavada en las piedras que había en el suelo—, pero tengo que ir con Derek.

Carl no tuvo tiempo de agacharse cuando una de las piedras fue directa a su rostro.

—¡Joder!

Bruno desenvainó su espada y se llevó la otra mano a la cabeza. Mientras tanto, su compañero se tapaba la nariz con la mano y yo no supe muy bien si continuar lanzando piedras o esperar a que me devolviesen el golpe.

—¡No! —Carl frenó con la mano que tenía libre a Bruno, que parecía caminar directo hacia mí con la espada en alto—. Ahora es prisionera de las reinas, está bajo su protección.

Me alcé de hombros y no pude disimular una sonrisa.

—Eres ingeniosa. —Debajo de la sangre que cubría el rostro de Carl pude ver una leve sonrisa—. Aunque tus métodos son dudosos.

—Llevadme ante las reinas —me limité a responder pasando las manos por mi corpiño— y ante Derek.

12

—¿Ahora no vas a hablar?

La barca avanzaba por el lago demasiado rápido como para poder observar las vistas sin marearme, así que, en lugar de reconocer lo poco acostumbrada que estaba a estar en una barca decidí callarme y mirar al frente. Con suerte creerían que era una estrategia, no que quería vomitar.

Tenía las manos atadas a la espalda con una venda, me costó convencerles para que decidieran no ponerme una en la boca. Era absurdo, sabían que si había lanzado una piedra a Carl era solo para ver a las reinas y a Derek.

—Carl, es una prisionera, no tenemos por qué hablar con ella. —El elfo de barba tupida puso los ojos en blanco—. ¡Encima te ha lanzado una piedra!

—Ya, pero me aburro. —Carl se recogió la melena en una coleta, me fijé en su nariz hinchada con sangre reseca en ella—. Y parece simpática.

—Lo dices porque es guapa.

—Perdona, Bruno, pero yo pienso con el cerebro, no cómo tú que piensas con…

—¿Podéis dejar de hablar cómo si no estuviera aquí? —Alcé la voz sin apartar la mirada del fondo del lago.

—Hombre, si sabe hablar. —Carl me guiñó un ojo, gesto que ni a Bruno ni a mí nos hizo ninguna gracia.

—Un poco de profesionalidad, por favor —musitó este.

—Eso —recalqué yo.

El rubio se cruzó de brazos de forma dramática, al parecer, esperando a que yo me riera o algo parecido.

—Ya que nuestro trabajo consiste en defender a las reinas y atrapar prisioneros, permíteme que me divierta con uno de ellos —continuó.

—¿Acaso soy un títere?

No sé si respondieron porque antes de que pudiera continuar mi argumento de por qué Carl me caía mal me quedé obnubilada ante una de las montañas que, hasta entonces, apenas me habían llamado la atención.

—¿Qué es eso? —dije al tiempo que señalaba hacia mi derecha con todo el cuerpo.

Hasta ese instante, aquel enorme lago dividía dos filas de montañas verdes y frondosas que a ojo de cualquiera habrían resultado impresionantes.

Pero lo que apareció en una de ellas al girar la barca en el lago, era imposible de disimular.

—Es nuestra casa —murmuró Carl.

Una gigantesca fortaleza de piedra rodeaba lo que parecía ser un, aún más, gigantesco castillo de paredes blancas y grisáceas. Llamaban la atención dos torreones en punta recubiertos de enredaderas verdes.

—Allí. —Bruno, esta vez, dejó ver una pequeña sonrisa.

—¿Dónde estamos? ¿Qué es todo esto?

—Nuestro hogar, Alessa. —Carl sonrió—. Bienvenida a Ellyeth.

Hasta ese momento, todo habían sido montañas, pero aquel

castillo cubierto de flores y enredaderas majestuosas hizo que se me erizara la piel.

Entonces, Carl cogió mi cabeza con sutileza y me dirigió la vista hacia el lateral de una de las montañas.

Lo que resultó ser Ellyeth me había dejado tan fascinada que apenas me había dado cuenta de que, en la misma fila de montañas, pero mucho más cerca de nosotros, lucía lo que parecía ser la pequeña ciudad más increíble que había visto jamás enclavada en la montaña.

Aquel lugar parecía estar compuesto por una especie de castillo bastante más pequeño que el de Ellyeth, adornado en tonos negros y verdes. Destacaban también las casas, delicadas y oscuras como los muros del castillo, pero con flores y plantas en sus paredes.

Era un lugar lleno de magia y fantasía, pero una magia de ambiente tétrico y hermoso al mismo tiempo.

—¿Quién vive allí?

Carl y Bruno giraron al mismo tiempo el cuello hacia mí.

—¿De verdad que no sabes nada de este lugar?

—No —respondí sin mirar a Carl—. Claro que no.

—Ffablyn. Allí viven elfos, ninfas, dríadas… —Bruno parecía recitarlos de memoria—. Bueno, criaturas de su estirpe, ya sabes. —Al juzgar mi cara, debió comprender que no tenía la más remota idea de a qué se refería con criaturas de su estirpe—. Ya sabes, criaturas con magia, belleza… —Se volvió a atusar la barba—. Los mejores.

—Ya empezamos. —Carl hizo una mueca de desaprobación. Yo mientras continuaba con los pelos de punta al estar tan cerca de todos los seres sobre los que llevaba leyendo toda mi vida—. Es solo tu punto de vista, no todos pensamos así.

—Te van a desterrar, Carl. Para de decir gilipolleces.

El tono de Bruno dejó de ser simpático. Ese susurro con la mirada perdida y llena de miedo hizo que me diera cuenta de que iba en serio.

—Nadie se va a enterar.

—Tienes suerte de que en realidad te tengo algo de aprecio y valoro tu vida, porque —Bruno frunció el ceño, nervioso— por esos ideales podrían... podrían matarte. Tienes suerte de que solo yo esté delante cuando hablas de ese modo.

—¿Qué ideales? —intervine, por fin. Bruno desvió la mirada de Carl y volvió a echarse para atrás.

—No son cosas que deba saber una prisionera.

—Hasta hace unos segundos no parecía que os importara. —Carl asintió cuando dije eso—. ¿Entonces?

—Pues que, entonces, te enterarías demasiado pronto de que las cosas aquí funcionan como los de arriba quieren que funcionen. —En cuanto Carl comenzó a hablar, Bruno se llevó una mano a la cabeza—. Y que o estás callado o...

—Deja de decir tonterías.

—Digo verdades.

—¡Gilipolleces!

El bufido de Bruno me asustó, pero no tanto como el frenazo repentino que dio la barca.

—Haz el favor de mantener la compostura mientras la llevamos con ellas, Carl. —Me quedé boquiabierta, no me había dado cuenta de que la barca estaba justo a los pies de la montaña—. Ya hemos llegado.

13

No sé cuánto tiempo pasó desde que Carl puso una bolsa de tela en mi cabeza hasta que dejé de oír el murmullo a mi alrededor y se hizo el silencio.

Nada más salir de la barca, ambos me informaron de que, por motivos que no comprendería, debían de taparme el rostro. Supuse que más que para que yo no viera a dónde me dirigía, sería para que los demás ciudadanos no reconocieran las facciones de una prisionera.

Tal vez querrían pegarme.

O incluso matarme.

Mis pies se movían por inercia mientras Carl y Bruno tiraban de mí, su actitud había cambiado considerablemente y aquello me asustaba.

Antes, el rubio incluso parecía tratarme con algo más de empatía, pero en ese instante salió el soldado que llevaba dentro. El soldado que había tratado de ocultarme para ¿no asustarme? No lo sé, me daba igual.

—Boca cerrada hasta que te quitemos la bolsa, prisionera.

—Sabes cómo me llamo, Bruno.

Pero Bruno me ignoró y se limitó a seguir tirando de mi brazo mientras yo caminaba en la penumbra.

Anduvimos unos minutos, escuchaba a mi alrededor voces de curiosos, pero no identifiqué un solo sonido racional, tan solo murmullos durante un largo rato.

Mis pies dejaron de caminar sobre un terreno duro, tal vez asfalto, y, en su lugar, noté que pisaba hierba blanda y depresible. El sonido de mi alrededor cesó al completo.

—Kyle, abre las puertas.

La voz de Carl sonó a mi izquierda, me sobresalté al escucharle tan cerca después de haber estado tantos minutos sumida en el silencio.

—Vamos, Alessa. —Bruno pareció mascullar mi nombre con rabia.

—¿Ahora sabes cómo me llamo? —escupí sin pensar, como siempre.

—Haz el favor de comportarte, por favor.

Entonces, la voz de Carl sonó cerca de mi oído a través del saco de tela que cubría mis ojos. Y sonaba como una advertencia real, tal vez, incluso dicha con cariño.

—Ellos no son como nosotros, compórtate y no digas nada fuera de lugar. —De nuevo, aquel susurro lleno de advertencia y miedo que hizo se me acelerara el corazón.

Asentí nerviosa y ambos tiraron de mí, esta vez, mis muslos temblaban y el calor en el interior de aquella bolsa aumentó debido al vaho que provocaba mi respiración agitada.

Agucé mis sentidos.

Solo tres pisadas, Bruno, Carl y yo.

Un silencio absoluto que me asustó. Estábamos dentro de un espacio grande. Lo deduje por el eco que provocaban nuestros pies.

Entonces, Carl y Bruno se detuvieron.

—Carl, entramos ya. —La voz de Bruno firme y tosca, como

era él, pero con un ápice de miedo que me hizo erguir la espalda.

—Sí —se limitó a responder este.

Entonces escuché cómo se abrían dos puertas. A juzgar por el ruido que hacían, eran considerablemente grandes.

Susurros a mi alrededor. Voces femeninas que pasaban no muy lejos de mí y de la bolsa que me impedía la visión.

¿Estaría ya en la Corte? ¿Con las reinas? ¿Con Derek?

Mi corazón martilleaba en mi pecho como si luchara por salir, tenía la respiración tan agitada que creía que si no me quitaban la bolsa de tela de una maldita vez iba a ahogarme.

Los susurros cesaron.

Los pies de Bruno y Carl pararon, por lo que los míos les siguieron.

Todo cesó, juraría que incluso la respiración de mis compañeros. No escuchaba nada.

Al menos, hasta que aquella dulce voz se abrió paso entre nosotros.

—Quitadle la bolsa.

Dulce pero tenaz, aquella voz hizo que Carl obedeciera al instante y quitase la bolsa que me tapaba la visión.

Traté de cerrar los ojos de forma inmediata. La luz, después de tantos minutos de oscuridad, me cegó y apenas vi nada hasta que pasaron unos segundos.

Lo primero que vi, una vez que mis ojos se acostumbraron, fue a dos mujeres extremadamente hermosas delante de mí, estaban sentadas en dos tronos majestuosos, de mármol blanco con detalles verdes y dorados.

Una de ellas tenía el cabello plateado hasta la cintura, piel negra y un vestido en tonos plata y gris, a juego con su pelo. La otra, rubia y de piel pálida, con otro vestido casi tan bonito como el primero de un tono rojo cereza espectacular. Ambas parecían mayores, rondarían la edad de mis padres, pero de alguna forma tenían el rostro muy rejuvenecido para su edad.

—Has tenido que hacer algo muy grave para que te traigan aquí —La mujer de vestido plata continuó hablando, agudizando la vista como si quisiera verme mejor, aunque estuviera a apenas cinco metros de ella.

No me atreví a mirar hacia los lados, pero supe que en aquella sala de techo infinito había más personas.

Me dispuse a abrir la boca para defenderme o, al menos, soltar el discurso que llevaba preparado, cuando Bruno dio un paso al frente y me interrumpió sin quererlo.

—Encontramos a la prisionera tirada en el borde del límite del reino. Se comportó de manera agresiva y nos atacó con unas piedras.

—¡Eso es mentira! —exclamé poniéndome a la altura de Bruno—. Os lancé la piedra porque os había explicado que…

—¡Silencio! —La mujer de vestido rojo se incorporó del trono—. Callaos.

—Perdón, su majestad Cassandra.

Bruno y Carl pusieron una rodilla en el suelo y yo les seguí sin saber muy bien qué hacer. No creía que fuera buena idea mostrarme desafiante ante aquellas dos mujeres.

—Continua, bekriger Bruno.

«Bekriger», repetí en mi cabeza. ¿Se trataría de un título? ¿De una profesión?

Bruno alzó la cabeza sin levantar la rodilla del suelo y centró sus ojos en la reina. Yo, con la cabeza ladeada, me dediqué a mirarle.

—Estuvo delirando durante un largo rato —continuó— y preguntó por su hijo.

Derek era el príncipe de aquel reino y aquella confirmación solo consiguió que me pusiera aún más nerviosa si cabía.

—¿Cómo te llamas?

Por primera vez, la mujer del vestido plateado caminó con decisión hacia mí, parecía más afable que su pareja.

—Soy la reina Lauren de Drybia —manifestó, yo no aparté la mirada de sus profundos ojos negros mientras caminaba hacia mí—. Levántate e identifícate.

—Soy Alessa Lennox —dije tratando de manifestar la mayor seguridad posible.

—¿Ciudad?

—Madrid.

—¿Madrid? —repitió ella.

—Las mentiras son penadas de forma grave aquí, Alessa.

—No estoy mintiendo.

—Conozco absolutamente cada recoveco de Drybia y sus fronteras y la ciudad de la que tú dices que provienes no existe —dijo Lauren con tanta calma que me erizó los vellos del brazo—. No mientas —musitó.

—¡No estoy mintiendo! —Por el rabillo del ojo, vi a Carl llevarse una mano a la cabeza—. Es que…

—¿Es que?

—Vengo de otro mundo, de otro sitio muy lejano porque supuestamente es mi destino o algo así —dije mirándola a los ojos—. Por eso no comprendo dónde estoy ni qué sitio es este. Toda esta locura me la comentó mi profesor de Genética al que, por cierto, le pasó lo mismo que a mí y…

—¿Te crees que soy estúpida, Alessa?

La mirada de furia de la reina Cassandra me estremeció. Se incorporó hacia delante apartando la falda de su vestido rojo.

—Llevadla a las mazmorras.

Bruno y Carl me agarraron de los brazos. Todo pasó muy rápido, yo me zarandeaba de un lado a otro y sentía el miedo inundando mis pulmones.

El brazo de Carl, del bekriger Carl, sujetaba la bolsa que estaban a punto de volver a ponerme en la cabeza.

—¡No! ¡No estoy mintiendo! ¡Tenéis que dejar que me explique! —exclamé una y otra vez mientras trataba de esquivar el saco. Carl murmuraba cosas que no entendía—. Por favor.

Fue entonces cuando el sonido chirriante de los portones de aquel salón me alertó, y, después, se hizo el silencio.

El más absoluto silencio que me heló el corazón al instante.

Las reinas se quedaron rígidas mirando a la puerta que había tras mi espalda. Bruno y Carl cerraron los ojos y me apretaron con fuerza los brazos.

Solo se escuchaba mi respiración agitada y unos pasos tras de mí.

—¿Qué ocurre, madres?

Ahogué un pequeño grito al reconocer la voz.

Sus pasos continuaban aproximándose y dejé de resistirme.

—Ven aquí, hijo mío —Cassandra extendió su brazo hacia él.

Dejé de respirar y no pude evitar cerrar los ojos con fuerza esperando recabar el valor que fuera necesario para volverme a mirarlo.

No podía.

Escuché sus pasos rodearme, despacio, y Carl no dejó de apretarme ni un solo segundo el brazo con muchísima intensidad. ¿Ese era el efecto que causaba él aquí? ¿Miedo? ¿O tal vez admiración?

Casi siento el aliento de Derek cerca de mi nuca cuando nos rodeó a los bekrigers y a mí, fue entonces cuando me atreví a alzar la cabeza y buscarlo con los ojos.

Nos miramos.

Me quedé sin habla y creo que él también.

Derek era real y estaba delante de mí en aquel instante, se quedó quieto mientras centraba sus ojos en los míos con la boca entreabierta.

¿Me habría reconocido? ¿Sabría quién era?

El tiempo se detuvo durante unos instantes y todo el discurso que había planeado desapareció ante la intensidad de aquellos ojos negros.

—¿Os conocéis?

Moví la cabeza nerviosa hacia la reina Cassandra y por primera vez aparté los ojos de los de Derek, aunque él no hizo lo mismo. Sentí su mirada de ébano analizar mi rostro.

—¿Hijo?

Me martilleó el corazón en el pecho esperando su respuesta. Quizá la primera respuesta de las miles de preguntas que tenía.

—No, madre. No conozco a esta chica de nada.

14

—Llevad a la prisionera abajo —Cassandra rugió con fuerza—. ¡Vamos!

—¡No! —exclamé. Carl dudó antes de ponerme la bolsa de nuevo, a diferencia de Bruno que parecía no costarle nada retenerme y tratarme como a una criminal—. ¡Dejad que me explique!

—Abajo —Lauren, se sentó en el trono y casi susurró aquellas palabras.

Carl esta vez no me puso el saco, tan solo tiró de mí junto a su compañero bekriger. Me revolví sobre mí misma y miré con desesperación a Derek, que no apartó la mirada de mí ni un mísero segundo.

—Haz algo —murmuré mientras jadeaba, nerviosa—. ¡Ayúdame!

Derek alzó las cejas sorprendido y apartó la mirada de mí. Estaba actuando como una loca desesperada, pero él era lo único familiar entre todo aquel caos.

Sin embargo, este se acercó a sus madres y ni se dignó a mirarme mientras las puertas se cerraban tras de mí. Así morían todas mis esperanzas en que él supiera de mi existencia.

El bekriger tiró de mí como si fuera un saco de comida hasta una mazmorra digna de una película de terror.

Al bajar las escaleras, Carl y Bruno me habían dejado sola con un hombre mucho más taciturno que ellos. Apenas me miraba y mucho menos me dedicaba alguna broma sarcástica como habían hecho sus compañeros antes de entrar en palacio, en su lugar, le pareció mejor opción agarrarme del brazo con brusquedad.

—La comida pasará en unas horas.

—¿Qué hora es? —pregunté mientras caminaba de mala gana al interior de la mazmorra, tratando de reunir todo mi orgullo y fuerza para no gritar o echarme a llorar.

El bekriger no respondió, en lugar de eso, me mostró sus dientes y se marchó de aquella sala oscura mientras las lágrimas brotaban de mis ojos a una velocidad aterradora.

—Mierda —musité ahogándome con la tristeza y la angustia que me comenzaban a dominar—. Mierda, mierda.

En un intento de tomar el control de mí misma me agarré el pelo con fuerza y miré a mi alrededor.

«Mente fría, Alessa», pensé.

La celda de paredes oscuras y barrotes mugrientos dejaba mucho que desear. Ni siquiera había un retrete o un lugar en el que poder sentarme que no fuese el frío suelo.

Entre la libertad y yo, tan solo había un frío pasillo por el que el bekriger caminaba de vez en cuando.

Llevaba un uniforme negro y de cuero, cintas que sujetaban sus armas y tenía un cuerpo tan fornido como los de Carl y Bruno. Era evidente que se trataba de un guerrero experimentado, solo por su forma de erguir la espalda pude saberlo.

Analicé mi vestuario sin apartar los dedos de mi melena, con una falda de esa magnitud no iba a llegar muy lejos. Aunque,

¿no iban a traerme la comida? Tal vez podría huir, podía pegarle una patada al bekriger y salir corriendo lo más rápido posible.

Y así estuve unos minutos, caminando en círculos sobre un espacio de cuatro metros cuadrados a lo sumo, fijándome en cada ladrillo y en cada barrote.

—Siéntate. —Su voz profunda resonó entre los barrotes de la mazmorra—. Abajo.

No rechisté, opté por colocarme en una esquina con las rodillas en el pecho.

—Tiene que haber una forma de salir —murmuré.

Pero aunque lograra salir del palacio, lo cual era bastante improbable, por no decir imposible, ¿adónde iba a ir?

Estaba sola.

Estaba sola en otro mundo que no era el mío.

La comida vino, pero cuando me levanté a recibirla ansiosa para intentar llevar a cabo un plan de huida improvisado, dos bekrigers me ataron los pies hasta que me terminé aquella pasta amarillenta, que me causaba arcadas, y la bandeja acabó vacía.

—Proteína, la necesitas —musitó el bekriger mientras una lágrima recorría mi mejilla—. Ahora viene alguien a verte.

—¿Quién? ¿Quién viene a verme?

El hombre no dijo nada, se dio la vuelta, y comenzó a andar por el pasillo.

Si este era mi mundo, no quería estar aquí.

Si este era mi destino, quería cambiarlo.

No era una heroína, era una simple humana perdida en un lugar que le venía grande.

—Atrás.

El bekriger interrumpió mis pensamientos al abrir la puerta de la mazmorra con brusquedad, mi reacción fue retroceder y pegar todo mi cuerpo contra la pared.

—Hola, Alessa.

Y los ojos que no esperaba volver a ver me miraron desde el otro lado de los barrotes.

—Hola, Derek.

Se había cambiado de ropa, llevaba el mismo uniforme que Carl y Bruno.

—¿Eres un bekriger? —continué.

Apoyó su cuerpo en uno de los barrotes y me miró de arriba abajo juzgando mi lamentable aspecto tirada en el suelo. Me incorporé tratando de parecer orgullosa y no mostrar lo increíblemente asustada que me sentía.

—No —musitó. Sus ojos negros se afilaron aún más—. Soy su general al mando. Líder de los bekrigers.

Pronunció aquel título con un brillo en los ojos que denotaba orgullo. Me fijé en el atuendo del teniente y una de las bandas de cuero era de color plateado, a diferencia del resto de guardianes con los que había hablado hasta ahora. Además, sujetaba un majestuoso arco que parecía hecho de cristal.

—¿Qué ocurre? —Me crucé de brazos. Y, sí, mi corazón se aceleró tantísimo que temí que se saliera del pecho.

—Me dijeron que me conocías.

Retiro lo dicho, fue ahí cuando creía que mi corazón iba a salirse de mi cuerpo.

—Algo así, sí.

—¿Puedo saber por qué? —Enarcó una ceja.

—Estuve días soñando con este lugar… —Él asintió—. Y también contigo.

La expresión de Derek se mantuvo indiferente.

—¿Me crees? —continué tras no recibir respuesta.

—¿Dices que soñabas conmigo? —respondió ignorando mi pregunta, acercando su cuerpo aún más a los barrotes. Yo hice lo mismo.

—Sí.

—¿Qué pasaba en los sueños?

—¿Por qué me lo preguntas? —pregunté, mientras observaba cómo Derek me dedicaba una sonrisa ladeada al ver que estaba ignorando su pregunta.

—Te lo pregunto porque —Derek hizo una pequeña pausa mientras se aferraba a los barrotes que nos separaban— quiero saber si se parecían a los míos.

Quise responder, pero me quedé sin habla y solo pude acercarme más a él casi por inercia. Fue en ese instante cuando vi el parecido entre el Derek de mis sueños y el Derek real. Me miró de una forma familiar y yo me estremecí.

—¿Tuviste sueños también? —pregunté con la voz temblorosa.

—Soñé durante muchos días contigo. Solo contigo.

Todo comenzaba a cobrar sentido y se me secó la boca al ver que él estaba casi tan nervioso como yo.

—Eres real —musité.

Recordé las mariposas que sentía en los sueños, los nervios que me provocaba Derek al bailar conmigo en aquella Plaza o al darme la mano en la barca. Los besos que nos dimos bajo el dosel de su cama.

Apoyé mi mano sobre la suya, que todavía sujetaba el barrote. Esa conexión que sentíamos se hizo real y se manifestó en forma de escalofrío.

Tal vez sí que podría llegar a enamorarme de él casi tanto como en los sueños.

Tal vez él también de mí.

—¿Cómo supiste lo que hacer para llegar aquí?

—Conocí a una persona como yo, un cambiador de universos —susurré—, Darío Arias. Era mi profesor, le conté todo lo de mis sueños y fue él el que me dijo que existías.

—¿Me conocía en persona? —preguntó mientras acariciaba uno de mis dedos.

—No, pero supo que, si soñaba con tanta frecuencia contigo y con este lugar, era porque debía venir aquí.

—Porque era tu destino —dijo mientras asentía despacio y no apartaba ni por un segundo la mirada de mí.

—Eso me contó Darío. Se supone que cada cientos de miles de años alguien nace en el universo que no le corresponde —expliqué—. Y yo soy una de esas personas.

—Entonces, dejaste tu universo para estar aquí. Conmigo.

—No tuve elección —respondí—. No podía quedarme allí.

—¿Por qué?

—No pertenecía a ese universo, Derek —murmuré, y por unos segundos casi se me olvida que nuestras manos no habían dejado de tocarse ni por un instante—. Aunque esto me resulta… extraño. En mi mundo solo éramos humanos, nada de arcos ni castillos gigantescos donde vivir. —Me estremecí al recordar mi antiguo apartamento y mi zona de lectura—. ¿Por qué antes dijiste delante de tus madres que no me conocías?

—No compartí con nadie todos los sueños que tuve contigo —musitó—. No sé lo que eso implica y preferí no arriesgarme. —Asentí, pero no pude evitar sentirme algo decepcionada—. No me puedo creer que existas, Alessa.

—No me puedo creer que existas, Derek —dije con voz temblorosa.

Se hizo el silencio entre nosotros durante unos segundos.

No dejábamos de mirarnos y no dejaba de pensar en lo extraño que era poder tocar a alguien con quien llevaba soñando tantos días.

Pero, entonces, su mirada se apagó al tiempo que soltaba mi mano entrelazada a la suya en los barrotes.

—Suficiente.

Enarqué una ceja confusa, pero no me moví de mi posición.

—¿Qué es suficiente?

—Todo este… teatrillo de romanticismo.

Derek se alejó de los barrotes con un aire de desprecio que me erizó la piel.

—No tengo la menor idea de quién eres. Pero puedes seguir confiando en esta historia de amor dramática de dos amantes que se conocen por sueños, Alessa —dijo mientras se le escapaba una risa burlona.

Si lo que estaba escuchando era cierto; si todo lo que acabábamos de hablar era una mentira… juré en mi cabeza que esos barrotes no eran lo suficientemente fuertes como para frenarme.

Por unos segundos había dejado de sentirme sola y abandonada, me inundaron la felicidad y la paz al saber que no estaba sola en mis sueños. Pero, al ver cómo se apagaba su mirada, todo eso desapareció al instante.

—Sí, ahora puedo contárselo a mis madres y acabar con todo esto —prosiguió—. Vamos, di algo, no me mires así —continuó con su tono de burla.

—Eres un mentiroso —musité entre dientes y sin derramar ni una sola lágrima. Estaba furiosa.

—Órdenes —tragó saliva y por un instante me pareció ver incluso un ápice de debilidad—. Pero es lo que hay, Alessa.

—Juro que…

—¿Que me matarás? ¿Te vengarás? —Rio mientras se acercaba de nuevo a los barrotes—. Vamos, Alessa…

—Lo intentaré, al menos.

Hablaba sin pensar, pero la rabia profunda que sentía en mi corazón impidió que este se rompiera; no sentía tristeza o debilidad, sentía furia por haber sido engañada con la única intención de sacar información.

—Suerte en tu intento, pues. —Derek acarició el arco de cristal que colgaba de su hombro—. Mi intención no es que nos llevemos mal, Alessa. Quiero que lo sepas.

Desde el momento en el que me pegué de nuevo a los barrotes, tan solo nos separaban apenas centímetros entre nuestros cuerpos, pero no me sentía nerviosa o atraída, no me debilitó ver la gota de sudor que caía por su mandíbula, o la respiración agitada que no era capaz de disimular.

—Me mientes y encierras, ¿y quieres que seamos amigos? —reí entre dientes.

—Cuanto antes te enteres de cómo funcionan las cosas aquí, antes podrás aprender a sobrevivir. —No soltaba la mano del arco, pero la mirada no se desviaba de mis ojos.

—Aprenderé —musité intentando no parecer insegura.

Hizo una señal con la cabeza al bekriger que esperaba cerca de las demás celdas y rápidamente obedeció acercándose a mi cubículo.

—Que no se vaya, ¿entendido?

Reí sarcásticamente al escuchar la orden absurda que había impuesto al bekriger; ¿cómo creía que me iba a escapar de una celda? Depositaba demasiada fe en mí.

—A sus órdenes —respondió.

—Luego nos vemos, Alessa.

Abandonó los calabozos oscuros y lúgubres a paso ligero

mientras yo volvía a asumir que me sentía igual de asustada que cuando vi a Carl y Bruno en aquel bosque. Seguía igual de sola y la única esperanza de que Derek pudiera conocerme y ayudarme se había desvanecido.

No sé cuánto tiempo anduve por aquellos pasillos hasta que los bekrigers me liberaron de su agarre y pude volver a acostumbrarme a la luz fuera del saco de tela.

Cassandra y Lauren estaban de pie delante de mí, con los mismos vestidos y un rostro demasiado amigable para la situación en la que estaba.

—Alessa, querida. —Cassandra contoneó su falda roja para acercarse hacia mí y tocarme el rostro. Mi cuerpo reaccionó ante aquel estímulo—. Tranquila, no voy a hacerte daño.

—Quién lo diría, teniendo en cuenta que llevo horas tirada en el suelo frío de una mazmorra —escupí.

Me conocía, sabía que si quería sobrevivir tenía que aprender a estar callada y dejar de lado mi impulsividad por unos segundos.

Pero eso me costaba más que aguantar cualquier encierro entre barrotes.

—Hemos pensado en tu oferta.

Entonces me di cuenta de que Derek permanecía de pie a un lado del escenario en el que se encontraban sus madres con posición de descanso militar y la mirada perdida en el fondo de la sala, ningún signo de humanidad o compasión hacia mí.

—¿Qué oferta?

—¿Dices que no perteneces a estas tierras, ¿no?

—Sí.

—Pues estamos dispuestas a ofrecerte una solución. —Esta

vez fue Lauren la que habló. Parecía bastante menos benévola que su mujer y eso era decir mucho.

—¿Por qué ahora sí? —Mientras hacía la pregunta yo misma me percaté de la respuesta—. Claro, ya sabéis que no miento porque se lo conté a vuestro hijo, ¿verdad?

—Esperaba que comprendieras que nos fiamos de la versión que nos cuente nuestro querido Derek, Alessa. —Cassandra fingió una risa amable que me revolvió las tripas—. Vivimos en unas tierras de magia y profecías —murmuró—. ¿No sería hipócrita no creerte? ¿No sería hipócrita no escucharte al menos?

—Lo sería, desde luego —me limité a responder.

—Vienes de otro mundo —exclamó Lauren con voz de líder, de reina.

Estaba convencida que, fuera por el motivo que fuera, conocían la teoría del multiverso y todo lo que conllevaba. Lo único que pude detectar, aparte de la falsedad que transmitían, fue un inminente miedo.

Miedo por la profecía y la situación, tal vez, aunque no tuviera el menor sentido.

O miedo de mí, y eso tenía menos sentido aún si cabía.

—Y hemos barajado distintas opciones que te conciernen —continuó Lauren.

—¿Cuáles?

—Con una sobrevives y con las otras mueres, ¿qué quieres elegir? —Lauren alzó aún más la voz, sorprendiéndonos tanto a Cassandra cómo a mí—. ¿Elegirías la vida sabiendo que vas a tener que luchar para conservarla? ¿O te dejarías llevar por el camino fácil de la muerte inminente?

Mi corazón comenzó a acelerarse.

—Siempre que haya opción, elegiré vivir —musité. Escuché al bekriger de mi derecha gruñir.

—¿Cueste lo que cueste?

—Cueste lo que cueste.

—De acuerdo. —Cassandra asintió mientras se giraba hasta darme la espalda. No vi sus ojos, pero estaba segura de que le había devuelto la mirada cómplice que Lauren le enviaba desde el trono blanco—. Te ofrezco, pues, tres pruebas —murmuró sin mirarme a la cara—. Tres pruebas para que demuestres que tu relato es cierto y no perteneces a mis tierras. Tres oportunidades para sobrevivir, Alessa. Si superas las tres pruebas... puedes quedarte.

Ahogué un grito y me llevé una mano al pecho. ¿En qué clase de película estaba inmersa?

—¿Y si no participo? ¿Qué otra opción tengo?

—Morir.

Cassandra movió su cabellera con rapidez para pronunciar aquella palabra centrando su mirada en mí, con una leve sonrisa encorvada que me revolvió las tripas.

—Te mataríamos ya mismo, a decir verdad —continuó Cassandra—. ¿Qué elijes?

—Pero... ¡esto es injusto! No tengo opción —exclamé—. ¡Participar en las pruebas o morir! ¿Qué clase de oferta es esa?

—La única que tienes.

Lauren se incorporó de su trono y caminó con paso firme hacia mí. Indefensa y asustada como un niño pequeño, alcé la cabeza tratando de no acobardarme.

—¿Qué decides? —murmuró a centímetros de mi rostro—. ¿Morir o vivir? ¿Intentar las pruebas? ¿O aceptas tu muerte como única opción?

Pasaron unos segundos hasta que me digné a responder.

Me sentía sobrepasada, pero ¿cómo no intentarlo? No podía elegir no vivir, no podía rendirme.

Ya me dijo Darío que es imposible huir del destino y si el mío era enfrentarme a tres malditas pruebas, tendría que asumirlo.

Había abandonado mi antigua vida por una nueva y tenía que luchar por ella.

Por mis amigas.

Por mi familia.

—De acuerdo —dije sin apartar ni un solo segundo la mirada de Lauren. Su boca volvió a curvarse—. Participaré en las pruebas. Pero quiero saber en qué consisten y todo lo que conllevan.

La reina Cassandra estalló a reír a carcajadas, Lauren, por el contrario, volvió a darme la espalda y se dirigió con paso firme hacia el portón por el que había entrado antes.

Fue en ese instante en el que observé a unas cuantas *personas* que observaban la situación desde el interior de aquella sala. Todas con vestidos hermosos y ellos con uniformes de bekrigers.

Me miraban con miedo y curiosidad, tal vez estaban más asustados de mí que yo de ellos y no comprendía muy bien por qué.

—Llevadla arriba —exclamó Cassandra con fuerza; todos los asistentes me miraron con lástima—. Vamos.

Y la bolsa de tela volvió a cegarme de nuevo.

15

—Cuidado —musité.

Estaba metida en una bañera que parecía estar hecha de plata. Totalmente desnuda y rodeada de cuatro doncellas que parecían no escucharme mientras frotaban con esponjas cada centímetro de mi cuerpo.

—¡Ay!

Una de ellas, piel de ébano y cabello cobrizo, comenzó a lavar mi melena con muy poca delicadeza. Ninguna hablaba, parecían máquinas programadas para asearme.

Cuando les pareció apropiado, se marcharon. Dejándome todavía en remojo y con el cuerpo irritado por tanto frotar.

—Genial.

Sola y desnuda en aquella habitación, me sentía más desprotegida que nunca.

Rápidamente me enrosqué en el cuerpo y el pelo dos toallas que me habían dejado junto a la bañera y salí con precaución.

Vi la cama de matrimonio circular en mitad de una sala que era más grande que todo mi piso en Madrid. La habitación estaba decorada en tonos neutros, mezclados con plata y verde. Era preciosa, desde luego. Las paredes estaban cubiertas con múltiples enredaderas con flores delicadas hechas de cristal. Tenía la sensación de aquella habitación era demasiado hermosa para el cometido que tenía yo en esas tierras. Demasiado, sin duda, para alguien que se tendría que enfrentar a tres pruebas en las que se jugaba la vida.

Caminé descalza por la habitación buscando alguna forma de escapar, pero solo había un ventanal gigantesco que daba a los jardines a bastantes metros de altura que, cómo no, estaban llenos de bekrigers.

Entonces vi una maleta marrón encima de un sofá que había junto al ventanal. La curiosidad pudo conmigo y la abrí con demasiada rapidez.

—Hostia. —Sonreí.

Extendí sobre la cama los vestidos, pantalones, blusas y demás prendas de ropa que había en la maleta. Todos eran preciosos, pero opté por ponerme la ropa más cómoda que encontré en lugar de uno de los impresionantes vestidos de gasa y escote pronunciado.

Pantalones de cuero negros, blusa blanca de mangas abombadas y una chaqueta de pedrería plateada fueron mi opción final. Me estaba mirando en el espejo cuando Derek abrió la puerta de la habitación de par en par y caminó con decisión hasta el centro de esta.

—¿Qué haces? —escupí volviéndome rápidamente hacia él.

—Esa no es forma adecuada de dirigirse al príncipe. —Bruno estaba en la puerta, detrás de Derek. Sus cejas pobladas enmarcaban aún más su mirada amenazadora.

—Déjalo, Bruno —contestó Derek. Llevaba una chaqueta con pedrería similar a la mía, aunque la suya mucho más larga y en tonalidades oscuras—. ¿Todo bien, Alessa?

—Eso tenía pensado preguntarte yo a ti.

Por alguna razón, Derek no me asustaba. Era un mentiroso,

manipulador y estaba convencida de que ese arco de cristal que siempre llevaba había acabado con más de una vida, pero no me daba miedo, solo rabia. En cambio, sus madres sí que me asustaban, y mucho.

—Vengo a ver a mi prisionera.

—¿Tu prisionera? ¿Ahora soy de tu propiedad?

—Eso dicen mis madres. Estás bajo mi supervisión —dijo alzando una ceja.

—¿Haces algo por ti mismo? ¿O solo lo que ellas te dicen? —escupí, casi sin pensar.

—Deberías controlar cómo hablas al príncipe de Drybia, Alessa.

Mi primer impulso fue responder, incluso insultarle. Odiaba que me mintieran y utilizaran como había hecho él y me frustraba la idea de que el Derek con el que había soñado fuera una simple alucinación, pero decidí contenerme por mi propio bien. Si algo había aprendido de todas las novelas de fantasía que había leído, era que tomarte la justicia por tu mano no parecía una buena opción.

Tenía que intentar ser estratega, menos impulsiva. Tal vez si lograra llevarme medianamente bien con Derek podría conseguir algún beneficio en las pruebas.

—Ya veo —musitó, al ver que no respondía. Me mordí los labios—. Inteligente por tu parte. Solo venía a ver si todo estaba en orden.

—De acuerdo.

—De acuerdo —repitió—. ¿No vas a decir nada más?

—¿Qué quieres que te diga? —opté por responder eso en lugar de decir lo que de verdad pensaba.

Derek negó con la cabeza al tiempo que sonreía.

Estaba guapísimo.

—Luego, después de la cena, ven a mi habitación. Los bekrigers de tu puerta te indicarán el camino.

A su habitación.

No tuve tiempo de responder. Derek se marchó y cerró la puerta tras él, dejando a Bruno todavía conmigo.

—¿No te vas con él? —pregunté.

Bruno negó con la cabeza y se apoyó en el marco de la puerta con la mirada fija en su espada. Nada de muecas que me indicaran que él y yo íbamos a tener una conversación, así que decidí revolver mi cuarto en busca de entretenimiento o, al menos, algo que hacer.

—¿Qué haces?

Alcé la cabeza y busqué con la mirada a Bruno; este continuaba en la misma posición que minutos atrás, pero una de sus cejas estaba alzada con cierto sarcasmo.

—¿Tú qué crees?

—Por lo que veo, estás registrando tus propios cajones, ¿puedo saber por qué?

—No me vais a dejar salir —dije, me senté sobre mis tobillos y apoyé las manos en los muslos—. ¿Qué hago si no?

—¿Sentarte y estarte quieta? Compórtate, Alessa.

—Oye, ¿a todos los prisioneros les habláis así? No es muy normal —señalé. Bruno resopló con fuerza y se rascó la nuca—. ¿Qué?

—Con Carl podrás tener bromitas y tonterías —dijo—. pero conmigo no. Nada de tonterías, mi trabajo es mantenerte controlada y a raya.

Sus palabras sonaron como cuchillos en medio de todo ese desastre. Pero a mí, afortunadamente, esos cuchillos ni me rozaron.

—Vale —me limité a responder, desganada. Aquel bekriger

tenía mal carácter y resultaba un poco condescendiente, pero no me parecía mala persona, no como Derek.

Continué mirando hasta debajo de la cama para ver si encontraba algo más entretenido que aquel bekriger malhumorado, pero en cuanto agaché la cabeza, la puerta rechinó y me sobresaltó. Al parecer a Bruno también porque le escuché maldecir.

De rodillas giré mi torso para mirar hacia la puerta, pero el cuerpo ancho de Bruno tapaba a quien fuera que había abierto. Solo detecté unos cuantos murmullos por parte de ambos, seguido de un par de apretones de manos.

—Alessa Lennox. —Bruno cambió su tono de voz drásticamente—. Ven aquí. Alguien ha venido a verte.

Me levanté con las piernas temblorosas, siendo consciente de que, con toda probabilidad, esa persona en cuestión fuera quien me informara sobre las malditas pruebas.

—Buenas tardes, Alessa Lennox.

Un anciano de rostro afable y con una túnica negra cruzada en el pecho me sorprendió con la mano extendida para saludarme.

—Buenas tardes…

—Falco Naudin, un placer. —Extendí la mano para saludarle con desconfianza—. Es un honor conocerla.

—¿Por qué? —intercalé miradas entre Bruno y Falco sin comprender por qué conocer a una prisionera era algo de lo que habría que estar orgulloso.

—No todos los días se conoce a una hiraia.

—¿Hira… qué?

—Hiraia —repitió Bruno con tono irónico—. Falco, te dijeron que no deberías…

—Me dicen muchas cosas en mi día a día, amigo. —Falco

144

subió sus gafas de pasta marrón con el dedo índice—. Cambiadora de mundos, de universos. No hay mucha gente como tú.

—Vaya —sonreí levemente ante la amabilidad del anciano—. Gracias, supongo. Aunque no creo que sea nada de lo que estar orgullosa. Soy un error del universo, literalmente.

—El universo no se equivoca, Alessa.

—Pero sigo siendo un error.

—Un error que te permite cambiar de realidad —pronunció con calma el anciano—. Un error que te permite comprobar que la teoría del multiverso es cierta.

—¿Acaso no todo el mundo lo conoce?

—No —espetó Bruno interrumpiéndome—. Claro que no. Solo hablamos de estas cosas en… —se llevó una mano a la cabeza rapada— en la Corte. En otras ciudades es un tema prohibido, al igual que en el Pueblo, claro.

—Sería una locura que todo el mundo lo supiera, claro está. —Falco me dedicó otra sonrisa—. Pero me temo que no he venido a decirte esto.

—Es sobre las pruebas, ¿verdad?

Sentí que un escalofrío recorría mi espina dorsal hasta la nuca. La pesadilla comenzaba a materializarse.

—Sí —musitó—. Por suerte o por desgracia voy a ser su guía en toda esta locura…

—Retire eso —gruñó Bruno—. Retírelo.

Me quedé petrificada ante la mirada terrorífica de Bruno hacia Falco. El anciano ni se inmutó; de hecho, asintió despacio y se volvió para mirar al bekriger.

A juzgar por la mirada de Bruno, temerosa y amenazante a partes iguales, cuestionar a las reinas no era algo que estuviera muy bien visto.

—¿No le parece una locura que se obligue a una joven a

145

participar en tres pruebas de las que depende su vida? ¿No le parece eso una locura, bekriger? ¿No le parece algo terriblemente cruel?

El tono en el que Falco pronunció aquellas palabras hizo que me estremeciera. Cuánta verdad y qué poca empatía por parte de Bruno.

Pero este pareció entender lo que Falco dijo, al menos, durante unos segundos en los que negó despacio y me dirigió una mirada tranquila.

—Me retiro. —El bekriger agachó la cabeza—. El turno de noche lo cubrirá Carl, ya le conoces.

Mientras Bruno se iba de la habitación y cerraba tras él, no aparté la mirada del anciano.

—¿Qué ha sido eso?

—Miedo a opinar, Alessa —murmuró—. Te sorprendería la cantidad de cobardes que hay en la Corte.

—Usted, ¿qué es? —Traté de calmar mi pulso mientras decía aquellas palabras—. ¿Por qué usted no tiene miedo?

Parecía que aquel hombre temía muy poco al poder que las reinas ejercían sobre él y eso podía significar dos cosas. O no estaba bajo el control de nadie. O era un insensato.

—Soy elfo —respondió—, pero también brujo. El término que me define es cambiante.

—¿Cambiante? ¿Como los hombres lobo? —pregunté de sopetón y sintiéndome avergonzada al segundo.

—Algo así, sí —sonrió—. Aquí no tenemos de eso. Pero he leído mucho sobre ellos, tengo conciencia de que en su mundo hay películas sobre hombres lobo, ¿verdad?

—*Teen Wolf* —sonreí orgullosa.

El anciano se me quedó mirando estupefacto. Tremenda estupidez acababa de decir. ¿No había otra cosa mejor que comentar con un elfo-brujo? Controlar mi impulsividad comenzaba a ser una necesidad imperiosa.

—Perdón —murmuré avergonzada. Él negó con la cabeza para restarle importancia.

—Bueno, Alessa. A partir de mañana comenzaremos la preparación para las pruebas y te informaré de todo. Por ahora, descansa… o no, espera. ¿No tienes que ir a la habitación de Derek?

16

Los pasillos del castillo eran tan oscuros como las mazmorras que había visitado antes. Oscuros, silenciosos y lúgubres. Sorprendente, dado que las paredes eran de un tono *beige* y casi translúcido, con las mismas enredaderas de flores de cristal delicadas como un cielo estrellado que decoraban mi habitación.

La energía de aquel lugar hacía que el eco de mis pasos me resultara aterrador. Mi intuición me decía que por mucho color que hubiera en aquel lugar, su alma estaba maldita.

Falco me indicó dónde estaba la habitación de Derek, pero llegar fue más complicado de lo esperado.

Los techos altos estaban hechos de falsas claraboyas, tras ese cristal no se veía el cielo, sino un dibujo de este con pájaros de colores tenues y nubes acolchadas.

Un lugar mágico, pero cuyo ambiente hacía que me estremeciera. Eran unas instalaciones gigantescas, pero no me encontré ni una sola alma en todos los minutos que estuve caminando por aquellos pasillos.

—Torre del ala oeste, quinta escalera a la derecha —murmuré mientras subía la torre en cuestión.

No tenía la menor idea de por qué Derek quería verme, sospechaba que tal vez querría asustarme aún más con las pruebas a las que me tenía que someter.

Todavía me dolía tener que asumir que estaba sola, que no podía confiar en nadie. Al final siempre había mantenido la diminuta esperanza de que Derek supiera quién era o, al menos, quisiera ayudarme. Pero en las mazmorras él mismo me había demostrado que eso no era posible.

Mientras caminaba no dejaba de dar vueltas a la posibilidad de que fingir respeto hacia él quizá me serviría para sobrevivir.

Fingir respeto. Podía conseguirlo.

—¿Hola?

Golpeé la puerta un par de veces. Respiré hondo y pasé las manos por mi chaqueta mientras me repetía a mí misma que, si en 21 años no me había puesto nerviosa por ningún hombre, con Derek no iba a ser menos.

—¿Derek? —pregunté de nuevo.

Giré sobre mí y observé las paredes de mármol blanco del torreón. Él no respondía y no parecía que hubiera nadie más.

—Qué puntual, Alessa.

Me sobresalté cuando abrió la puerta. Tenía un brazo apoyado sobre el marco y el otro sobre su cadera; ya no llevaba la chaqueta de pedrería. Las mangas remangadas de su camisa abombada, como la mía, hicieron que me fijara en la musculatura de sus brazos.

—Sí —respondí con la boca fruncida en una fina línea—. ¿Qué necesitas? —Respiré hondo para sonar amable.

—¿Te lo tengo que decir desde aquí? —Enarcó su mirada oscura alzando una ceja—. Pasa.

Hice ademán de entrar, pero al ver que no se movía del marco de la puerta, me detuve.

—Pasa —susurró, su leve sonrisa hizo que me estremeciera—. No muerdo.

Puse los ojos en blanco y me adentré en la habitación ante su atenta mirada. No se movió ni un centímetro, así que yo opté por rozarle con mi brazo derecho, a propósito, para denotar algo de ¿seguridad tal vez?

—¿Y bien?

Su habitación era oscura, pero no como el resto del castillo. Las sábanas negras de la cama y el dosel gris contrastaban con los tonos florales de las demás partes de la Corte.

—Siéntate.

—No quiero.

Derek se rio ante mi respuesta contundente. Alzó los brazos y se sentó en un pequeño sillón de color rojo que había junto a la cama.

—No me esperaba tu cuarto así —reconocí.

—¿Porque esperabas algo diferente? —murmuró, depositando el dedo índice en su boca—. O ¿porque esperabas algo de mí?

«Porque llevo soñando contigo una semana y ahora me siento muy confusa porque no entiendo por qué eres tan distinto a cuando aparecías en mis sueños».

—Porque… eres el príncipe del reino —decidí responder.

—No me malinterpretes, Alessa —dijo—. Pero ya te comenté que tenía que vigilarte muy de cerca.

Asentí despacio mientras él no dejaba de pasarse su dedo índice por la comisura de sus labios.

—Me esperaba algo más… colorido. Como el resto del castillo.

—La oscuridad aparente no debería de darte miedo —respondió—. La oscuridad que se esconde a la vista de los demás, es la peor de todas.

—¿Por qué?

—Prefiero las cosas oscuras que van de frente. No las cosas lúgubres que se disimulan con flores y pájaros coloridos. ¿Tú no? —volví a asentir—. Yo, por ejemplo, voy de frente siempre.

—No lo creo, Derek. Mentirme y jugar con mis emociones no es ir de frente —respondí por impulso.

—Casi siempre, corrijo —Derek saboreaba cada palabra que decía con la soberbia digna de un teniente. Qué insoportable—. Nunca había conocido a una hiraia antes. Tenía... curiosidad.

Fruncí el ceño al escuchar la delicadeza con la que pronunciaba la palabra hiraia, que es lo que, al parecer, me describía.

—¿Hay más hiraias aquí?

—No —respondió rápidamente—. Pero he leído mucho sobre vosotras.

Derek apuntó con su mano hacia la derecha. Me sorprendí a mí misma al darme cuenta de lo poco observadora que era.

Una estantería de estantes de cristal estaba apoyada en una pared, sujeta justo al lado de su cama gigantesca.

Había cientos de libros, de diferentes colores y tamaños. Me acerqué rápidamente y traté de controlar el impulso de empezar a sacar libros.

—¿Sabes leer? —preguntó en tono burlesco. Cerré los ojos despacio antes de llegar a tocar la estantería y traté de no maldecir en alto la soberbia de Derek.

Le escuché levantarse del sofá, segundos después, un escalofrío causado por su aliento me advirtió de su presencia. Eso me dio más rabia que su pregunta.

—Leer es mi vida —me limité a decir.

Pasé la yema de los dedos por los tomos de los libros. Él no dijo nada, tan solo se cruzó de brazos y observó cómo yo admiraba su estantería. Notaba su mirada sobre mi nuca, mis manos temblaron.

—Nunca pensé que compartiría el amor por la lectura con una hiraia.

Me volví para mirarle, él no había apartado sus ojos oscuros de mi nuca en todo este tiempo. Su voz había sonado realmente amable por primera vez.

—¿Por qué esperas otra cosa de una hiraia? —pregunté, a sabiendas de que le estaba haciendo la misma pregunta que me había hecho él a mí antes—. ¿Por qué esperabas algo de mí?

—Creo que no hago mal en esperar cosas de ti, Alessa —musitó. Su mirada pasó de la estantería a mí—. No esperaría de cualquier prisionero cosas tan grandes como de ti.

Alcé una ceja curiosa.

—¿Por qué dices eso?

Mi respiración se agitó y por unos segundos se me olvidó lo insoportable que me parecía Derek.

—Cuando te vi entrar por el salón lo supe.

—¿El qué? —Cuando hice aquella pregunta, él agachó la cabeza y frunció su boca para disimular una sonrisa—. Explícate.

—Supe tantas cosas que no sabría por dónde empezar, Alessa Lennox.

17

Inhalé profundamente.

El Derek con el que soñaba era muy distinto al real.

El hombre que tenía delante de mí en aquel instante estaba rodeado de un aura de misterio y ni siquiera sabía todo lo que vivimos en mis sueños.

El hombre de mi imaginación me quería con ternura y me miraba con amor.

Este, en cambio, no entendía por qué me miraba con esa intensidad. Una intensidad feroz que parecía destilar odio y respeto a partes iguales.

Me volví para apoyarme en la estantería.

—¿Por qué me miras así?

—¿Cómo dices que te miro? —Derek se pasó una mano por el pelo.

—Como si me conocieras de verdad y no me hubieras mentido antes.

—Conozco mucho de ti —musitó—. Te he dicho que las hiraias sois famosas aquí y...

—Vale —interrumpí. No quería volver a oír cómo lo único que sabía de mí era que los errores del universo éramos seres que le despertaban curiosidad—. ¿Puedo hacerte una pregunta?

Me aparté de la estantería con rapidez, estar tan cerca de él me ponía nerviosa.

—Claro.

—¿Sabes en qué van a consistir las pruebas? —Mi voz sonó demasiado más débil de lo que pretendía.

—Aunque lo supiera, tampoco te lo contaría.

Puse los ojos en blancos, ya estaba ahí de nuevo ese carácter odioso.

—¿No habéis tenido más hiraias aquí que hayan necesitado de estas pruebas?

—Jamás. —Su negación sonó contundente, casi agresiva—. Jamás se han necesitado competiciones ni torneos. Todas las especies hemos convivido en paz durante siglos.

—¿Todas las especies?

Desde que había llegado, todo lo que había visto allí eran humanos con orejas puntiagudas que intuía que eran elfos. Ninguna otra criatura distinta de elfos o humanos. En mis sueños vi faunos, dríades, cecaelias y otros seres, pero desde que había llegado no había visto nada más parecido.

—¿No conoces la historia de mi tierra?

Negué con la cabeza y a Derek se le dibujó una sonrisa en la cara bastante bobalicona. Yo traté de no devolvérsela.

—Todavía tienes tiempo de aprender —murmuró—. No debo ser yo quien te cuente todo, sino Falco. No es mi deber informar a los prisioneros.

Claro, no era su deber. No era más que una prisionera y debía tenerlo en mente. Derek haría lo que fuera para beneficiar a sus madres, ya me lo había demostrado.

Mente fría. No podía dejarme llevar por lo que fueron sueños.

—¿Qué ocurre?

Derek pareció darse cuenta de la ola de preocupación que inundó mi rostro casi tan rápido como yo asumí que él y yo no íbamos a ser más que príncipe y prisionera.

O príncipe y guerrera, porque yo iba a luchar. No me quedaba otra.

—Nada —respondí, levantado la cabeza—. ¿Puedo retirarme?

Este pareció sorprenderse y se limitó a asentir, para después acompañarme hasta la puerta.

—Suerte, la vas a necesitar.

—Gracias. —No le miré, mantuve la vista centrada en la puerta todavía entreabierta. Sentía sus ojos en mi nuca.

—Mañana por la mañana Falco y una amiga irán a verte a la habitación. Te informarán de todo.

Él apoyó la mano en la puerta, no comprendí si pretendía frenarme o solo decirme algo más, así que me detuve y le busqué con la mirada.

—¿Algo más?

Derek agachó la cabeza, con la mano todavía sobre la puerta. Sus ojos no me miraban esta vez, en lugar de eso, los tenía fijos al frente.

—Puedes irte.

Y levantó la mano, dejándome ir sabiendo que se había quedado con algo que decirme.

Aunque él fuera el príncipe, y yo la prisionera.

18

—Cuarenta y siete segundos —musité.

Asomé la cabeza por la ventana que daba a los jardines del castillo y revisé una vez más el reloj de mi cuarto. Cuarenta y siete segundos me separaban de mi libertad.

Dos bekrigers custodiaban mi ventana y si conseguía noquearles desde la distancia, los bekrigers más próximos tardarían tan solo cuarenta y siete segundos en venir a por mí.

Estaba a menos de un minuto de huir y, tal vez, tener un futuro en este lugar al que tenía que aprender a llamar hogar.

—Otra vez —repetí en mi cabeza—. Un último recuento.

Habían pasado días desde mi conversación con Derek y la noticia de que debía superar unas pruebas para poder vivir en ese lugar, y nadie había venido a la habitación. No podía salir con el guardia en la puerta y la incertidumbre ante lo que podía pasar me comía por dentro.

Me pasé la mano por el pelo mientras revisaba mi cuarto en busca de algo que me sirviera para distraer a los bekrigers por una tercera vez. Había lanzado dos cojines y era cuestión de minutos que subieran a llamarme la atención por haberlo hecho, pero aún tenía una oportunidad más antes de que ocurriera.

Estiré la mano sin apartar la vista del exterior para alcanzar un último cojín que había sobre la almohada de mi cama. Con suerte lo lanzaría lo suficientemente lejos como para poder distraerlos durante unos segundos.

Cuarenta y siete segundos.

Tenían que ser cuarenta y siete segundos de nuevo.

Revisé la puerta de mi cuarto justo antes de lanzar el cojín con todas mis fuerzas a través de la ventana.

Un golpe seco y se hizo el silencio.

—Vamos —murmuré desde la repisa de la ventana—. Moved el culo.

Mis expectativas se cumplieron; los dos bekrigers que custodiaban mi ventana salieron disparados en dirección al sonido, arma en mano. Acompañados, cómo no, de una mirada de resignación.

—Ya —dirigí una mirada fugaz al reloj—. Vamos.

Comencé a contar los segundos que pasaron hasta que uno de los bekrigers del lado contrario al castillo apareció para cubrir su posición.

—Treinta… —susurré—. Cuarenta y cinco…

Y antes de que pudiera llegar al cuarenta y siete, un bekriger pelirrojo colocó su fornido cuerpo delante de mi ventana.

—Son como máquinas, impresionante —gruñí.

—Sí que lo es, desde luego.

Una voz conocida sonó detrás de mí.

—¿Falco?

Falco sacó de su túnica un manojo de llaves oxidadas, acompañado de una sonrisa de oreja a oreja que no comprendí del todo. En parte, me tranquilizó ver una cara conocida, pero supe que si venía no era para charlar conmigo.

—¿Qué haces aquí?

—Quién diría que llevas días aislada. ¿Prefieres que me vaya entonces?

—No —dije, casi en un susurro. Apoyé la cabeza sobre el marco de la ventana—. ¿Qué ocurre?

Falco se tomó unos segundos antes de responder. Inhaló aire profundamente y dirigió una mirada fugaz a la puerta. Supe en su cara de resignación que sabía por qué estaba en la repisa de la ventana y mi intención de huir. Creo que también comprendía, igual que yo en lo más profundo de mi ser, que no tenía sentido querer huir de un lugar del que no iba a tener escapatoria.

—No vengo solo, traigo a Daphne conmigo. No tenemos mucho tiempo.

—¿Por qué no tenemos mucho…?

No pude terminar la frase. En cuanto pronunció aquel nombre, la puerta de mi habitación se abrió de par en par, dejando paso a una criatura tan hermosa que no creí que pudiera describirla con palabras.

—¡Hola!

Aquella muchacha corrió a mis brazos antes de que pudiera moverme y me apretó contra su pecho con muchísima efusividad.

—¡Encantada de conocerte! —exclamó, mostrándome sus blancos dientes—. Nunca había visto a una hiraia antes.

—Yo tampoco había visto una…

—Alseide —musitó, pasándose los dedos por el cabello castaño y ondulado—. Ninfa de las flores. —Rio de una forma armónica, celestial—. Ya me han dicho que no sabes mucho acerca de este lugar.

Daphne era alta, como yo. Tenía la piel blanca y unas mejillas especialmente rosadas. En su cabello largo y castaño, tenía enredados tulipanes rojos que parecían nacer de su propia melena.

—Daphne es una de las... —Falco se llevó una mano a la cabeza— trabajadoras, digamos, de Derek.

—¿Trabajadoras? —Abrí los ojos de par en par y centré mis ojos en la ninfa.

—Básicamente soy su agenda con patas. —Rio ella—. No es por nada, pero él sin mí habría muerto hace muchos, muchos, años.

Llevaba un corpiño hecho por lo que parecían ser ramas marrones y verdes que se ajustaba a su figura, completando el atuendo con una falda vaporosa verde agua.

Si esa no era la mujer más guapa que había visto jamás, no sabía qué podría superarlo.

—Eres impresionante —exhalé.

Daphne me miró con los ojos muy abiertos y chispeantes, antes de deslumbrarme con otra sonrisa y mirar a Falco.

—Qué hiraia más simpática. Así da gusto.

—Bueno, ya hablaréis más en otro momento. Ahora no tenemos tiempo que perder.

—¿Qué ocurre, Falco?

Falco y Daphne se miraron de forma cómplice con una media sonrisa ladeada que no comprendí del todo. No me sentía en peligro cerca de ellos dos, pero si algo había aprendido como lectora es que jamás podía fiarme de alguien tan rápido, no sin tener un mínimo atisbo de duda.

—¿Vas a explicarme tú de qué van las pruebas? —pregunté y Daphne asintió—. Dime, entonces.

—No sé cuánto tiempo nos queda. —La voz dulce de la alseide se tornó en un susurro que me erizó la piel—. ¿Falco?

—No lo sé.

—Cierro, mejor —la voz de la ninfa tembló. Caminó a paso rápido hacia la puerta y la cerró con sutileza, no sin antes echar un vistazo al pasillo.

Esperaban a alguien que, al parecer, no iba a tardar mucho en llegar. Pensé en Derek, pero no sabía si a él le temían tanto.

—¿Qué ocurre? ¿Quién va a venir?

Mis piernas se tambaleaban por la incertidumbre, ¿serían muy peligrosas las pruebas? ¿Cómo me entrenaría para estas?

Tenía que sobrevivir.

—Daphne, por favor —insistí.

La ninfa me dirigió una mirada de ¿ternura o miedo? No sé, no pude deducirlo porque en escasos instantes ya tenía a la alseide mirándome con atención delante del sofá.

—Son tres pruebas, ya te han informado, ¿no?

—Sí, tres pruebas que superar.

—No.

—¿No?

—No —insistió Daphne—, tres pruebas que debes vencer.

Al principio no entendí el por qué me había corregido, pero, en cuanto lo hice, me llevé las manos a la cabeza.

—Imposible —balbuceé—. ¿Me estás diciendo que va a haber otros participantes? ¿Que para poder vivir tengo que vencer a otras personas?

La cabeza comenzó a darme vueltas y dejé de ver a Daphne durante un par de segundos.

No podía ser cierto.

—Ha sido una decisión de última hora de las reinas —suspiró Daphne—. Entre tú y yo, Alessa —dijo, y bajó el tono de voz—, me parece demencial, pero es lo que hay. Sigo órdenes, Alessa.

—¿Contra quién compito? ¿Por qué hay ahora una competición? —Miré a Daphne, pero esta tenía la vista puesta en la puerta. La actitud apresurada de ambos me indicaba que algo estaba a punto de suceder.

—Ciudadanos del reino que aspiran a una vida mejor.

—Enarqué una ceja ante su respuesta—. Ya te irás dando cuenta de cómo funciona todo aquí. Pero todo esto se rige por una rueda de privilegios, digámoslo así. Una rueda de privilegios en función de la especie a la que pertenezcas y las cualidades que poseas. Los participantes son la base de la pirámide, el último eslabón.

—No conozco nada de este lugar, Falco —dije—. Nada de especies, nada de cualidades. No entiendo nada. ¿Quiénes son esas personas? ¿A qué especie pertenecen?

—La historia de…

Un golpe seco.

Pasos rápidos y estridentes.

—Ya vienen —susurró Daphne sin apartar la mirada de la puerta.

—¿Quién? —traté de exclamar, pero tan solo fui capaz de emitir un pequeño hilo de voz que denotaba lo asustada que me sentía.

Los pasos se escuchaban cada vez más cerca y juraba que el corazón se me iba a salir del pecho.

«Respira, Alessa, respira».

—Alessa, escúchame atentamente. —Falco giró su cabeza hacia mí y agarró mis manos—. No podíamos decirte nada, cuando vean que hemos venido nos… —Pareció quedarse sin aire, apreté sus manos con fuerza.

El sonido de los pasos cada vez era más fuerte.

—Empiezas ya. Vienen a por ti, van a llevarte a la primera prueba.

Otro golpe seco nos sobresaltó: alguien estaba llamando a la puerta.

Me quedé sin habla.

—Daphne, escóndete —ordenó Falco—. ¡Vamos!

—¡Alessa Lennox! —Un grito sonó al otro lado de la habitación.

—¿Cómo voy a participar ya en la primera prueba? ¡No sé nada! ¡No he podido practicar nada! —Comencé a hiperventilar—. ¡Me van a matar!

—Céntrate en sobrevivir. No tengo la menor idea de en qué va a consistir la prueba, pero no hagas amigos salvo que la prueba lo exija. Los participantes harán lo que sea por ganar y tú no debes quedarte atrás.

—¡Alessa Lennox! ¡Sal o tiraremos la puerta!

—Joder… joder… —exhalé sin apenas poder respirar.

—Búscate un arma afilada, nada de arcos si nunca has practicado. Sabes más de lo que crees, pero no te confíes.

—Falco, no voy a poder ganar, no soy…

—Sé lo que no eres, pero seguro que eres más de lo que piensas. Sobrevive por lo que más quieras, Alessa. Haz lo que sea necesario.

Otro golpe en la puerta.

—Escóndete —fui capaz de musitar.

La puerta se abrió y, tras ella, dos fornidos bekrigers arco en mano se abrieron paso. Traté de mirar por el rabillo del ojo a Falco o Daphne, pero no lograba ver dónde se habían escondido.

El pulso acelerado y la mirada perdida. No sabía si es que tenía la mente en blanco o en realidad no me atrevía a enfrentarme a las numerosas preguntas o pensamientos negativos que podrían pasar por mi cabeza.

No tenía tiempo de asumir nada, de plantearme una solución o ni siquiera llorar.

—Alessa Lennox, el Torneo va a comenzar.

Y la bolsa de tela me cegó de nuevo.

19

Una respiración agitada a mi derecha me alertó. Desde que los bekrigers me ataron de pies y manos, dejándome sentada con la bolsa en la cabeza, creía haber estado sola.

Fueron claros: si hablaba o intentaba huir, me cortarían el cuello.

Los grilletes estaban demasiado apretados, provocando que las muñecas me escocieran lo suficiente como para impedir cualquier maniobra de huida; pero no lo suficiente como para evitar que tratara de estirar la mano para tocar a la persona que tenía a mi derecha.

Pensé en hablar, pero no sabía a ciencia cierta si algún bekriger seguía junto a mí o si la respiración que había escuchado procedía de uno.

Rocé una tela áspera y, al hacerlo, la persona en cuestión se sobresaltó. ¿Sería alguno de los competidores? No podía preguntárselo, pero tampoco comprendía por qué en caso de que lo fuera, llevaríamos tanto tiempo en el mismo sitio inmovilizados sin empezar ningún dichoso torneo.

Más jadeos a mi alrededor. Podía apostar que en la sala había al menos tres o cuatro personas. Traté de agudizar mis sentidos para averiguar si distinguía algo entre tantas respiraciones agitadas y temerosas, pero nada que pudiera utilizar a mi favor.

Seguía estando sola.

—Salís ya.

Una voz grave y profunda resonó en toda la sala. La pesadilla se comenzaba a hacer realidad.

—Recomiendo que cerréis los ojos si nunca habéis hecho un *dithio*.

¿Qué demonios se suponía que era eso? Obedecí la orden del bekriger aunque continuara cegada por el saco de tela. Apreté los ojos con fuerza e intenté agarrar mis dos manos, pero los malditos grilletes me lo impedían.

La respiración agitada y la tan dichosa bilis que subía por mi garganta revelaban lo increíblemente asustada que me sentía. Asustada, hasta que, de pronto, un extraño hormigueo comenzó a apoderarse de mis piernas.

—¡No!

Un grito femenino detrás de mí me asustó. Abrí los ojos por inercia y me volví hacia el lugar de origen del grito. Ya no se escuchaba nada.

—¡Ah! ¡Parad!

Otro grito, pero esta vez a mi derecha. El hormigueo no hacía más que ascender por mi cuerpo y la sensación de agobio aumentaba con cada grito que escuchaba. ¿Qué le estaría ocurriendo a todas esas personas? ¿Me pasaría algo a mí también? Necesitaba ver qué estaba sucediendo, la incertidumbre ante lo que podía tener cerca de mí se estaba convirtiendo en una tortura que aumentaba con cada grito o súplica que escuchaba a mi alrededor.

«Respira, Alessa. Respira», me repetía a mí misma una y otra vez.

Y entonces supe por qué gritaban.

Entendí cada suspiro agónico que había escuchado a mi alrededor segundos antes.

El hormigueo llegó a mi sien y un dolor pulsante e intenso hizo que cerrara los ojos como acto reflejo. Intenté no aullar de dolor, pero fue imposible.

El dolor aumentaba hasta el punto de sentir que me estaban taladrando la cabeza en medio de la oscuridad de aquel saco, y mi grito se unió a otro que parecía provenir de la persona que antes había escuchado a mi lado.

—¡Que pare ya! —supliqué.

Y entonces, como si alguien me hubiera escuchado, todo se detuvo.

El dolor, el hormigueo e, incluso, la oscuridad.

Una luz intensa penetró a través de mis párpados todavía cerrados, y tardé unos instantes en atreverme a abrirlos y asumir que ya no había ninguna bolsa de tela que me impidiera ver.

Eché de menos el maldito saco al ver que me encontraba ante la primera prueba del Torneo.

Y ya no había marcha atrás.

20

No podía pensar. Veía todo mi alrededor, pero no me veía capaz de prestarle atención.

Me sentía abatida, en blanco. Lo único que se me pasaba por la cabeza eran las últimas frases de Falco suplicándome que intentara luchar.

—Haz lo que sea por sobrevivir.

Esa frase resonó en mí lo suficiente como para poner una mano en mi pecho para tratar de calmar mi ansiedad y, por primera vez, observar dónde me encontraba.

—Un estadio, agua —susurré para afirmarme a mí misma lo que estaba viendo.

La calidez del ambiente en cualquier otra situación me habría reconfortado, pero en esos instantes sentía que hasta mi propia piel pesaba.

El calor me ahogaba.

Pero antes de ser capaz de comprender todo lo que me rodeaba, los miles de gritos que venían de las gradas del estadio callaron mis pensamientos. ¿Quién era esta gente? ¿Por qué gritaban?

No distinguía ninguna palabra, tan solo parecían gritos eufóricos de miles de personas que observaban el escenario de aquel estadio.

—Agua —repetí.

El Torneo tendría lugar en un gigantesco lago. Me encontraba subida a una plataforma rectangular de madera, a suficiente distancia del agua como para no considerarlo una vía de huida fácil. Sin quitar la mano de mi pecho, centré la vista en el frente.

Ocho plataformas exactamente iguales formaban un camino hasta lo que parecía otra plataforma de madera más ancha y larga, pero no pude distinguir bien sus dimensiones por lo lejos que estaba de mí.

Miré hacia ambos lados y fue ahí cuando me encontré con la sorpresa de que, efectivamente, el público del estadio no solo me vitoreaba a mí. A mi derecha, sobre una plataforma igual que la mía, a escasos dos metros, un hombre grande y robusto miraba hacia el frente sin inmutarse.

—¡Que empiece! —exclamó al ver que le estaba mirando, mostrándome sus amarillos dientes—. Idris, un placer...

—Alessa —respondí.

—Un placer, Alessa —respondió, sonriendo de nuevo.

La calma de Idris me revolvió el estómago. Supe que, si alguien que está ante esa situación no muestra el más mínimo atisbo de miedo o inseguridad, haría lo que hiciera falta para acabar con los demás y llevarse la victoria.

Pero yo debía ser igual, hacer lo que hiciera falta para sobrevivir.

En la plataforma que había a mi izquierda, vi a una muchacha de pelo largo y rubio, recogido en una gigantesca trenza que no dejaba de acariciarse.

No se molestó en mirarme. Mostraba una posición que denotaba seguridad, con la vista fija en el frente.

Solo ella y el objetivo.

Eché mi cuerpo hacia atrás para intentar ver a los demás participantes, pero al estar paralelos a mí, Idris y la muchacha de mi izquierda me impedían la visión.

—Venga, vamos —susurré—, ¡vamos!

Intenté recopilar en mi cabeza la información que tenía de aquel lugar para ver si algo me servía de ayuda, pero cuanto más tiempo pasaba era más consciente de lo poco preparada que estaba.

No sabía luchar.

No era una persona fuerte.

Y tampoco sabía nada del nuevo universo en el que tenía que vivir.

Lo único que creí saber resultó ser mentira: Derek también era un desconocido para mí.

—¡Bienvenidos, participantes!

Reconocí la voz de Cassandra cuando resonó por el estadio como si de un rugido se tratase.

—Por unos motivos u otros, os habéis presentado voluntarios para someteros a estas pruebas que, con tanto cariño y devoción hemos creado mi esposa y yo.

¿Voluntarios? ¿En serio? No se podía considerar algo voluntario cuando la otra opción que nos quedaba era morir.

Cassandra y Lauren se encontraban sobre una de plataforma de cristal, sobre algunos asientos del estadio, sentadas en sus tronos. No vi a Derek hasta pasados unos segundos, junto a algunos bekrigers en la misma plataforma.

El príncipe tenía la vista puesta en nosotros, como sus madres. No dejaba de balancearse hacia atrás y hacia delante denotando algo de ¿nerviosismo?

—¡Qué emocionante! —exclamó Lauren—. Hijo, presenta a los participantes.

Se me formó un nudo en el estómago al ver a Derek avanzar hacia delante de los tronos, arco en mano.

—Deryn, hada —exclamó Derek, señalando a una de las plataformas hacia mi izquierda que no alcancé a ver.

El público vitoreó su nombre, ¿o fueron abucheos? Agudicé la vista aún más al estadio y me di cuenta de que las propias gradas estaban separadas en dos grandes grupos. En los asientos del sector derecho, podría haber jurado que todo estaba repleto por criaturas élficas o feéricas, mientras que en los de la izquierda pude distinguir personas (o criaturas) más variopintas.

Y los abucheos provenían del lado izquierdo.

—Idris, dragón.

El hombre con el que antes había hablado levantó las manos haciendo un gesto de ganador.

Un dragón.

Entonces comprendí su seguridad y tranquilidad, si yo fuera un dragón tampoco tendría el más mínimo miedo ante ninguna prueba.

Ojalá pudiera sentirme la mitad de confiada que él en aquella situación.

—Rhiannon, sirena —vociferó Derek. Miré a la muchacha de mi izquierda y esta continuó sin inmutarse, pero de nuevo el sector derecho del estadio pareció gritar con orgullo y el izquierdo con agresividad y enfado.

Rhiannon no tenía cola o aspecto que revelara que era una sirena, al igual que Idris tampoco parecía un dragón. ¿Se transformarían con algún hechizo?

«Tengo que sobrevivir a esto para que Falco me cuente más acerca de este reino», pensé.

—Hunter, humano.

Un humano.

Giré la cabeza hacia donde apuntaba Derek con el dedo, pero de nuevo el cuerpo de Idris me impedía ver a los que estaban en las otras plataformas. Me había acostumbrado a escuchar criaturas fantásticas, pero, si había otro humano, tal vez tendríamos las mismas posibilidades.

—Owen, fauno.

De nuevo los abucheos por parte del lado izquierdo no cesaron, y una risa bastante sonora de Idris me alertó.

—¿Lo escuchas? —dijo el dragón—. El sonido de la victoria.

Me estremecí y la voz de Falco sonó en mi cabeza: «No hagas amigos salvo que la prueba lo exija. Los participantes harán lo que sea por ganar y tú no debes quedarte atrás».

—Por último…

Derek pareció tomarse su tiempo en decidir cómo pronunciar mi nombre, y el estadio se silenció de manera casi inmediata.

—Alessa —gritó—, hiraia.

Nada de vítores ni abucheos durante unos instantes.

Permanecí quieta con la vista centrada en Derek, que me miraba impasible desde la plataforma de cristal.

De pronto, el lado izquierdo del estadio estalló en gritos.

—Interesante —escuché decir a Idris a mi derecha.

Y supe el porqué del comentario del dragón.

A diferencia de con los anteriores participantes, no me abucheaban o insultaban. Los ciudadanos que habían gritado con agresividad a mis compañeros exclamaban mi nombre con alegría y fervor. El sector derecho permaneció en el más absoluto silencio.

No entendí nada de lo que estaba pasando, pero cuando me percaté de que tanto Idris como Rhiannon tenían la vista puesta en mí, dejé de mirar hacia la plataforma en la que se encontraba Derek.

—La princesa querida de Trefhard —musitó Rhiannon con desdén.

Había escuchado ya la palabra Trefhard de la boca de Carl, cuando aparecí en este reino. Pero si Rhiannon se refería a mí de esa forma, no tendría que ser nada bueno ni de lo que estar orgullosa.

—Las instrucciones son sencillas. —Cassandra adelantó a Derek y abrió los brazos hacia nosotros—. Cada participante tiene asociada una bandera con un color que se encuentra en la plataforma de madera del final del recorrido. Simplemente tenéis que llegar hasta allí y cogerla.

Respiré hondo por primera vez en varios minutos. ¿Coger una bandera? No era una tarea muy complicada, pensé que podría con aquello.

—Pequeña recomendación —dijo Lauren—. No intentéis ir por el agua.

Cassandra rio ante el apunte de su mujer, al igual que todo el público feérico que llevaba unos cuantos minutos en silencio.

Mi respiración calmada pareció disiparse cuando agaché la cabeza y centré mi vista en el agua.

—¿Qué...?

El agua comenzó a agitarse. Pensé que eran inocentes remolinos ocasionales o provocados por algún tipo de magia, pero un cuerpo largo y escamoso serpenteó alrededor de mi plataforma.

Las criaturas que tenía debajo medían al menos unos cinco o seis metros. Parecían una especie de serpientes acuáticas gigantescas que no dejaban de moverse con agilidad alrededor de mí.

«Esto ya no parece tan sencillo», pensé.

La confianza en mí misma continuó disminuyendo a medida que veía las dimensiones de las serpientes.

¿O serían una especie de dragón?

Una de ellas saltó por encima de una plataforma del recorrido, soltando una terrible bocanada de fuego que me erizó toda la piel.

¿Cómo era posible que una serpiente acuática expulsara fuego?

—Neidras. Malditas neidras —exclamó Rhiannon como si pudiera escuchar mis pensamientos.

—Neidras —repetí yo, como si tuviera conocimiento de lo que estaba hablando.

Los vítores feéricos cesaron, y me percaté de que Derek tenía una de las manos estiradas hacia delante señalando el terreno de juego sobre el que nos encontrábamos.

—Cuando el sonido del cuerno cese, podréis empezar —exclamó.

Derek me miró desde su plataforma de cristal y asintió con la cabeza. Yo asentí de vuelta.

No sabía si eso era depositar algo de confianza en mí, pero de alguna forma me tranquilizó.

«Derek no te conoce. No te quiere, recuérdalo».

Los gritos cesaron, incluso los comentarios irónicos de Idris o Rhiannon, tan solo se escuchaba el sonido del cuerno que Derek hacía sonar.

Me coloqué en posición de alerta. El corazón martilleaba en mi pecho.

—Haz lo que sea por sobrevivir —susurré las palabras de Falco.

El cuerno no dejaba de sonar y mi nerviosismo aumentaba por segundos. Solo tenía que saltar lo suficientemente rápido cada plataforma como para que una neidra no me alcanzara, no podía ser tan difícil.

Y Derek dejó de tocar el cuerno.

—¡Ah!

Primer grito a mi derecha.

La prueba había comenzado hacía unos segundos y vi cómo Idris había saltado la primera plataforma. No podía quedarme atrás, no podía ser la última.

Agudicé la vista y vi cómo el muchacho fauno también había llegado a la primera plataforma. Rhiannon igual.

Volví a mirar hacia las neidras y seguían serpenteando alrededor de mi plataforma.

—Venga, vamos.

Di dos pasos hacia atrás para coger impulso y sin pensármelo mucho, salté.

Me balanceé un poco una vez alcancé la estructura, pero me tranquilizó ver que ninguna de las malditas serpientes-dragón habían salido del agua.

El corazón seguía taladrándome el pecho, pero al ver que ya había llegado a la segunda plataforma, sentí que mi ansiedad se había calmado un poco.

Solo siete más.

—Vamos, hiraia —Idris alcanzó la tercera plataforma con un ágil salto y se volvió para mirarme—, ahora que las neidras están tranquilas.

Cada ocasión que un participante alcanzaba una de las plataformas, el público vitoreaba o abucheaba. O ambas cosas a la vez.

Salté de nuevo. Tercera plataforma.

Tan solo sentía el movimiento de la neidra a través del agua, pero me sorprendió ver que seguía sin hacer nada.

Cuarta plataforma y alcancé tanto a Idris como a Rhiannon. Sonreí hacia mis adentros al ver que estaba siendo capaz de superar la prueba al nivel de los demás.

—¡Ah!

Giré la cabeza hacia la voz aguda que había gritado y vi a una de las participantes agarrada a uno de los bordes de la plataforma, con las piernas colgando hacia las criaturas.

Me fijé en que tenía dos diminutas alas de color esmeralda incrustadas en la espalda. Debía ser Deryn, el hada, pero ¿por qué demonios no volaba?

Una de las neidras saltó, expulsando un rugido feroz y el hada tuvo que recoger las piernas para que no le alcanzara.

«Nada de hacer amigos», me repetí a mí misma.

—Sube, sube… —musité, como si repetírmelo a mí misma fuera a ayudar a Deryn a volver a alcanzar la plataforma. No estaba dispuesta a ver cómo una serpiente gigante se comía a un hada.

«Nada de hacer amigos», volví a pensar.

Respiré hondo y traté de volver a coger carrerilla para alcanzar la siguiente plataforma, pero justo cuando me disponía a saltar, una de las neidras sobrevoló mi propia plataforma con una bocanada de fuego inmensa.

—¡Mierda! —grité.

Me caí de espaldas en la cuarta plataforma al intentar que la serpiente no me alcanzara.

Y como si toda la arena se revolucionara de golpe, todas las neidras comenzaron a saltar del agua, provocando un temblor constante en todas las plataformas.

Enormes serpientes con cabezas de dragón comenzaron a expulsar fuego a nuestro alrededor. Las plataformas se movían de un lado a otro como si de un terremoto se tratara, y lo único que fui capaz de hacer fue agacharme y agarrarme a los bordes de esta.

—Ya no dices lo mismo, Idris —exclamé mirando al hombre, que estaba en su cuarta plataforma, agachado como yo.

—Esto se soluciona en un momento, Alessa.

Idris levantó la cabeza hacia el cielo, sujetándose el cuello con ambas manos, e hizo un giro de cabeza de 180° con los ojos cerrados.

Y entonces entendí por qué Idris era un dragón.

«Esto no lo había leído antes en ninguno de mis libros», pensé.

Salvo su poblada barba, los lados de su cara se escamaron, al igual que sus cejas y el borde de sus ojos, que enmarcaron su mirada de un verde eléctrico repleto de escamas.

Idris rugió y yo no pude evitar ahogar un grito.

Todavía con las manos aferradas a la plataforma vi cómo Idris expulsaba una bocanada de fuego hacia una de las neidras que acababan de saltar alrededor de mí, para, seguidamente, alcanzar la quinta plataforma.

—Yo no puedo hacer eso —musité.

Observé a los demás participantes y todos habían logrado alcanzar la quinta plataforma pese a los temblores causados por las neidras. De hecho, uno de ellos, del que no me había percatado hasta entonces, acababa de llegar a su bandera.

Parecía humano.

Alcé la vista y vi a Derek sentado mirando el espectáculo sin inmutarse, a diferencia del público que disfrutaba de aquello con muchísimo fervor.

No tenía que pensármelo mucho más. Las neidras iban a seguir saltando y yo tenía que lograr coger aquella maldita bandera.

Tomé impulso, tratando de no desestabilizarme y salté. Sentí el aire caliente de una neidra justo detrás de mí.

«Por los pelos».

Todavía no había conseguido mantener el equilibrio adecuadamente cuando otra neidra saltó.

Pero, esta vez, por encima de la propia plataforma.

—¡No!

La cola de esta gigantesca criatura me azotó la espalda, haciendo que perdiera el equilibrio y rodara sobre la plataforma.

Apenas pude sujetarme a tiempo para no caer en el agua.

—¡No, no, no!

Con las piernas colgadas hacia el lago infestado de serpientes-dragón, no podía mantener la calma. Intenté hacer fuerza para subir, pero la plataforma no dejaba de temblar y las neidras parecían haberse puesto de acuerdo en venir a saltar y expulsar fuego a mi alrededor.

La plataforma estaba húmeda y me resbalaba, y lo nerviosa que me estaba sintiendo al verme en esa situación tampoco me ayudaba.

—¡Joder! —grité de nuevo al mirar hacia el agua que se encontraba bajo mis pies.

—Dame la mano.

Alcé la cabeza por encima de mis brazos y vi a un joven tendiéndome la mano en mi propia plataforma.

El humano.

—¡Venga, dame la mano!

Agarré con fuerza su mano y subí de nuevo a mi propia plataforma.

—Hunter —dijo—. Tú eres Alessa, ¿no?

—Gracias —exhalé—. ¿Qué haces…?

—Tengo mi bandera ya.

Efectivamente, el joven tenía atada en uno de los bolsillos de su chaleco un banderín rojo.

Él con tiempo suficiente para coger la bandera y venir a por mí, y yo sin haber superado la quinta plataforma.

«Genial, Alessa», pensé.

—Vamos a salir de aquí, ¿quieres?

Asentí y me percaté en que casi todos los participantes habían alcanzado ya su bandera.

Todos, salvo yo.

—Las neidras reaccionan ante el nerviosismo y el movimiento excesivo —explicó mientras se ponía delante de mí en mi propia plataforma—. Hay que saltar rápido y sin pensárselo mucho.

Efectivamente, cuando saltamos a la siguiente plataforma sin balancearnos en exceso, no sentí ninguna bocanada de fuego a mi alrededor ni ningún movimiento repentino por parte de ninguna neidra.

¿Cómo no podía haberme dado cuenta antes? Cuando vi a Deryn colgando de la plataforma, todas las neidras comenzaron a recorrer los alrededores de su plataforma, al igual que cuando me caí.

Salté las siguientes plataformas con cierta agilidad y tardé apenas unos minutos en conseguir mi banderín verde.

—Gracias. —Miré de nuevo a Hunter—. No tenías por qué haber venido a por mí y lo has hecho igual.

—Supongo que me sobraba tiempo. —Sonrió y sus ojos azules se achinaron.

—¡Bravo! Ya tenéis todos vuestras propias banderas, ¡excelente! —La voz de Cassandra nos sobresaltó de nuevo.

Me percaté de que Derek tenía el cuerno en la mano y no apartaba la mirada de mí, sin expresión alguna.

Asentí esperando una respuesta por su parte, pero la desvió tan pronto como se dio cuenta de que yo también le miraba a él.

Qué agradable.

—Pero, siento deciros, que la primera prueba no ha terminado.

21

EL PÚBLICO PARECIÓ ALEGRARSE DE LA NOTICIA; LOS GRITOS NO cesaron en ninguno de los dos bandos del estadio.

—No lo iban a poner tan fácil —escuché a Hunter a mi izquierda.

Un calor denso comenzó a subir por mi cuerpo hasta llegar a la cara, provocando que me escocieran los ojos y mis ganas de llorar aumentaran. Sentía que me ahogaba.

—¿Fácil? —escupí. ¿Eso había sido fácil para él? ¿En serio?

—La última parte de la prueba resulta sencilla. —La voz de Cassandra irrumpió mi conversación con Hunter—. Supongo que todos querréis tener alguna... ayuda para esta segunda prueba, ¿me equivoco? Algún tipo de beneficio o alguna especie de privilegio...

Todos nos miramos y por la sonrisa ladeada de Idris deduje que él también asumió que lo que íbamos a tener que hacer para lograr aquel privilegio no iba a ser fácil.

—Pues bien, las reglas son simples. Si queréis esa ayuda debéis recolectar las banderas de vuestros compañeros. Quien tenga más de una bandera, ganará.

Nadie dijo nada.

El estadio se sumergió en un silencio atronador.

—¿Qué pasa con quien se queda sin bandera? Pues sencillo también, al finalizar el tiempo, mi hijo de encargará de rajaros el cuello —concluyó Cassandra.

Derek me miró desde la plataforma. Pensaba que tras tantos momentos vividos con él en mis sueños lograría identificar lo que su mirada querría decir, pero su expresión parecía vacía, como si las órdenes de su madre no le hubieran afectado lo más mínimo.

Como si no fuera terrible que Cassandra acabara de decir que él era el encargado de matar a uno de nosotros.

Tal vez, de matarme a mí.

—Viva el príncipe, vivan las reinas —murmuró Rhiannon con rabia, lo suficientemente alto como para que Hunter y yo la escucháramos.

—Viva —respondió el joven humano en tono sarcástico.

Me sorprendió mi propia entereza. Si saltar sobre unas tablillas de madera había sido una tarea tan complicada para mí, no sabía cómo iba a competir contra criaturas mágicas en una prueba de ese estilo, pero no me sentía tan asustada como antes.

Repetí las palabras de Falco una y otra vez en mi cabeza. Las advertencias de Darío y sus miradas de aliento. Era una hiraia y eso debía significar algo importante en este reino, no podía asumir mi muerte tan rápido.

Aún no.

Antes de que pudiera responder a Hunter, aparecieron ante nosotros unos baúles.

—Solo un arma por participante —exclamó una voz.

Y presa de la desesperación, corrí hacía ellos a buscar algo que pudiera servirme.

—Usa una espada élfica, es más fácil de manejar —musitó

Hunter a mi izquierda mientras él se colgaba al hombro un arco de madera.

—Como si supiera usarla —murmuré.

Sujeté con ambas manos una espada tan larga y pesada que me costaba levantar los brazos con ella. La punta parecía de cristal, como el arco que llevaba Derek en la celda, y el mango de un acero repujado con diseños florales; resultaba irónico un diseño tan delicado para un arma.

—Mente fría —murmuré de nuevo—, mente fría, Alessa.

Analicé la plataforma en la que nos encontrábamos, en mitad de aquel lago. Era lo suficientemente grande como para poder luchar o correr, pero no para poder esconderse o plantearse huir; el espacio era diáfano y los límites de la plataforma eran el lago infestado por las neidras.

Iba a ser una batalla cuerpo a cuerpo.

«Sabes más de lo que crees».

Falco confiaba en mí, pero ¿cómo iba a salir de aquello? Era imposible vencer a un dragón o a cualquiera de las criaturas que eran mis compañeros.

—¿Asustada, hiraia? —Rhiannon se colocó a mi derecha. Llevaba una espada en la mano.

—No —respondí de forma automática, tratando de fingir una falsa confianza que no logré demostrar—. ¿Y tú, Rhiannon?

—¡Callad!

Lauren vociferó desde su trono.

—Cuando deje de sonar el cuerno, podréis comenzar. El juego finalizará… en diez minutos. Cada dos minutos el cuerno sonará de nuevo.

El estadio vitoreó de nuevo. Todo el mundo se unió ante la muerte de uno de nosotros, disfrutando de lo que iba a ser un asesinato.

Incluido Derek, que alzó sus brazos con el cuerno en la mano para hacerlo sonar.

—Suerte, Alessa. —Hunter posó una mano sobre mi hombro—. Espero que ambos sobrevivamos.

—Suerte, Hunter.

«Piensa, Alessa».

Corrí hacia una de las esquinas de la plataforma, cuando el cuerno todavía sonaba. Todos nos dividimos por el terreno, armas en mano y con la mirada fija en nuestro objetivo: nosotros mismos.

No sabía muy bien cómo se suponía que iba a quitarle la bandera a alguien o, mucho menos, cómo iba a matarlo.

Pero prometí que iba a luchar por muy asustada que me sintiera.

—Ya —susurré al dejar de escuchar el cuerno.

Por unos segundos, ninguno se movió. Crucé miradas con cada uno de ellos sin dejar de mantener la espada en alto, esperando a que alguno atacase.

El estadio pareció callarse al mismo tiempo que nosotros.

Pero cuando creía que lo único que escuchaba era los propios latidos de mi corazón, todo comenzó.

Idris corrió hacia Deryn, desatando que los demás participantes buscaran que uno de nosotros estuviera libre para poder atacarlo.

Yo me quedé quieta.

Mi pulso acelerado y la falta de aire se apoderaban de mí debido a la adrenalina, pero, aun así, logré ser lo suficientemente rápida como para esquivar la espada de Rhiannon a mi derecha.

—Ríndete —exclamó la sirena—. Dame tu bandera y no te haré daño.

—Jamás —respondí sin saber muy bien si estaba siendo valiente o insensata.

Rhiannon no dudó. Era ágil, muy ágil, pero sus espadazos eran tan lentos que podía evitarlos. Mientras agachaba la cabeza y me movía de un lado a otro con cierta torpeza, busqué la bandera con la mirada.

La había atado a su cinturón, igual que yo.

Al esquivar uno de sus golpes, traté de alcanzar su bandera, pero Rhiannon se cubrió la cintura con tal rapidez que apenas me dio tiempo de rozarla.

—¿Me permites?

Idris irrumpió en nuestro duelo.

Hacha en mano comenzó a batallar con Rhiannon, y apenas fui consciente de que me había quedado sin contrincante cuando escuché el cuerno por segunda vez.

—Ocho minutos —el hada, Deryn, se puso delante de mí—. Hacemos un trato, ¿quieres? Que cada una se quede con su bandera.

No bajé la guardia mientras intentaba analizar la posible estrategia de Deryn.

—No voy a matarte, solo defenderme en caso de que tú me ataques. —Señaló su puñal—. ¿Vale?

—¿Por qué no quieres el privilegio? —fui capaz de preguntar.

—Porque no me creo que vayamos a tener ningún privilegio real y no creo que una hiraia esté participando en un torneo por voluntad propia.

Traté de analizar la mirada de Deryn. No parecía que estuviera mintiéndome y me parecía bastante lógico lo que me proponía, pero ¿cómo iba a fiarme de alguien que quería sobrevivir tanto como yo?

Sin embargo, no pude pensármelo mucho, escuché un grito detrás de mí y me sobresalté. Hunter.

Este peleaba contra el fauno con una flecha en su mano y el arco colgado en el hombro, dejando ver lo ágil y rápido que era en una batalla cuerpo a cuerpo.

El cuerno sonó de nuevo. Seis minutos.

—¡Cuidado!

Eché mi cuerpo atrás como acto reflejo al grito de Deryn y vi pasar el filo de la espada de Rhiannon a escasos centímetros de mi rostro. Al volverme me percaté de que ella ya no tenía ninguna bandera.

—¡Vamos!

La sirena exclamó furiosa y movió su espada con agilidad hacia mí, pero pude esquivarla a tiempo.

—Me vas a dar tu maldita bandera, Alessa —dijo—. No pienso morir hoy.

—Yo tampoco.

Ahí comenzó una batalla entre la sirena y yo. Una batalla que, para mi sorpresa, pude defender bien teniendo en cuenta que nunca había cogido una espada.

Movimientos rápidos de espada por ambas partes, un baile en el que parecía que solo participábamos las dos hasta que vi la espada de Idris interponerse entre mi hoja y la de Rhiannon.

—¿Puedo jugar?

Hunter apareció también. Con tan solo una flecha a modo de puñal, comenzó a atacar a Rhiannon y a Idris sin inmutarse, esquivando sus movimientos y tratando de alcanzar sus respectivas banderas.

Deryn y Owen no tardaron en unirse también.

Todos comenzamos a luchar los unos con los otros y yo no era capaz de pensar en nada, tan solo actuaba.

Los gritos del público sonaban muy lejanos y el único sonido que me permitía escuchar era el de los jadeos de mis contrincantes además del cuerno, el maldito cuerno que nos había avisado dos veces más.

—No eres tan torpe cómo parecías —exclamó Rhiannon.

La única que no tenía bandera era ella y luchaba conmigo porque sabía que yo era la más débil.

Pero no lo era, aunque eso me sorprendiera a mí también.

No sabía luchar, pero lo estaba haciendo.

Nunca había sido una buena atleta, pero estaba siendo capaz de enfrentarme a unas criaturas fantásticas entrenadas y ágiles.

No comprendía qué me pasaba y por qué de repente la espada era una extensión de mí, pero preferí no pensar en ello demasiado.

Continué moviendo la espada con rapidez, bloqueando los movimientos de todos mis oponentes. Owen trató de quitarme la bandera, pero salté por encima de su cabeza y evité mi muerte a minutos del desenlace.

Apenas los veía a ellos, solo sus armas se movían delante de mí y conseguían que les prestara atención.

—¡No!

Idris y su maldito poder de dragón.

Una bocanada de fuego hizo que me cayera al suelo al sentir el aire caliente a mis espaldas. Solté mi espada de manera automática.

—¡No!

Rhiannon se lanzó al suelo sin dudarlo ni un segundo, y antes de que pudiera darme cuenta, batió mi bandera verde antes de colocársela en el cinturón.

Me levanté lo más rápido que pude al tratar de alcanzar la

espada para luchar, pero vi cómo esta caía al lago de neidras, después de ser empujada por una patada de Idris.

No pude luchar por recuperarla.

No pude intentar luchar por mi vida.

El cuerno sonó por última vez y yo era la única sin bandera.

22

—¡FIN DE LA PRUEBA!

Escuché a Cassandra gritar muy lejos de mí, a kilómetros. Los oídos me pitaban y sentía que lo único que era capaz de hacer en ese momento era palpar mi cinturón una y otra vez por si una bandera aparecía mágicamente.

Me iban a matar.

Los demás participantes me miraban perplejos incluida Rhiannon. Tapaba mi bandera con una mano como si yo no fuera a recordar que había sido ella la que me la había quitado y, por ende, arrebatado mi vida.

—Escúchame, Alessa. —Hunter se acercó a mí—. A lo mejor tienen piedad.

—No la van a tener —respondió Idris.

El dragón se había sentado en el suelo mientras acariciaba con una mano su hacha.

Ya no miraba como un depredador ni hablaba con superioridad y egocentrismo. Idris parecía, ¿triste? Irónico teniendo en cuenta que él fue el que le arrebató la bandera a Rhiannon en primer lugar, provocando que ella tuviera que quitármela a mí después.

Comencé a hiperventilar. Sentía que todo me agobiaba, la

ropa, el aire, la luz solar... todo me ahogaba como si estuviera presionándome los pulmones.

Iban a matarme. Iban a matarme en la primera prueba.

—La única que no tiene bandera es... ¿Alessa?

El estadio se sumió en un profundo silencio ante las nuevas palabras de Lauren.

—Una lástima que la única hiraia de Drybia haya perdido la primera prueba —continuó su esposa—. ¿Verdad, pueblo?

Nadie decía nada, ni las criaturas feéricas, que habían estado aplaudiendo a cada instante de la prueba, se dignaron a abrir la boca.

«Me van a matar —pensé—. Él me va a matar».

Alcé la cabeza para buscar a Derek o tratar de mantener contacto visual con él, pero este permanecía en posición de guardia militar con la mirada perdida.

No supe por qué esperaba algo bueno de él cuando ya me había decepcionado, pero así de ingenua podía llegar a ser.

—Idris, ¿tú eres el único con más de una bandera, verdad? —vociferó Cassandra.

—Así es —respondió orgulloso, dejando escapar una sonora risa.

—Tu ventaja en la siguiente prueba es... ¡Ninguna!

Cassandra estalló a reír a carcajadas ante todo el público que continuaba en silencio. Lauren, por lo contrario, no mostraba expresión alguna al mirarnos.

—¡Ninguna! —Cassandra exclamó de nuevo—. ¿Nadie me ha escuchado?

Y ahí, el dragón se desató.

—¡Sois unos desgraciados! —Idris se levantó de un salto y comenzó a señalar con agresividad a las reinas—. ¡Solo queríais que nos matáramos entre nosotros!

El público feérico estalló en vítores de nuevo. Aplaudiendo por la sangre que se iba a derramar y el engaño que habían cometido. El sector izquierdo permaneció callado.

Yo iba a morir por nada, nadie iba a beneficiarse de mi muerte.

—Solo queríamos ver de lo que erais capaces... —continuó Lauren—. ¡Pero hay algunas reglas que sí que nos gustaría cumplir! Baja, hijo.

Apenas había terminado la frase, Derek se acercó a las reinas y les comentó algo que no pude escuchar para, después, realizar un *dithio*. Apareció ante mí y los demás participantes acompañado de Carl y Bruno.

—Se pueden hablar las cosas, ¿no?

Hunter se interpuso entre Derek y yo con la mano en su hombro, y el elfo no tardó en apartarle la mano de un manotazo.

—Por favor —supliqué, mirando a los bekrigers mientras caminaba hacia atrás—. Por favor.

Los demás participantes se apartaron, tan solo estaban los tres guerreros ante mí, a punto de cumplir la orden que había dado Lauren.

—Sujetadla —escupió Derek. Se me revolvieron las tripas.

Carl y Bruno obedecieron, y antes de que pudiera salir corriendo en cualquier dirección ambos bekrigers me sujetaron por los brazos.

—Lo siento —escuché murmurar a Carl.

—Que te jodan.

Pataleé y me zarandeé con todas mis fuerzas. Presa del pánico, traté de pedir auxilio a alguno de mis contrincantes, que permanecían a unos metros de mí con la cabeza gacha.

Todos, salvo Hunter, que no dejó de suplicar a las reinas por mi supervivencia desde que Derek había bajado de su plataforma.

—Quédate quieta —ordenó Derek—. Deja de luchar.

—Nunca —gruñí.

No podía creerme que estuviera a punto de hacerme esto y que, lo peor, no mostrara ni un solo ápice de arrepentimiento. Era ruin y cruel, y yo no dejaba de esperar cosas de él.

—¿No decías que no te querías llevar mal conmigo? ¿Que podíamos ser amigos?

—Nunca dije que pudiéramos ser amigos.

Derek se acercó aún más a mí, desenvainando una daga que tenía guardada en su cinturón. Escasos centímetros nos separaban el uno del otro y, por un momento, pese a saber lo que estaba a punto de hacer, sentí la seguridad de que no sería capaz de matarme.

No cuando me miraba así.

—No vas a hacerlo —murmuré.

Darme cuenta de que me dolía el corazón solo por estar cerca de él, me hacía sentir ridícula.

Derek sujetó mi rostro con una mano y yo traté de liberarme, pero fue imposible. Apretaba mis mejillas con fuerza, y no dejamos de mirarnos a los ojos con rabia ni un solo instante.

Posó su daga sobre mi cuello y el estadio se calló de nuevo.

Los segundos parecían horas mientras yo tenía aquella hoja de metal rozando mi garganta, pero el príncipe no parecía inmutarse o sentir miedo; sin embargo, era como si ambos necesitáramos aquellos momentos para descansar de todo aquel caos.

—¡Vamos!

Escuché a Cassandra de fondo gritar y a Hunter que no dejaba de suplicar por mi vida.

—Ya basta —escupió Derek girando su cabeza hacia él.

Apartó la daga rápidamente de mi garganta, dejando un pequeño corte como muestra de lo que había estado a punto de pasar. Yo respiré hondo.

—Llevadla a Rhawsin —ordenó Derek.

Las risas de Cassandra dominaron el estadio, provocando un eco ensordecedor. Bruno y Carl no dejaron de sujetarme ni por un instante.

—Otra mentira más —continuó Lauren—. ¿Te creías que la muerte iba a ser tan fácil? ¿Qué ibas a tener una escapatoria tan rápida? En Ellyeth no hacemos las cosas así. Directa a Rhawsin.

Y sin saber si me alegraba de estar viva o me lamentaba por ello, lo último que vi antes de desvanecerme fue a Hunter corriendo hacia mí y a Derek dándome la espalda.

23

Lloré durante horas. No recuerdo cuándo paré ni cuándo fui capaz de levantarme del suelo húmedo de la mazmorra. Desde que había llegado a Rhawsin, lo único que escuchaba a mi alrededor eran lamentos y súplicas.

Permanecía sentada en la esquina de aquella habitación, balanceándome de un lado a otro y pensando en todo lo que había vivido en las últimas horas.

Estuve a punto de conocer la muerte.

El olor a podrido me distraía y por las rajas de mis pantalones, cortesía de la espada de Rhiannon, entraba el agua estancada que humedecía la piedra de aquella especie de cárcel.

Pensé que Rhawsin sería un lugar repleto de criaturas terroríficas que podrían matarme, pero tras caminar por los pasillos y haber escuchado los gritos desesperados, supe que aquel lugar estaba repleto de personas que, como yo, tan solo querían sobrevivir.

Y ellos no les dejaban.

—¡Auxilio!

Otro grito me sobresaltó.

Mientras me tapaba los oídos y trataba de pensar, me di cuenta de la cantidad de respuestas que necesitaba para poder gestionar todo lo que me estaba ocurriendo. Necesitaba comprender dónde me encontraba y el porqué de toda esa rivalidad entre criaturas, entender por qué, a diferencia de a mis compañeros, algunas criaturas del estadio solo me vitorearon a mí.

A la hiraia.

Tener un título no humano me extrañaba, no me había acostumbrado a relacionarme con criaturas feéricas a pesar de que era todo con lo que había soñado en mi otro mundo.

Pero esto no parecía un sueño.

No sabía cuánto tiempo iba a tener que permanecer allí, pero tendría que participar en la segunda prueba e intentar sobrevivir de nuevo. Me lo prometí a mí misma, nada de debilidades, aunque todo pareciera ir en mi contra y estuviera asustada.

—¡Alessa! ¡Madre mía!

—¡Falco!

Me incorporé lo más rápido que pude y corrí hacia los mugrientos barrotes. El anciano tenía una mirada llena de tristeza y, de nuevo, parecía que no quería que le vieran.

—Escúchame, Alessa. No deberías estar aquí —murmuró—. Rhawsin es... el peor destino para uno de nosotros. Te torturarán hasta que desees estar muerta.

—¿Y cómo salgo? Tu maldito príncipe ha decidido traerme aquí —escupí llena de rabia—. Sabía que esto era peor que la muerte.

—Querida, «mi maldito príncipe» ha evitado que te asesinen delante de todo el reino —respondió.

—¿Y ha decidido traerme aquí para que me torturen? ¿Es eso mejor?

Falco me tapó la boca al escuchar unos pasos. Ambos nos quedamos completamente quietos durante unos instantes.

—Se suponía que tenía que vigilarme, no llevarme a la muerte —susurré de nuevo.

—De hecho, deberías darme las gracias.

—Mi príncipe. —Falco sonrió y se echó hacia un lado—. Estábamos comentando que...

—*Dithio*, Alessa. Pensaba que lo conocerías ya.

Derek me miraba desde el otro lado de los barrotes con una media sonrisa que, de nuevo, no comprendí del todo. Al igual que no comprendí que ordenara a Falco que se retirara de mi mazmorra para poder hablar conmigo a solas.

—Has estado a punto de matarme delante de miles de personas, Derek. —Me acerqué despacio hacia él—. Y me has mandado al lugar donde torturan a tu pueblo. ¿Qué debería agradecerte?

—¿La próxima vez debería rajarte el cuello? —preguntó sin moverse de su posición autoritaria—. ¿Es eso lo que quieres?

—¿Qué quieres tú, Derek? ¿Por qué has venido aquí a verme? —ignoré su primera pregunta.

Durante unos segundos ninguno supo muy bien qué decir. Yo continué con el rostro pegado a los barrotes que me separaban de la libertad y él con la vista fija en mis ojos.

—Venía a soltarte. Tienes que entrenar para la segunda prueba. Esto ha sido tan solo un... pequeño susto.

Tengo que reconocer que, de nuevo, respiré hondo al ver que nadie iba a matarme ni a torturarme hasta la muerte.

—Vale —respondí.

—¿Vale? ¿Solo eso? —Derek enarcó una ceja—. ¿No vas a tratar de pegarme un puñetazo, vengarte...?

—Eso ya sabes que lo voy a hacer en algún momento.

A decir verdad, con él descubrí un carácter innato que no sabía que tenía hasta que lo conocí en persona. Hasta que sentí por primera vez rabia y atracción a partes iguales.

Porque sí, hablándome con una condescendencia insoportable al otro lado de mi mazmorra estaba extremadamente atractivo.

Derek rio mientras agachaba la cabeza y sus hoyuelos salieron a la luz.

—Ni aunque lo intentaras podrías matarme.

Y desapareció de nuevo.

Falco y Daphne permanecían sentados en las sillas de mi habitación mientras me miraban caminar nerviosa.

—Al final, las reinas entraron en razón. Era una locura sacrificar a uno de los participantes así —musitó Daphne—. Menos mal que...

—Derek no hizo nada —respondí, volviéndome hacia la ninfa—. Bueno sí, pero no por mí.

—No iba a hablar de Derek.

Me sonrojé al ver cómo me miraba Daphne.

—Hunter. Aquel joven no dejaba de suplicar por tu vida, Alessa. ¿Le conocías de algo? —continuó la ninfa mientras entrelazaba uno de los tulipanes de su pelo entre los dedos.

—De nada. Me ayudó a superar el comienzo de la primera prueba, fue muy amable.

Me apoyé en la repisa de la ventana desde donde pude ver a la perfección la cara de Falco que expresaba lo que estaba a punto de decirme.

—Te advertí que no hicieras amigos.

—Lo sé, pero no tuve opción. Iba a caer al lago infestado de neidras.

Estaba muy nerviosa, fatigada. Me dolía todo el cuerpo por lo que había ocurrido en la prueba y cuando subí a la habitación, después de visitar Rhawsin, ducharme y limpiarme las heridas fue como otra batalla que librar.

Llevaba uno de los vestidos que me habían dejado en aquel baúl, pero, aunque la tela verde agua fuera delicada y vaporosa, sentía que me dolía su tacto sobre la piel.

—Tienes que tranquilizarte —respondió Falco a ver cómo me alisaba el vestido nerviosa—. Solo ha sido la primera prueba y todavía queda mucho por delante.

—Perdí la primera prueba y estoy aquí gracias a otro competidor y a un príncipe con falsa benevolencia. No puedo estar tranquila.

Falco agachó la cabeza y se tocó la sien con ambas manos; Daphne continuaba mirándome con cierto cariño.

O, más bien, pena.

—¿Te diste cuenta de cómo luchaste, Alessa? ¿Eres consciente de que fuiste capaz de batirte en duelo con criaturas entrenadas y no te mataron en los primeros diez segundos?

Falco tenía razón. Asumí que aquello fue una reacción normal ante el peligro, pero, en cierto momento, sentí que la espada formaba parte de mí, como si fuera una extensión de mi brazo pese a no haber luchado nunca.

—Todos nos quedamos perplejos. Yo me esperaba que ocurriera algo así, pero los demás... —Falco negó con la cabeza—. El pueblo de Ellyeth no articulaba palabra.

Me aparté de la repisa de la ventana y caminé hacia ellos, hasta apoyar ambas manos en la mesa de cristal que tenían delante.

—¿Por qué esperabas eso de mí?

—Eres una hiraia, Alessa. ¿Te creías que eso no iba a suponer ningún poder? Eres la única criatura en el universo capaz de viajar entre dimensiones para dirigirte a donde verdaderamente perteneces. No existe poder mayor que ese.

El vello se me erizó, supe que a Daphne también por lo brillantes que estaban sus ojos al mirar al anciano.

—Has nacido para estar aquí y, como hiraia, te corresponden muchos poderes que todavía desconocemos... —continuó Falco—. Una vez seas consciente de tu propio poder, serás imparable.

—¿No se sabe más sobre las personas como yo? —pregunté inclinándome hacia delante.

—Conozco profecías que hablan de hiraias y vuestro poder es inmenso. Ya has demostrado haber nacido para el combate y, con un poco de entrenamiento, dudo que pueda existir alguien más poderoso que tú.

—¿Y cómo vamos a descubrir todos esos poderes? Yo no sabía ni que cambiar de universo significaba tener algún tipo de magia, Falco.

De alguna forma, ser consciente de que era más poderosa de lo que me había imaginado me dio algo de esperanza.

—Entrenando. Entrenando y dejando que tu magia surja por sí sola, confiando en que eres más que una humana y convencerte a ti misma de que eres así de poderosa.

Algo dentro de mí se había aclarado. Por fin tenía una oportunidad de poder luchar y demostrar que aquel sitio era mi verdadero universo, pero seguía sintiendo que había piezas que no me cuadraban.

—Pero... —Caminé de vuelta hacia la repisa de la ventana, dedicando unos segundos a ver los jardines del castillo por el que caminaban algunos bekrigers—. No sé ni dónde estoy, a decir verdad. Solo sé que este territorio se llama Ellyeth y que, según escuché a una de las participantes, me llaman la «princesa de Trefhard». Hay una variedad de criaturas que no termino de comprender, igual que tampoco comprendo sus poderes ni por qué las sirenas no parecen sirenas o los dragones no son criaturas gigantescas —expliqué mientras analizaba cada recoveco del jardín del castillo que se veía desde mi ventana—. Ayúdame, por favor.

Daphne y Falco me sonrieron por primera vez en estas últimas horas.

—Tienes que leer mucho acerca de este lugar y de su historia, es imposible resumirlo todo. —Falco se apoyó con tranquilidad en la silla e hizo una señal para que me sentara junto a él—. Pero te contaré brevemente el porqué de todo esto y de la situación política actual. ¿Qué sabes de Ellyeth?

—No mucho —confesé mientras recogía el bajo del vestido para poder sentarme junto a ellos—. Sé que este castillo pertenece a la ciudad de Ellyeth y un guardia me contó algo de que allí residían las criaturas más... ¿bellas? —Falco rio ante mi pregunta que pareció ser absurda.

Recordé lo majestuoso que se veía aquel territorio desde fuera. Lo que sentí la primera vez que vi ese castillo que parecía hecho de cristal desde la barca. Estaba asustada, como ahora, pero al ver lo espectacular que era tuve algo de esperanza en que las cosas fueran bien.

—Hace miles y miles de años, nuestro mundo estaba liderado por las criaturas de Ellyeth —comenzó—. Elfos, dríades, ninfas y demás criaturas feéricas lideraban una sociedad regida por el miedo y la supremacía de raza. Esta supremacía tenía a las demás criaturas sumidas en la esclavitud —su voz tembló—, una esclavitud que se basaba en que, si no tenías las características físicas e intelectuales de los Ellyeth, debías trabajar para ellos porque no eras lo suficientemente fuerte o hermoso como para tener una vida digna.

—Aterrador —intervino Daphne, yo asentí.

—Eran... tiempos difíciles —susurró Falco—. El territorio se dividía entre Ellyeth, también llamada la Corte y Trefhard, donde residían las demás criaturas.

«La princesa de Trefhard», recordé las palabras de Rhiannon.

—Continúa —insistí.

—En mitad de toda esta... dictadura, la princesa Lynette, hija de los reyes de aquel momento, Moira y Deian, se enamoró de un humano, Kellan. Se enamoró hasta el punto de estar dispuesta a entregar su alma con tal de estar con él.

—¿Entregar su alma? ¿A quién? —exclamé horrorizada—. ¿Es eso posible?

—Sí. —Daphne se pasó la mano por el pelo—. Sí, en un reino que te obliga a hacerlo si no estás con alguien de tu misma especie. Sí, cuando tu alma pertenece a otra persona con la que no puedes estar.

—Entregar el alma es algo... complejo. —Falco continuó con la vista al frente, sin mostrar un atisbo de temor—: Se denomina realizar el *enaid*. Es el peor destino posible, ni la muerte es tan dolorosa como separar el alma de tu cuerpo.

—¿Y por qué Lynette estaría dispuesta a hacerlo? ¿A quién entregó su alma?

—¿Serías capaz de no poder estar con quien amas? ¿De vivir sabiendo que el amor de tu vida está lejos de ti? —Falco se apoyó sobre sus rodillas—. Abandonar tu alma es atractivo cuando tu vida no tiene sentido sin la persona a la que amas.

—No creo que entregar tu alma sea mejor destino que eso.

—Entonces no sabes lo que es amar —musitó.

No, no lo sabía. No de verdad.

—¿Y qué pasa con tu cuerpo entonces? ¿A quién le entregas el alma?

Escupí esa pregunta ignorando la puñalada de dolor que sentía en el corazón tras observar la mirada triste de Falco. Él sí había amado, estaba segura.

—Simplemente, dejas de existir en esta... realidad.

Aquella frase me recordó tanto a Darío que me estremecí.

—Entregas tu alma a algo superior a todos nosotros —continuó—. Todas estas normas, procedimientos... son controlados por algo externo.

—¿Cómo se existe sin alma, Falco?

—Existes, pero no en esta realidad, ni en este universo. Es como si tu cuerpo pasara a otra dimensión —completó este—. ¿Me entiendes?

—Sí, más o menos —me limité a responder, aunque no entendiera nada de lo que me había contado.

—Lynette pensó que esa opción era mejor que estar sin Kellan, pero Moira y Deian no opinaron lo mismo. Lynette era, con toda probabilidad, la criatura más poderosa que jamás haya existido en nuestro mundo. Simplemente, no existe ni existirá nadie como ella, es imposible. Además, decidió hacer el *enaid* más... complicado, digámoslo así.

Un aleteo sonó cerca de nuestra ventana, los tres dirigimos allí nuestra mirada alertados.

—Siempre tan valiente —respondió Daphne en un susurro melancólico, girando su cabeza de nuevo hacia mí—. Lynette era magnífica.

—¿Conociste a Lynette?

—¡No! —exclamó la alseide llevándose una mano a la melena repleta de tulipanes rojos—. Me hubiera encantado. Yo no existía por aquel entonces. Pero he leído muchísimo sobre ella.

—Y, como era tan poderosa, Moira y Deian no querían que desperdiciara su alma de esa forma.

—Porque era su hija, ¿no, Falco?

—Eso era secundario para ellos, Alessa —respondió—. Cuando te convierten en una ninfa de feria tu importancia como persona desaparece para todo el mundo.

—Para todo el mundo menos para Kellan, está claro. —La ninfa resopló—. Él era el único que la quería por quien era y no por cómo era.

—Pero ¿cómo sabéis eso? Quiero decir —aclaré la garganta mientras me recostaba en el sofá—, pasó hace miles de años, vosotros no existíais.

—Fui su profesor durante toda su vida, Alessa.

La voz anciana de Falco adoptó un eco tan triste y profundo que se me erizó la piel. Tenía un tono que indicaba que era incluso más sabio y había vivido más de lo que yo me hubiera imaginado jamás.

—Fui su amigo y tutor todo el tiempo que duró su triste vida. —Tragó saliva—. Lynette era demasiado buena para este mundo cruel, y tanto a Kellan como a ella el *enaid* les pareció la única opción factible para poder estar juntos.

—Espera. —Levanté una mano para indicar a Falco que dejara de hablar—. ¿Ambos realizaron el *enaid*?

—Antes mencioné que eligió el *enaid* más difícil, unió su ritual con el de Kellan. —Falco apoyó la mano en la mesilla de cristal que había entre nosotros—. Tan difícil, que nadie jamás lo había hecho antes. Yo había escuchado rumores sobre cómo realizar el *enaid* en parejas, pero nunca creí que se pudiera hacer de verdad.

Falco se levantó y nos indicó a ambas que le siguiéramos hasta la mesa de mármol blanco que se encontraba en el centro del salón de mi habitación. La ninfa estaba nerviosa, intranquila, mientras que Falco no apartó las manos de la mesa con una postura que mostraba un poder y seguridad que no cuadraban con su aspecto de indefenso anciano.

—Pues lo hicieron —musitó Daphne con admiración—. ¡Y tanto que lo hicieron!

—Al hacer el *enaid* se aseguraban de que sus almas permanecieran unidas, aunque no fuera en este mundo. Dejaron atrás sus cuerpos para unir sus almas en otra dimensión.

—Eso es terrible —murmuré mirando a Falco—. ¡Se suicidaron!

—¡No! —respondió cortante—. ¿Acaso tú has muerto en tu mundo, Alessa? ¿Acaso ser una hiraia es lo mismo que morir?

—No es lo mismo. —Alcé el tono de voz—. Yo he desaparecido en mi mundo y he venido a este.

—Lo mismo que hicieron ellos. —El anciano suspiró—. Solo que sus cuerpos se quedaron aquí.

—¿Y qué pasó? —pregunté, mientras levantaba la cabeza y buscaba con la mirada los ojos afables de Falco.

—Trefhard declaró la guerra a Ellyeth: los esclavos se rebelaron contra Moira y Deian.

—No lo entiendo. —Negué con la cabeza—. ¿En qué les afectó a los esclavos de Trefhard el sacrificio de Lynette?

—Admiraban a Lynette. Ella fue la única de toda la Corte que, pese a ser una privilegiada, en numerosas ocasiones trató de alzar la voz en nombre de Trefhard para liberar a los miles de criaturas que estaban esclavizadas y, también, para que se pudiera amar libremente sin importar tu procedencia. —Tragó saliva—. Mucha gente sigue sin entenderlo, pero todos los que la hemos admirado sabemos que aquel *enaid* no fue solo un acto de amor, también fue un acto de rebelión. Que la hija de los reyes entregara su alma para estar con un humano lo revolucionó todo, hasta el punto de que, una noche, unos doscientos esclavos intentaron tomar Ellyeth.

—¿Lo consiguieron? —pregunté.

—Claro que no, pero asustaron lo suficiente a los ricos de la Corte como para que ofrecieran un tratado de paz casi inmediatamente.

—Cobardes —escupió Daphne.

El desprecio con el que hablaban ambos de los antepasados de las reinas de Ellyeth me sorprendió.

—Y, de ahí, viene la situación política actual. —Falco abrió los brazos—. Moira y Deian, tras el *enaid* de su hija, se obsesionaron con la pureza de la raza y aunque la estrategia de Lynette no funcionó del todo, al menos fue el único requisito que pidieron a los ciudadanos de Trefhard para que pudieran vivir en paz.

—¿Pero en qué consistía el tratado? —Cuanto más hablaba Falco, más sentía que las piezas del rompecabezas comenzaban a unirse.

—Aceptaron que, mientras se mantuviera la pureza de cada especie, podrían vivir en sus propios territorios. Y después de eso se formaron cuatro territorios más, además de Ellyeth y Trefhard, por supuesto.

El anciano hizo una seña con la cabeza a Daphne, que corrió hacia la puerta de la habitación, donde había una especie de pergamino enrollado en el que no me había fijado hasta entonces. Ella le dio el pergamino de Falco, que lo desenrolló sobre la mesa.

Un inmenso mapa.

—Ilysei, para las criaturas de agua. Sirenas, cecaelias, hipocampos... entre otros muchos —dijo Falco mientras señalaba uno de los puntos del mapa—. Grymdaer, ciudad de las criaturas guerreras. A mí no me gusta mucho este lugar, sus ciudadanos son... brutos, digámoslo así.

—Ajá —asentí.

—En Grymdaer, además de centauros, dragones, minotauros o faunos, puedes pasar una agradable velada con gigantes o cíclopes que, por experiencia, son de todo menos amistosos —Daphne resopló.

—Ffablyn es el hogar de todas las criaturas terrestres feéricas. —Falco pareció llenarse de orgullo—. Al igual que en Ellyeth, claro, que además de ser la Corte y el hogar de las reinas, acoge a todas las criaturas de Ffablyn que pertenecen a la realeza —dijo—. Elfos, ninfas, dríadas, sílfides...

—¿La realeza solo se compone de criaturas de Ffablyn?

—Sí —respondió cortante el anciano—. Puedes deducir entonces quiénes son los favoritos de las reinas.

—Entiendo —musité—. ¿Y la cuarta ciudad?

—Famwed, o también llamado «el lugar al que jamás debes ir si no quieres morir desangrado».

—¿Quién vive allí? —Alcé el tono de voz tratando de no mostrarme asustada.

—Vampiros. Todo está lleno de malditos vampiros.

Abrí los ojos sorprendida. No pensé que en un lugar como aquel pudiera haber también vampiros.

—Los ciudadanos de Famwed son... los menos queridos del reino, digámoslo así —prosiguió Daphne—. Hay que estar muy loco para ir a ver a los vampiros.

—Claro —asentí—. ¿Y en Trefhard? ¿Quién vive ahora allí?

—Trefhard es ahora un pueblo donde viven los marginados. Todos aquellos que no son aceptados en sus ciudades por unos motivos u otros. —Falco cerró el mapa ante mi atenta mirada—. Si no eres lo suficiente fuerte, no te admiten en Grymdaer; si no eres lo suficiente rápido en el agua, no te admiten en Ilysei. —Lo recitaba como si se tratara de una lista que se sabía de memoria—. Y así con muchas otras condiciones, si no las cumples y no demuestras que eres fiel a tu especie, te mandan a Trefhard.

—Eso es cruel —reclamé.

—Pues de ahí es donde provienen todos tus rivales del Torneo.

Abrí los ojos de par en par y, casi como acto reflejo, imité la posición de Falco, inclinándome hacia delante.

—Por eso, Rhiannon no tiene cola, Idris no se convierte en dragón, Deryn es del tamaño de un humano y Owen no tiene cuernos. Cada uno de tus rivales tiene un defecto que resultó clave para que les denegaran su admisión en el reino y, ahora, quieren ganarse su lugar.

—¿Y Hunter? —pregunté curiosa.

—Su gran defecto es ser un humano. No hay muchas familias humanas en este territorio, pero todas viven en Trefhard.

—Entiendo —musité mientras echaba otro vistazo al mapa; en ese momento me percaté de que todas las ciudades de las que me había hablado se situaban a los lados del río inmenso—. Pero tengo otra pregunta.

—Sería muy raro si no tuvieras muchas. —Daphne sonrió con dulzura, como siempre.

—¿Por qué me dijo eso Rhiannon?

Falco y Daphne parecieron no entenderme.

—¿Por qué me llamó la princesa de Trefhard? —pregunté.

Falco pareció necesitar un tiempo para responder a esa pregunta a juzgar por la mirada que compartió con la ninfa.

—Gustaste al pueblo de Trefhard en el Torneo, te aplaudían a ti. Pero no hay nada de lo que preocuparse más allá de eso.

La respuesta de Falco resultó de todo menos convincente y él se había dado cuenta de que no me creía su manera de tranquilizarme.

—Céntrate en sobrevivir a las pruebas del Torneo. Lo que diga la gente o tus rivales no debería importarte, Alessa. —El anciano se subió las gafas con el dedo índice—. Recuerda que no tienes amigos aquí, ya te lo he dicho.

Di la espalda a la mesa para después dirigirme hacia el ventanal de nuevo. ¿Qué me esperaría tras los muros del castillo y cuál sería mi papel en la historia de todas esas ciudades? Falco no quería que indagara en ello, que descubriera por qué ser una hiraia era algo que me relacionaba directamente con Trefhard y su pueblo.

—De acuerdo —respondí mientras repasaba con la yema de mi dedo índice el dibujo de una flor turquesa que había en la moldura de la ventana—. ¿Sabemos algo de la siguiente prueba? No pienso permitir que me vuelvan a salvar del borde de la muerte. Nunca más.

24

ME MIRÉ AL ESPEJO UNA ÚLTIMA VEZ Y LUCHÉ CONTRA EL IMPUL-
so de palpar el corte que tenía en el cuello, cortesía del príncipe. Pasé mis manos por el corpiño *beige* que había elegido de
entre los trajes del baúl, sin dejar de analizar las marcas de mi
rostro. Pese a llevar un atuendo con el que había soñado toda
mi vida, no me sentía guapa, mi mirada estaba vacía y carecía
de brillo.

Alcé la cabeza para ver mejor la marca que me había dejado
Derek a modo de advertencia, y me mordí el labio con rabia al
recordar lo mucho que había jugado con mi supervivencia. Hice
el ridículo delante de centenas de personas cuando supliqué
por mi vida y él me dejó un corte para que me acordara de ello.

No le iba a agradecer no matarme cuando su intención carecía de bondad alguna.

—Vamos, Alessa —exclamó el bekriger Bruno desde la puerta de la habitación—. No tengo todo el día.

—En realidad, sí lo tienes —respondí mientras asomaba la
cabeza para mirarle—. Pero ya voy.

No lo vi, pero estaba segura de que Bruno estaba indignado
por mi respuesta. Odiaba que le respondiera cuando me daba
alguna orden, pero yo odiaba aún más ser custodiada por un

bekriger las veinticuatro horas del día, así que no iba a ponérselo fácil.

—Bueno, ¿adónde vamos? —pregunté cuando tuve a Bruno enfrente.

—Tengo órdenes de llevarte a Ffablyn.

—¿Qué vamos a hacer?

—Por ahora, ir —dijo mientras se peinaba con una mano la barba—. Vamos.

Supuse que en Ffablyn comenzarían los entrenamientos para la segunda prueba, de la cual ni Falco ni yo teníamos la menor idea de en qué iba a consistir. Había pasado toda la noche pensando en cómo sacar provecho a mi supuesto poder de hiraia, pero sin saber dónde buscar la información que me lo explicara, no iba a ser tarea fácil.

Iba a ciegas, debía descubrir mi poder yo sola.

Caminamos bastante tiempo por los silenciosos pasillos de Ellyeth que parecían no tener fin. Cuando fui a la habitación de Derek me había fijado en las enredaderas florales que se posaban sobre el cristal del techo, pero en ese instante me di cuenta de que la gran mayoría del castillo estaba hecha de una especie de cuarzo blanco resplandeciente.

—Buenos días —susurré al ver a una muchacha vestida de azul celeste caminando hacia nosotros.

Ella nos pasó de largo, sin embargo, tuve suficiente tiempo para ver dos orejas puntiagudas que sobresalían entre los mechones dorados de su cabello. Era una elfa.

—¿Buenos días? —refunfuñó Bruno—. ¿En serio, Alessa? Te cruzas con una elfa y le dices, ¿buenos días?

—¿Qué iba a decir sino? No sé, Bruno —respondí, dejando entrever una sonrisa—. Además, ella no me ha dicho nada.

—Claro que no te ha dicho nada, con suerte te va a mirar.

—Negó con la cabeza, indignado. Me hizo un gesto para que bajara unas escaleras de caracol delante de él—. No eres nada para los altos cargos de la Corte de Ellyeth.

—Ya me di cuenta en el estadio. Solo me abucheaban, ¿era por algo en concreto?

Al bekriger le sorprendió mi pregunta porque dejé de escuchar sus pasos bajando las escaleras tras de mí.

—¿Cómo va a ser por algo en concreto? No eres tan importante, solo una participante de un torneo nuevo que les entretiene —respondió con desgana—. No les caerías bien, lo cual no me extraña en absoluto.

—Claro, Bruno —respondí con sarcasmo mientras continuaba el descenso por las infinitas escaleras blancas.

De nuevo, otra persona me mentía. No hacía falta leer muchos libros con historias similares para saber que Falco y Bruno me ocultaban información; de hecho, sabía que todas las personas con las que había hablado me escondían algo y pensaban que no me estaba dando cuenta de ello.

Anduvimos durante unos cuantos minutos más, cruzándonos con algún que otro bekriger o elfo a los que ya no me molesté en saludar, tan solo agachaba la cabeza cuando pasaban a mi lado o, como mucho, me fijaba en sus llamativas orejas que todavía no me acostumbraba a ver.

—A la barca —ordenó Bruno—. Ahora vengo.

Agarré la falda de mi vestido para subir y tomar asiento mientras observaba los alrededores del castillo.

Ese pequeño embarcadero estaba a los pies del lago gigantesco que separaba las ciudades del reino, tal y como vi en el mapa que me enseñó Falco. Desde la barca solo podía ver uno de los majestuosos torreones de la Corte y, a lo lejos, escondida entre las montañas, otra fortaleza mucho más oscura, Ffablyn.

Al cabo de un par de minutos apareció Bruno, pero no venía solo. Junto a él, una muchacha escondida bajo una capa color turquesa se abrió paso entre las barcas del embarcadero.

—Pasa —musitó Bruno.

La joven, sin retirarse la capucha, se puso de rodillas al lado de mi barca, yo me estiré por inercia. Ella apenas me miró y, con un movimiento de manos delicado, acarició el agua sobre la que estaba la barca.

—¿Ya? —preguntó Bruno—. Perfecto, gracias.

Ella se incorporó y, sin decir nada, se retiró de la escena ante mi atenta mirada.

—¿Qué ha sido eso? —pregunté mirando cómo se alejaba del embarcadero y entraba en una de las puertas del castillo.

—No me apetece remar, he llamado a una náyade —dijo mientras subía a la barca—. Una ninfa del agua —aclaró al ver mi mirada confusa.

—Pero cómo…

Iba a preguntar que cómo era posible que una ninfa del agua hiciera que la barca se moviera sola, pero cuando me apoyé en el borde de esta y asomé la cabeza para ver el agua, pude ver a lo que se refería Bruno.

—Impresionante —susurré.

Parte del agua del lago había ascendido hasta cubrir por completo la quilla, posándose sobre la madera como si fuera un segundo casco. La ninfa había controlado el agua para que cubriera la barca e hiciera que esta se moviera.

—Vamos, siéntate bien —dijo Bruno, ignorando lo maravillada que estaba por la magia de la ninfa—. Alessa, vamos —repitió.

—Ya voy —respondí desganada.

Bruno alcanzó uno de los remos e imitó el movimiento de

remar hasta que, de forma mágica, la barca comenzó a moverme.

Mientras la barca recorría el lago acercándonos poco a poco a Ffablyn, eché la vista atrás para mirar cómo dejábamos atrás la Corte.

Era impresionante.

Pese a todo lo que estaba viviendo y el sentimiento constante de miedo, que hacía que no dejara de sentir ansiedad ni un solo segundo del día, me sentía afortunada de que mi destino estuviera ahí; en un lugar donde la magia era realidad y no algo con lo que soñar.

Tan solo tenía que ser capaz de encontrar mi lugar. Aprendería a vivir allí en cuanto el maldito Torneo terminara y pudiera demostrar mi pertenencia a estas tierras.

—Ya queda poco.

Bruno no habló en todo el trayecto, permaneció sentado, con ambas manos en la espada que se escondía en la vaina, atada a su cinturón. No podía comprender cómo era capaz de no quedarse embobado con las montañas verdes cubiertas de árboles.

Y cuanto más nos acercábamos a la fortaleza oscura y mágica de Ffablyn, más embelesada me sentía.

La barca se acercaba a la orilla de Ffablyn, pero en lugar de dirigirnos al pueblo o a la fortaleza, giramos para amarrar cerca de los bosques de alrededor.

—¿No íbamos a Ffablyn?

—Sí, a sus bosques —respondió Bruno incorporándose—. Ya tendrás tiempo de visitar la ciudad.

Levanté la falda de mi vestido de nuevo para poder salir de la barca y seguir a Bruno al bosque al debía llevarme. Iba a preguntarle al bekriger qué se suponía que tenía que hacer allí, pero en cuanto toqué la tierra con mis propios pies un rostro conocido me sorprendió caminando hacia nosotros de entre los árboles.

—Hunter —dije—. ¿Qué haces aquí?

El joven caminó hacia mí con una sonrisa radiante. Sobre su hombro, encima del chaleco de cuero marrón y de una blusa de mangas abombadas, llevaba colgado un arco gigantesco que sujetaba con decisión.

—También me han traído aquí a entrenar —respondió, parando delante de mí—. Pensaba que iba a estar solo, pero os escuché llegar en la barca.

—Bueno, os espero aquí —dijo Bruno con desprecio—. Creo que sabrás entrenar solita, ¿no?

—Sí podré, sí —respondí, aunque no tenía ni idea de cómo se entrenaba para una prueba sobre la que no tenía ningún dato. Y sin mirar a Bruno, tan solo a Hunter, pregunté—: ¿Tengo armas?

La pregunta sorprendió a ambos y se miraron entre ellos. ¿Tan raras eran las preguntas que hacía siempre?

—Adéntrate en el bosque y verás —se limitó a responder Bruno—. En dos horas te quiero de vuelta en la barca y no, no puedes huir, esconderte o correr sin destino en el bosque esperando encontrar una escapatoria de este lugar. Hasta las hadas están informadas de que no debes salir de esta región del bosque.

—No pensaba hacer eso —mentí.

—Bueno, ¿vamos? —preguntó Hunter, mirándome de forma amable—. Te va a gustar este sitio.

—Vamos —respondí.

Anduvo delante de mí hasta que nos adentramos en el bosque y fue ahí cuando me di cuenta de que hasta ese instante no había visto la magia de verdad.

—Increíble, ¿verdad? Yo me sigo sorprendiendo cuando lo veo —comentó Hunter mientras alzaba la mirada para observar las copas de los árboles, tal y como estaba haciendo yo.

Aquel bosque era la definición literal de «magia». Ni en un millón de años lograría describir cómo me sentí al pisar aquella tierra húmeda y vi a las hadas revolotear en las copas de los árboles; o cómo la luz solar que se reflejaba entre los matorrales parecía tener un brillo especial.

Las hadas eran diminutas y delicadas, apenas habría podido verlas si no fuera porque algunas se posaban sobre las ramas más bajas de todos esos árboles que nos rodeaban.

—¿Dónde entrenamos? —pregunté sin dejar de mirar hacia los árboles, mientras caminaba junto a Hunter.

—Aquí, ya estamos casi.

No tuvimos que andar ni veinte metros más para entender por qué les había parecido absurdo que preguntara por las armas unos minutos antes.

—Bienvenida a nuestro terreno de entrenamiento por unas horas —dijo Hunter, mientras se echaba a un lado.

Una explanada delimitada por robles se extendía ante mis ojos. Había estantes repletos de armas, dianas sujetas a las ramas de los árboles e, incluso, obstáculos creados con piedras gigantes. Caminé por aquel terreno solitario fijándome en cada detalle, cada espada.

En uno de ellos había una espada parecida a la que utilicé en la primera prueba, tenía la punta de cristal y el mango decorado con detalles florales. Preciosa.

—Es enorme —dije volviéndome hacia Hunter que permanecía de brazos cruzados mirándome. Él ya habría visto ese sitio muchas veces—. ¿Y los demás no vienen a entrenar aquí?

—Sí, pero en otro horario distinto. Tú y yo hemos coincidido.

Cuando dijo aquella frase sonrió divertido, y le devolví el gesto intuyendo que ese encuentro no era una coincidencia. Pero no me importó, Hunter había sido muy bueno conmigo.

—Nunca te llegué a agradecer que lucharas por mi vida al terminar la primera prueba —dije acercándome a él—. Creí que me iban a matar y de no ser por tu insistencia hoy estaría muerta.

—No hay nada que agradecer. —Sonrió. Me fijé por primera vez en la profundidad de sus ojos azul cielo—. Era terrible, no podía quedarme callado, fue una reacción normal.

—No para todo el mundo —respondí pensando en la apatía de Derek.

—No todo el mundo sabe lo que es tener que luchar para sobrevivir —dijo—. Entre los que tenemos que hacerlo, no tenemos otra que apoyarnos.

Asentí, Hunter tenía razón. Con lo vulnerables que éramos los participantes, era absurdo causarnos más problemas fuera del Torneo. Mi sacrificio no iba a ser parte de una prueba.

—Si me permites preguntarte… —Hunter se inclinó hacia delante mientras me miraba curioso—. ¿Cómo saliste de Rhawsin?

—El príncipe permitió que me fuera —dije poniendo los ojos en blanco—. Según me dijo, fue solo una advertencia.

—Una advertencia —repitió sarcástico—. Menuda advertencia. Así que la segunda prueba ya no va a ser un juego de niños.

—Saltar neidras gigantes no me pareció un juego de niños —me quejé.

—No digo que lo sea, pero si quiere que todos estemos vivos para la segunda es porque le va a dar mucha más diversión al pueblo de Ellyeth, solo eso —explicó Hunter mientras alzaba los hombros.

Tenía razón, tanto las reinas como Derek quisieron mantenerme viva después de la primera prueba y no me había planteado el porqué. Tal vez lo único que les motivaba era la necesidad de ver el Torneo desarrollarse con todos sus integrantes. Amor por el espectáculo.

—Bueno —dijo mientras agitaba la cabeza. Algunos mechones rubios se posaron sobre su frente, no tardó en peinarse con la mano—. Hay que pensar en la segunda prueba.

—He decidido que no necesitaré que me salven de nuevo —dije disimulando una risa.

—De acuerdo, hiraia —sonrió de vuelta—. Pues coge un arma y batámonos en duelo.

Dudé qué arma coger, pero pensé en las palabras de Falco sobre cómo había luchado en la primera prueba y decidí apostar por lo mismo: la espada élfica.

«Recuerda, Alessa, eres una hiraia», pensé tratando de recordar que tendría que existir algún poder dentro de mí o, al menos, eso esperaba.

Esta vez, Hunter dejó su arco sobre una piedra cubierta de musgo, y eligió una espada similar a la mía, pero con la punta de metal.

—Que sea un duelo amistoso, tenemos que llegar vivos a la segunda prueba.

Hunter dio un par de pasos al frente mientras practicaba con la espada realizando unos cuantos giros de muñeca. Se mostraba seguro de sí mismo, incluso parecía divertirse al pensar en que estaba a punto de luchar conmigo.

—Intentaré controlarme —respondí.

Agarré la espada con ambas manos y separé las piernas, poniéndome en posición de combate. En ese momento maldije a mi yo del pasado que se puso un vestido en lugar de velar por su comodidad y optar por unos pantalones que no redujeran la movilidad.

—Venga —continué—. Cuando quieras. —Fingir confianza ya era mi especialidad.

Hunter obedeció, no sin antes reír de manera divertida, algo que ya parecía habitual en él. Bloqueé el movimiento de su espada con dificultad y me costó erguirme de nuevo.

—¿Todo bien?

—Perfectamente —gruñí.

Presioné mi espada contra la suya, con fuerza, y volví a bloquear otro de sus movimientos esta vez algo más rápido. O eso creía. Hunter me atacaba con su espada sin mucho esfuerzo y yo movía la mía con cierta torpeza, sin siquiera pensar en lo que estaba haciendo.

«Una vez seas consciente de tu poder, serás imparable».

Recordé la frase de Falco. Él sabía que, si yo confiaba en que era más que una humana, me convertiría en quien de verdad era.

—Venga —murmuré.

Era más que eso, yo debía de creerlo de verdad para que todo surgiera por sí solo. Debía dejar fluir mi supuesto poder.

Aparté mi espada de la de Hunter y, con un rápido movimiento, conseguí que le costara bloquear mi ataque.

«Eres una hiraia», repetí en mi cabeza.

Contraatacó. Comenzamos a movernos por el terreno de duelo con mayor velocidad y destreza.

«Eres una hiraia».

Sujeté la espada con más fuerza y sentí cómo esta, de alguna forma, se unía a mí, a mis manos, tal y como sentí durante la primera prueba. Esa arma y yo éramos una.

Hunter era rápido y parecía haber dejado atrás la parte amistosa del duelo hacía bastante rato.

—Maldición —musitó Hunter al bloquear uno de mis movimientos que iban directos a su cabeza—. Alessa esto es...

No le dio tiempo a continuar, giré sobre mí obligándole a bloquear mi espada para que no le golpeara, pero esta vez tropezó y tuvo que terminar la frase desde el suelo.

—Creo que el que va a tener que entrenar soy yo —musitó con sus ojos azules fijos en los míos—. ¿Tregua?

—Tregua —respondí mientras tendía una mano para ayudarlo a levantarse—. Ha sido un buen duelo.

25

—¿POR QUÉ LUCHABAS ASÍ CUANDO NOS HEMOS BATIDO EN duelo?

—Así, ¿cómo? —respondí a la pregunta de Hunter mientras caminábamos de vuelta a la barca.

Habíamos estado luchando con las espadas y practicando con el arco durante algo menos de dos horas y, por primera vez desde que había llegado allí, podía decir que me lo había pasado genuinamente bien. Por fin había hecho un amigo, alguien en quien confiar y también alguien con quien poder compartir todo esto.

—Como si llevaras entrenando desde pequeña —respondió girando la cabeza para mirarme—. Como si hubieras llevado una vida como la mía y no en un mundo distinto a este.

—No lo sé, supongo que ser una hiraia me está trayendo alguna que otra recompensa —contesté—. Pero aún me queda mucho por aprender sobre mi especie, apenas sé nada de mí ni de cómo sacar mi mayor potencial. —Negué con la cabeza—. ¿Cómo fue tu vida aquí? —Opté por cambiar de tema.

Hunter tardó unos segundos en responder, supuse que tal vez no había sido una vida muy fácil dado que ahora estaba participando en el Torneo.

—Como la de todos los que vivimos en Trefhard, Alessa. Entrenando desde críos por si en algún momento alguien de la Corte nos ve aptos para tener una vida mejor, aunque siendo humano no opto a mucho. En Trefhard me dedico a velar por la seguridad de los ciudadanos, de manera extraoficial, claro.

—Por eso eres tan bueno con el arco.

—Supervivencia —respondió Hunter, encogiéndose de hombros—. No me ha quedado otra que aprender a proteger a los míos si los bekrigers únicamente protegen a los ricos de la Corte.

—Eso es horrible —respondí—. Yo soy humana y...

—No eres humana. —Hunter dejó de caminar—. Lo eras, pero ya no. Eres una hiraia y cuando encuentres ese potencial del que me hablas... será distinto para ti. Ser humano aquí significa que vas a tener que luchar por simples hogazas de pan y para que tu familia tenga un buen hogar.

Asentí despacio. No supe muy bien qué decir aparte de que todo lo que me contaba seguía pareciéndome cruel. Por mucha historia que me hubiera contado Falco, seguía sin comprender por qué unas criaturas merecían una vida digna y otras no. No era justo.

—Por eso participo. Espero ganar y aspirar a una vida mejor para mí y para mis hermanos —musitó—. Tal vez si gano, pueda llevarles conmigo a la Corte.

«Ganar».

¿Qué implicaría aquello? ¿Tendríamos que matarnos entre nosotros? Necesitaba ganar para poder vivir allí, pero no me había parado a pensar en que Hunter y los demás también tendrían motivos importantes por los que luchar y ganar el Torneo.

—Espero que ganes —me limité a responder—. Que ganemos.

—Yo también lo espero.

El resto del camino nos mantuvimos en silencio. Me percaté de que algunas hadas diminutas se apartaban a mi paso o me observaban desde lo alto de la copa de su árbol, incluso podría decir que alguna rama pareció saludarme como si tuviera vida propia.

Bruno continuaba apoyado sobre la barca, con la misma expresión desagradable que cuando me había ido, sin dejar de sujetar su tan apreciada espada que tenía, como siempre, amarrada en el cinturón.

—¿Ya? Vámonos —dijo con desgana.

—Me quedo aquí, luego vuelvo a la Corte —dijo Hunter.

—¿Quién lo ordena? —preguntó Bruno—. Bueno, me da igual. Yo solo me tengo que ocupar de Alessa.

Estuve a punto de protestar y pedirle a Bruno que me dejara quedar un rato más en Ffablyn para poder visitar la ciudad o la fortaleza, pero preferí no desafiar a un bekriger que llevaba dos horas sentado esperando a que yo terminara de entrenar con otro participante.

El camino de vuelta fue, cómo no, en silencio. Esta vez Bruno tuvo que remar porque no teníamos a ninguna náyade que hechizara el agua y aunque tardamos bastante más en recorrer la distancia que había entre Ffablyn y Ellyeth, yo seguía igual de maravillada con las vistas que a la ida.

No dejaba de pensar en qué sería capaz de hacer, en todo lo que se suponía que iba a aprender como hiraia mientras entrenaba. ¿Mi poder se iba a limitar a las batallas cuerpo a cuerpo o tendría algún poder mágico? No sabía dónde encontrar la respuesta si ni siquiera Falco nunca había visto un caso como el mío.

«Ninguna referencia, que él conozca —pensé—. ¿Qué habría hecho en mi mundo? ¿Dónde habría buscado para encontrar información sobre algo que nadie conoce?».

Recordé lo que hacía cuando ni internet era capaz de resolver una duda, ni cuando un profesor de la facultad conocía algo sobre un tema en concreto. Estudiando Medicina aprendí que el que alguien no hubiera demostrado algo no significa que no existiera, y si algo existía, debía que estar registrado en algún escrito.

Tenía que ir a la biblioteca de la Corte.

—Bruno —llamé, mirando al bekriger que remaba con la cabeza gacha—. ¿Dónde está la biblioteca de Ellyeth?

—¿Por qué quieres una biblioteca?

—Para quemar los libros y bailar sobre el fuego, Bruno —respondí con sarcasmo—. Para leer.

—Pues no puedes ir a leer —dijo pronunciando la última palabra con cierta burla—. No eres una ciudadana de Ellyeth, sigues siendo una prisionera. Puedes entrenar y luchar en las pruebas. Nada más.

Asentí y contemplé de nuevo el paisaje. No pude disimular una sonrisa al ser consciente de que Bruno me había confirmado que existía una biblioteca en la que podía investigar y, aunque me prohibieran el paso, me las apañaría para poder entrar; pero primero de todo tenía que averiguar su localización.

¿Cómo podría librarme del bekriger? Estaba conmigo prácticamente todo el día e iba a necesitar soledad para poder colarme en la biblioteca. Pensé en la posibilidad de sobornarle, pero lo descarté al recordar que no solo no tenía nada que ofrecerle, sino que aquel bekriger tenía muy desarrollado el sentido de la lealtad y el honor según me había demostrado.

—Directos a la habitación ahora, ¿vale? —dijo Bruno.

No me había dado cuenta de que ya habíamos llegado. Remangué mi falda de nuevo para salir de la barca, pendiente de no tropezarme con el largo.

—No me lo creo —susurré al ver que el príncipe nos saludaba desde el otro lado del embarcadero.

—Hola —dijo.

Llevaba una camisa verde oscuro con unos cordones en la zona del cuello, algo entreabierto. Esta vez no llevaba el arco de cristal colgado del hombro y parecía tener un aire más desenfadado que las veces que le había visto con el uniforme de bekriger.

Fui consciente de que notó lo nerviosa que estaba por cómo miró mi pecho asomarse por el escote del corpiño por mi respiración acelerada.

—Buenos días —respondí mientras me atusaba la falda ya en tierra.

—Mi príncipe. —Bruno hizo una reverencia con la cabeza antes de colocarse en posición militar. ¡Qué obediente!

—Has estado entrenando en Ffablyn.

—Así es —respondí.

Derek pareció calcular cada palabra antes de decírmela. Me miraba como si no supiera muy bien cómo abordar una conversación conmigo y, aunque ya no tuviera la mirada vacía que tenía durante la primera prueba, seguía teniendo una expresión seria y firme.

—Espero que hayas practicado mucho, la segunda prueba no será fácil —dijo mientras volvía a dirigir su mirada a mi pecho acelerado.

—¿Te preocupa que yo viva? —pregunté casi sin pensar. Parece que le había pillado por sorpresa porque dejó pasar unos segundos hasta que respondió.

—Me preocupa que… la competición esté desnivelada. Os merecéis un torneo justo.

Ya, el Torneo. Le preocupa el maldito Torneo y también el espectáculo.

—Cómo no —respondí.

Derek miró a Bruno, que continuaba en posición militar y con los ojos fijos en una de las torres del castillo.

—¿A qué has venido? —continué.

—A ver cómo había entrenado mi hiraia, nada más —respondió pasándose una mano por su pelo negro.

—¿Tu hiraia? ¿Disculpa? No soy de tu propiedad ni de la de nadie —gruñí.

—En eso estoy de acuerdo, tan solo era un apelativo distinto para mi… prisionera.

—Es verdad, tus madres me nombraron tu prisionera —reproché cruzándome de brazos—. Cómo ignorar las órdenes de tus madres, Derek.

Derek hizo amago de decir algo, pero en lugar de eso negó con la cabeza y se cubrió la boca con una mano. ¿Era eso un atisbo de sonrisa?

—Llévatela a la habitación, Bruno.

Reí en alto al ver cómo, de nuevo, huía de mí y volvía a adoptar su posición de príncipe heredero. Aunque, en realidad, casi lo prefería, estar junto a él conseguía que toda la rabia que sentía en mi corazón saliera a la luz.

Y eso me distraía. Su presencia me distraía y no podía permitírmelo.

Bruno me agarró del brazo con fuerza y comenzó a caminar hacia la puerta por la que habíamos salido horas antes.

—Puedo sola —dije.

Ninguno respondió. Dejamos al príncipe tras la puerta de

madera del torreón y comenzamos a subir escaleras en el más profundo de los silencios.

De nuevo me llevaban a la maldita habitación, para estar, horas y horas, aburrida con el único entretenimiento de apreciar los dibujos de las paredes que ya había revisado unas doscientas veces.

Cuando llegamos, Bruno cerró la puerta con rapidez y lo escuché apoyarse en la pared al otro lado de la sala, lo que me recordó que era imposible librarme de él para ir a la biblioteca.

—Genial —murmuré al verme sola de nuevo en la habitación.

Eché un vistazo rápido, desganada, a la estancia. Era preciosa, había soñado toda mi vida con una habitación así de bonita. Pero ya no quería apreciar la belleza de ese cuarto, me sentía tan sola allí dentro que toda su delicadeza parecía hecha para ahogarme.

Aburrida, me resigné y volví a caminar por la habitación, como si algo nuevo fuera a llamar mi atención o a convertir estas horas de soledad en algo más entretenido.

Y, para mi sorpresa, así fue.

—¿Qué tenemos aquí? —musité.

Encima de mi cama, sobre uno de mis cojines, había un pergamino doblado y sellado. Estaba segura de que antes de salir de mi habitación eso no estaba allí.

Por instinto, miré a mi alrededor antes de abrirlo. Cogí el sobre y revisé si había alguien vigilando en las ventanas o si el propio bekriger había entrado en mi habitación, pero parecía que estaba sola.

El sello que servía como cierre del propio pergamino era rojo, pero no venía firmado. Lo abrí nerviosa.

S-23, E-4.

Sabes dónde buscar.

No enseñes esto a nadie.

Ve tú sola.

Revisé el pergamino desde todas las perspectivas posibles, traté de comprobar si había algún mensaje escrito que solo se pudiera ver a contraluz o si tenía alguna firma escondida, pero no encontré nada, tan solo ese código de letras y números y la advertencia. ¿Dónde se supone que tenía que ir? ¿Qué tenía que buscar?

—¿Qué se supone que tengo que hacer con esto? —murmuré nerviosa.

Intenté pensar con frialdad y analizar quién habría podido mandarme una carta para tratar de ayudarme. ¿O tal vez sería una trampa?

Repasé lo que sabía sobre ese tipo de situaciones y mis únicas referencias estaban en los libros que había leído, y en ellos quedaba claro que la gran mayoría de veces se trataba de una trampa bastante evidente que demostraba lo ingenuas que eran las protagonistas. Eso me llevó a pensar en todas las personas que podrían querer ayudarme o, por lo contrario, traicionarme y salió una lista bastante extensa del segundo grupo.

—Mierda —maldije mientras caminaba por mi cuarto con el pergamino en la mano.

No tenía muchas opciones, tampoco podía no arriesgarme a una posible trampa teniendo en cuenta que necesitaba muchas respuestas sobre mí y mi relación con ese reino. Si esas indicaciones significaban algo, tenía que intentarlo. Ya pensaría después en quién me estaba mandando este mensaje.

—¿Dónde debería ir? —Comencé a dar vueltas por mi habitación como si aquello me fuera a dar la solución. No tenía ni idea de dónde buscar, en Ellyeth no conocía nada más que el embarcadero y mi propia habitación.

O no. Tal vez conozca más.

—La biblioteca —dije en alto.

Dejé el pergamino en la mesa y me senté en una de las sillas, nerviosa.

S-23, E-4.

S-23, E-4.

S-23, E-4.

Las indicaciones parecían las coordenadas de algo que debía encontrar.

«Tal vez el número veintitrés corresponda al número de una habitación, y cada letra me diga en qué parte de la habitación buscar —pensé—. O tal vez son las indicaciones para llegar a un armario o estante concreto...».

—Estante —pronuncié en alto al pensar eso—. Cómo puedo ser tan idiota.

Sujeté el papel con ambas manos y miré bien ambos códigos de nuevo.

—Estante cuatro —murmuré— y... —Traté de pensar en palabras que comenzaran con la letra ese—. ¿Sección veintitrés? ¡Sección veintitrés! —exclamé—. ¡Sección veintitrés, estante número cuatro!

Alcé los brazos a modo de celebración para después bajarlos avergonzada al darme cuenta de que estaba celebrando que había deducido un código bastante.

—Es un libro —dije, consciente de que estaba hablando sola y ya no me importaba lo más mínimo—. Sabía que tenía que ir a la biblioteca.

Anduve con decisión hacia la puerta, pergamino en mano. Pero me detuve al recordar que Bruno custodiaba la puerta.

Genial.

«Ahora tengo que pensar en cómo deshacerme de él un rato».

26

Miré el reloj de la pared una vez más. No pasaban las horas.

El único momento del día en el que podría salir de la habitación sin ser vista era cuando Bruno hacía el cambio de turno con ese otro bekriger, una vez caída la noche.

Estaba acostumbrada a escuchar las pisadas nerviosas de Bruno al otro lado de la puerta y ese sonido solo desaparecía cuando se alejaba para recibir al nuevo bekriger. O eso creía, ya no había visto el proceso.

Pensé en cambiarme de ropa y llevar los pantalones como los que llevé en la primera prueba, pero supe que sería más fácil de reconocer si me vestía de guerrera. La única forma de camuflarme entre todas esas criaturas feéricas era usar los vestidos que me habían prestado, así que ahora no podía prescindir de ello.

Me apoyé en la repisa de la ventana mientras observaba el cielo teñirse de un naranja intenso mezclado con tonalidades rosas. Incluso las montañas más lejanas parecían estar bañadas en ese cielo tan espectacular.

Que atardeciera solo podía significar una cosa: Bruno haría su cambio de turno en cualquier momento.

Recogí mi melena negra en una trenza mientras revisaba una vez más el pergamino, por si acaso había otra pista que se me hubiera escapado. Debía ir sola, eso estaba claro, y tampoco podía contárselo a nadie al parecer, ni siquiera a Falco.

O podría ser Falco el que me mandaba el pergamino. No podía saberlo.

Pegué mi rostro a la puerta para escuchar las pisadas nerviosas de Bruno. No habían cesado.

—Vamos, vete a descansar ya —murmuré.

Me planteé decirle a Bruno que me iba a dormir ya, pero eso tan solo iba a levantar sospechas.

La luz de la habitación continuó extinguiéndose mientras el sol se escondía y yo mantenía el rostro pegado a la puerta, esperando escuchar algo que me indicara que podía salir.

—Bien —dije al escuchar dos pisadas muy sonoras del bekriger. El cambio de turno estaba a punto de suceder.

Continué pegada a la puerta de madera para cerciorarme del momento exacto en que podría salir sin ser vista, necesitaba escuchar como sus pasos se alejaban. Tal vez entonces podría salir.

De nuevo, otra pisada firme.

—Vamos, Bruno. Vete ya.

Y como si hubiera escuchado mi orden, escuché al bekriger alejarse de la habitación a bastante velocidad.

No podía pensármelo mucho. El otro bekriger tardaría escasos momentos en aparecer y no tendría otra oportunidad, tenía que salir. Bajé la manilla de madera con mucha delicadeza para no hacer ruido; después, asomé la cabeza al pasillo del castillo.

Libre. No había nadie.

Me apresuré en salir y cerré tras de mí. Tenía que alejarme

lo más rápido que pudiera sin ser vista, pero ¿hacia dónde iba? No conocía la localización de la biblioteca, el plan que había pensado estaba cogido con pinzas.

Miré a ambos lados del largo pasillo y me dirigí al lado contrario hacia donde había ido el bekriger. Ellyeth estaba sumido en la oscuridad de la noche y lo único que iluminaba los cristalinos pasillos eran unos cuantos candiles colgados en la pared con unas plataformas hechas con lo que parecía ser cuarzo blanco. Cogí uno de ellos para poder iluminar mejor mi camino.

Me movía agazapada y dando tumbos por el laberinto de pasillos estrechos con la esperanza de llegar a un lugar que indicara de manera clara dónde estaba la biblioteca, pero ese lugar no aparecía.

—¿Dónde estás? —murmuré.

El corazón me latía muy rápido, si tardaba demasiado en encontrarlo alguien acabaría descubriéndome.

Tenía que enfriar el pensamiento. ¿Dónde podía haber una biblioteca, probablemente, gigantesca?

Con Bruno había caminado desde mi estancia hasta el embarcadero y no recordaba haber visto ningún portón inmenso que pareciera la entrada a una biblioteca y cuando anduve hacia la habitación de Derek tampoco distinguí nada que llamara mi atención.

Y entonces, me acordé de él, del príncipe. No en un sentido romántico, sino más bien, estratega. La única persona con la que había hablado de libros había sido él, de su pasión por la literatura al igual que la mía.

Era el príncipe de Drybia, ¿no tendría sentido que, si era un apasionado de la literatura, la biblioteca estuviera cerca de su habitación?

No sabía si mi teoría era acertada, pero decidí rehacer el

camino que seguí hacia la habitación de Derek aquel día para buscar una puerta que pareciera una biblioteca.

Subí las escaleras lo más sigilosa que pude, la luz de los candiles parecía atenuarse a mi paso y eso me ponía todavía más nerviosa. Si Derek o cualquier otra persona me descubría... no sabía qué podrían hacerme o a dónde podrían mandarme. Tal vez volvería a Rhawsin y esta vez sufriría sus torturas, tal vez terminaría lo que estuvo a punto de empezar frente a aquel estadio.

Asomé la cabeza por el hueco que había entre la escalera de caracol que llevaba a la habitación de Derek. Quinta escalera a la derecha, si no recordaba mal.

Escuché unos pasos a lo lejos que avanzaban por el pasillo que conectaba el ala oeste con el resto del castillo. Debía apresurarme.

Recorrí el espacio diáfano previo a las escaleras que llevaban a lo más alto del torreón. Tendría sentido que la biblioteca estuviera conectada a todas las escaleras, no solo a una. Me esforcé por buscar cualquier detalle en las paredes que revelaran alguna puerta oculta. O eso pensé al principio.

—¿Qué es esto? —murmuré nerviosa al escuchar que los pasos de antes comenzaban a acercarse demasiado a mí.

Encontré una marca que había en una de las paredes y la recorrí con los dedos. Era una puerta. Una puerta hecha con el propio mármol para que estuviera oculta.

A oscuras me costó distinguir cómo se podía entrar, comencé a palpar con rapidez toda la estructura y me topé con un dispositivo que parecía hundirse al tacto.

—Premio —murmuré.

Sin pensármelo mucho, lo presioné y se confirmó mi teoría de que era una puerta. Completamente agazapada y temerosa por los pasos se estaban acercando al torreón, entré en aquella estancia que estaba sumida en la oscuridad, sin saber qué era o si se trataba de una biblioteca.

Cuando la puerta se cerró tras de mí, fui consciente de que ya no había vuelta atrás. Me había adentrado en uno de los secretos del castillo.

Alcé el candil a la altura de mi cabeza. Todo el vello de mi cuerpo se erizó al comprobar que había encontrado mi destino.

La increíble biblioteca de Ellyeth.

Las gigantescas librerías rodeaban una serie de mesas de cristal dispuestas en la sala como mesas de consulta. El techo, también de cristal, era tan alto como el propio torreón; la única luz provenía de la noche estrellada y mi pequeño candil. Anduve sigilosamente por aquella estancia, sabía que aquel lugar debía tener ese tipo de belleza que emociona pero que por la baja iluminación no podía apreciarse. La primera estantería con la que me encontré tenía libros de todos los tamaños y dimensiones, había decenas y decenas de estantes que jamás podría alcanzar sin ayuda. Menos mal que el que buscaba no debía estar muy alto.

Busqué algún número que me indicara la sección en la que estaba, y justo en un cartel fijado al primer estante de la primera estantería aparecía indicado.

S-1

E-(1-25)

—Bien —murmuré.

Eso significaba que había comprendido bien las indicaciones del pergamino y tan solo tenía que buscar la sección veintitrés y el estante cuatro. No debía ser tan difícil.

Me dirigí con decisión a la sección mientras contaba cada estantería que dejaba atrás hasta que, el sonido de la puerta me alertó.

—Mierda.

Me escondí lo más rápido que pude entre un par de estanterías que tenía cerca, apagué el candil y me cubrí la boca con ambas manos. No podía ser descubierta bajo ningún concepto.

Escuché unos pasos rápidos por toda la biblioteca, pero no alcancé a ver ninguna luz. La persona en cuestión tampoco quería ser vista y para ello se ocultó en la oscuridad de la noche. Pero yo debía conseguir lo que fuera que hubiera en aquel estante, y al sentir los pasos caminando en dirección hacia donde yo estaba, me planteé la posibilidad de que esa persona quisiera lo mismo que yo.

Salí de mi escondite y recé para no ser vista mientras me apresuraba por los oscuros pasillos de la biblioteca. Oí a la otra persona a mi altura, pero en el pasillo contrario de la estantería; supuse que también me escuchaba a mí.

Entonces, otro sonido me alertó.

Debía haber alguien más, una tercera persona.

Me escondí entre las secciones veinte y veintiuno al escuchar un golpe seco que provenía del lugar al que me dirigía. Alguien había llegado ya y tanto la persona que iba tras de mí, como yo misma nos percatamos de ello, a juzgar porque el sonido de sus pasos también se detuvo y la respiración agitada que me pareció escuchar.

«Piensa, Alessa».

Si seguía escondida acabarían descubriéndome tarde o temprano y además no lograría alcanzar mi objetivo. No, tenía que encontrar lo que hubiera en ese estante e intentar ganar este absurdo juego del escondite al que parecía que estábamos jugando.

Salí de mi escondrijo y corrí hacia la sección veintitrés. Ya no me importaba no hacer ruido, no nos habíamos cruzado, pero las tres personas que nos encontrábamos en aquella biblioteca éramos conscientes de la existencia de los otros. Tal vez tendría que luchar para salir de allí.

Conté los estantes hasta llegar al cuarto de esa sección y, lo más rápido que pude, comencé a mirar los lomos de los libros esperando ver algo que me llamara la atención, pero no hubo suerte.

«Tiene que haber algo», pensé.

Cogí uno de los libros al azar y, nerviosa, traté de ver lo que tenía escrito en su portada. Mis ojos se habían acostumbrado a la luz de la luna y aunque al principio no logré distinguir bien las letras, acabé por leer el título al completo.

El multiverso y sus variables.

—Vale, vale —murmuré. Ya entendía por dónde iba aquello.

El estante debía de contener algún libro que hablara de mí, de las personas que cambiábamos de universo por deber, tal vez de la explicación que había detrás de eso. Pero había decenas de libros, ¿cómo iba a ser capaz de leer todo o encontrar el adecuado?

La tercera persona, la que había causado ese golpe seco, parecía no dar ninguna señal más de vida, a diferencia del otro individuo que me pisaba los talones y no dejaba de dar vueltas por la biblioteca, haciendo mucho ruido a su paso.

—Joder, joder… —murmuré mientras trataba de encontrar algún libro que llamara mi atención.

Me sobresalté al escuchar cómo uno de los ejemplares de la estantería había caído a mi derecha, a apenas dos metros de mí.

Miré a mi alrededor un par de segundos más esperando ver a alguien sin éxito, tan solo me seguían acompañando las pisadas anteriores, nada nuevo.

Cogí el libro sin prestarle mucha atención a la tapa, pero en cuanto levanté la cabeza del suelo me topé con una silueta encapuchada mirándome desde el final de la sección.

Me quedé paralizada. Además de la capucha, la figura llevaba una especie de velo que le cubría el rostro y me era imposible identificarlo.

No sabía muy bien qué hacer, si huir con el libro en la mano o enfrentarme al extraño, pero el desconocido parecía igual de indeciso. Entonces, el extraño se movió. Se llevó un dedo a la boca, indicándome que guardara silencio y yo obedecí. Los pasos de la persona que había estado caminando tras de mí se acercaron y sabía que en escasos segundos alcanzaría a verme; tenía que huir de la biblioteca cuanto antes.

Hice amago de caminar hacia atrás, y el encapuchado no hizo ningún movimiento. Di otro paso y todo pareció seguir igual. El corazón retumbaba en mi pecho y aunque mi primer impulso fuera salir huyendo de aquella persona oculta en la oscuridad, sabía que si me encontraba el otro individuo estaba perdida. Muerta. Dirigí la vista a mis espaldas para ver si encontraba a alguien más, pero el sonido de los pasos cesó.

Un chasquido acompañado de una leve luz logró que dejara de tener la mirada fija en el pasillo de la biblioteca.

—¡No! ¡Para! —susurré.

El encapuchado llevaba una cerilla encendida en una de sus manos cubiertas por un guante. Con la mano temblorosa y, desde el otro lado de la estantería, negó con la cabeza.

—¡Para! —susurré de nuevo y avancé un par de pasos. Él retrocedió—. No hagas ninguna tontería.

Aquella persona no me hizo ningún caso. La luz había alertado al otro individuo y escuché sus pasos apresurarse hacia nosotros.

Entonces, sin previo aviso, el encapuchado lanzó la cerilla al estante cuatro de la sección veintitrés.

27

No sé cuánto tiempo pasó desde que el primer libro se prendió hasta que la estantería al completo comenzó a arder en un fuego verde que entendí que estaba causado por magia. Tampoco fui consciente de cuánto tiempo transcurrió desde que los libros ardiendo que caían bloquearon el camino de mi huida hasta que un estante se derrumbó. Solté un aullido de dolor.

Las llamas color esmeralda crecían y una de mis piernas estaba atrapada bajo el estante de mármol blanco. Pero no solté mi libro, me aferré a él como si de un tesoro se tratara.

Eché la cabeza hacia atrás y pude distinguir que la puerta de la biblioteca volvía a cerrarse, alguno de los otros individuos había logrado escapar y yo no hacía más que sumirme poco a poco en el humo espeso y verde que ahogaba la biblioteca.

La ansiedad aumentaba y, con ello, mis aspavientos desesperados intentando levantar aquel estante que pesaba mucho más de lo que yo había podido levantar jamás.

Los ojos comenzaron a pesarme. ¿Me estaba asfixiando?

Nunca llegué a estudiar al detalle los distintos tipos de asfixia, pero estaba segura de que aquel sueño inminente y la sensación de que todo daba vueltas a mi alrededor no era fruto de ningún bloqueo de las vías respiratorias: el humo estaba envenenado.

Apoyé el libro junto a mí y traté de levantar el estante con ambas manos, pero el fuego se acercaba y los brazos me pesaban tanto que no creía que pudiera levantarlos una vez más.

—No puedo morir así —musité.

El humo y malestar continuaban en aumento y, con ello, el sueño pesado estaba a punto de apoderarse de mí. Con los ojos cerrados no tenía la sensación de que todo diera vueltas, pero me daba miedo no volverlos a abrir nunca más.

Abracé mi libro con fuerza e hice lo que pude para continuar con los ojos abiertos el máximo tiempo que pudiera, pero no fue suficiente. Tan pronto como una de las llamas alcanzó la estantería que me aprisionaba, sentí que me iba a desvanecer para siempre.

Entonces, un rostro cubierto por una capucha apareció de entre las llamas. No sabía si estaba soñando o era real, pero la silueta borrosa se acercó a mí y me agarró por los brazos con decisión.

No supe de quién se trataba porque, tan pronto como tocó mis manos, el sueño que amenazaba por llevarme me dominó por completo.

—Está despierta.

La voz de Falco sonó a mi lado, muy cerca de mí.

—Venga, Alessa. Abre bien los ojos.

Parpadeé unas cuantas veces antes de ser capaz de acostumbrarme a la luz de la sala en la que me encontraba. Estaba tumbada y lo primero que vi fue el techo de mi habitación.

—¿Qué ha pasado?

No me incorporé, pero desde mi posición vi a Falco sentado a los pies de mi cama junto a Daphne, que permanecía de pie y no tenía la sonrisa amable a la que me había acostumbrado.

—¿Qué ha pasado? —repetí, dado que ninguno de los dos me respondía.

—¿No te acuerdas de nada? —dijo por fin Falco.

—Recuerdo que...

Dudé si responder con la verdad o improvisar una mentira. Recordaba todo salvo quién fue la persona que me había sacado de la biblioteca mientras ardía en llamas.

—No me acuerdo de nada —mentí—. Salí de la habitación, de noche, a dar un paseo y lo siguiente que recuerdo es... nada. No tengo nada en la mente.

Me daba mucha pena mentirles cuando sentía que me estaban ayudando tanto, pero si algo me había dejado claro aquella nota es que no debía decírselo a nadie. El hecho de encontrarme a más personas buscando en la misma zona de la biblioteca solo me indicaba que más de una persona en Ellyeth pretendía averiguar más de mí y de las hiraias, y no podía arriesgarme a sufrir ningún tipo de traición.

Estaba sola y debía actuar en consecuencia.

—¿Seguro?

—Sí —respondí a Falco.

—Unos bekrigers te encontraron tirada en el suelo de la planta baja de la torre del ala oeste. La biblioteca se incendió y casi acaba contigo, Alessa.

En ese momento, recordé el libro que encontré antes de desmayarme. Seguramente me lo habrían quitado o habría ardido junto al resto de ejemplares.

Tanto esfuerzo para nada.

—¿Y qué pasó? —pregunté—. ¿Ha ardido toda la biblioteca? ¿Quién lo ha hecho?

Traté de camuflar el deseo de saber si la biblioteca estaba ardiendo entre un par de preguntas que pudieran apoyar mi mentira.

—Algunas ninfas del castillo consiguieron frenar el fuego en algunas zonas de la biblioteca, pero muchos libros quedaron calcinados... Tenías las piernas heridas, uno de nuestros curanderos te trató. ¿Seguro que no te acuerdas de nada que pueda sernos útil para acabar con el culpable?

—Seguro.

No sabía si estaba haciendo lo correcto al no compartir lo ocurrido con ellos, pero había demasiado en juego.

Daphne y Falco cruzaron una mirada cómplice. La ninfa pasó sus manos por su vestido abombado granate nerviosa, noté que ella no había creído en mi relato, pero no me importó. Ellos también me habían mentido días antes cuando me dijeron que desconocían por qué Rhiannon me llamaba la princesa de Trefhard.

—No tardarán en avisarte para la segunda prueba, Alessa. Sospecho que vendrán a por ti en cualquier momento —musitó Falco. Su voz sonaba calmada, como siempre—. ¿Cómo fue tu entrenamiento?

Durante unos largos minutos me dediqué a narrar el duelo con Hunter y cómo me sorprendí a mí misma manejando bien la espada. También describí el bosque de Ffablyn y el lugar donde nos dejaban entrenar.

—Las reinas saben que deambulabas por el castillo de noche, Alessa. No te la juegues así, te han salvado la vida porque te necesitaban para la segunda prueba del Torneo, pero en la Corte no están contentos contigo... No dejas de desafiarles.

—¿Desafiarles es salir a dar un paseo por la noche? —dije mientras me recolocaba en la cama—. Venga ya.

—Desafiarles es hacer cualquier cosa que no corresponda al deber de una prisionera. —Falco habló con dureza—. Recuerda que no serás

240

una igual hasta que sobrevivas a las tres pruebas y la Corte... está observando, Alessa. Ninguno de nosotros tres les gustamos en absoluto conociendo nuestro carácter temperamental, incluso Daphne, que ha trabajado durante años con el príncipe, sabe que su puesto está en riesgo por todo lo ocurrido en el Torneo y su posición frente a ello. —La ninfa me miró mientras el anciano hablaba—. Debemos ser conscientes de que cada paso es vigilado.

Asentí, tenía razón, pero no podían pretender que me quedara con los brazos cruzados mientras una ola de preguntas me rodeaba constantemente. Sentía que nadie me hablaba de manera genuina ni me decían toda la verdad, siempre quedaba alguna incógnita por resolver tras cada frase.

—Lo entiendo —respondí, omitiendo lo que pensaba en realidad.

Daphne, Falco y yo hablamos durante horas sobre lo que creíamos que podía ser la siguiente prueba, pero no era más que un conjunto de ideas que probablemente resultaran falsas.

Barajamos la opción de encontrarme con dragones o incluso vampiros. O tener que luchar en el agua con cecaelias o en tierra frente a una manada de centauros. Todo parecían ideas improbables que me asustaban por igual.

Pero, en parte, yo tenía la mente en lo ocurrido en la biblioteca. ¿Quiénes habían estado allí conmigo? ¿Quién me había sacado de entre las llamas verdes? ¿Dónde estaría aquel libro? Las dos primeras preguntas por ahora parecían no tener respuesta, pero descarté tanto a Falco como a Daphne para la tercera.

Tal vez fuera Derek quien me había salvado. Tal vez me había dejado la nota para dirigirme a aquella estantería.

Pero no, aquello era imposible. No se me ocurría ningún motivo por el que él quisiera que yo leyera sobre las hiraias y, mucho menos, un motivo por el que quisiera salvarme tras prender fuego a su propia biblioteca.

No, era imposible. Derek no haría nada por mí salvo que se tratara de un deber, no podía olvidarlo.

Quizá había sido Hunter el que me sacó de aquel lugar, había demostrado preocuparse por mi bienestar sin ni siquiera conocerme, pero ¿por qué prendería fuego al lugar?

Cuanto más pensaba en ello más dudas me surgían. Todo aquello era un conjunto de incógnitas que parecían no tener correlación alguna, y yo estaba en medio de todo aquel caos.

—¿Te puedo hacer una pregunta?

Falco irrumpió en mis pensamientos. La ninfa pareció sobreentender que el anciano prefería que nos quedáramos solos y, tras un apretón cariñoso en mi brazo, abandonó la habitación.

—Claro —respondí.

—¿Qué relación tienes con el príncipe?

—Hum... —enarqué una ceja confusa, sin saber muy bien por qué me preguntaba aquello—. Ninguna relación.

—Debes ser sincera conmigo, Alessa. —Falco se colocó las gafas y me miró a través de su montura de manera acusatoria—. Ambos sabemos que soñaste con él mucho antes de llegar aquí y... nunca me has hablado de ello con sinceridad. Me gustaría que me lo contaras bien.

Se me formó un nudo en la garganta casi inmediato. Pensar en sincerarme con alguien al hablar de Derek me revolvía el estómago, pero nunca me había permitido el lujo de expresar todo lo que llegué a sentir.

—Soñaba con Derek a diario, en ese tiempo él fue el principal foco de mis sueños.

—¿Cómo eran los sueños?

—¿Qué importa ahora? —respondí por inercia.

El anciano se acomodó a los pies de mi cama e hizo un gesto con la mano para que me acercara a él. Obedecí.

—Cuéntamelo, porque es importante que hables de lo que a ti te dolió, no tiene por qué existir otro motivo de peso.

Asentí mientras me incorporaba y colocaba la falda del vestido para sentarme al lado de Falco. Ahí fue cuando me percaté de que, pese al incendio, mi vestimenta estaba intacta salvo por alguna mancha de suciedad.

—Los sueños eran... perfectos —resoplé—. Vi muchos lugares de este reino que me parecieron preciosos, pero lo que realmente me hizo volverme adicta a mis propios sueños era lo enamorada que estaba del príncipe en ellos. —Mientras hablaba, sentía que algo dentro de mí se hacía añicos. Todo aquello había quedado muy lejos—. Derek no era así en mi cabeza, me miraba con amor y me trataba con un cariño que se aleja mucho de nuestra relación actual.

—Te enamoraste de él —dijo Falco, tocando mi hombro con una de sus manos—. ¿No es así?

—Mi yo de los sueños se enamoró de él, y yo... yo me enamoré de la idea de que todo aquello fuera real cuando llegara aquí. Me enamoré de la propia idea del amor.

—Entiendo. —Él pareció entenderme—. ¿Él sabe que...?

—Sí, se lo dije nada más le conocí, en la mazmorra. —Una rabia muy intensa comenzó a crecer dentro de mí al recordar su traición—. Y él fingió conocerme durante unos minutos para sacarme información, nada más.

Falco se quedó callado esperando a que yo prosiguiera.

—Si hubiera sido así desde el principio... si no hubiera conectado tan bien con él en mis imaginaciones... No me sentiría así ahora.

—¿Cómo te sientes ahora?

—No lo sé —exhalé—. Es ridículo porque pese a todo lo que he vivido aquí, cada vez que le miro sigo sintiendo parte de esa conexión a la que me volví adicta hace unas semanas.

—No es ridículo, es humano. —Falco encogió los hombros y se

acercó a mi oído despacio—: Y creo que puede tener algún tipo de explicación mágica.

Falco bajó el tono de voz al mencionar la última frase.

—¿Qué quieres decir con explicación mágica? —pregunté imitando su susurro.

—Te lo he preguntado porque las reinas me informaron de que también habías soñado con Derek y no pude evitar pensar en que era algo extraño que una hiraia soñara con un miembro concreto de ese otro universo, ¿no?

—Soñaba con él porque pertenecía a su universo —respondí—. Eso me contaron.

—Soñaste con el reino porque, efectivamente, ese era tu destino. Pero lo de Derek... creo que tiene que haber algo detrás, algo que explique el porqué de esa conexión a través de ambos universos, ¿no crees?

Era cierto que siempre era él el foco de mis sueños, como si mi destino tuviera que ir ligado al suyo de alguna manera.

—De hecho...

El anciano pareció haber tenido una idea. Se llevó una mano a la cabeza y con la otra no dejó de toquetear uno de los botones de su túnica nervioso.

—¿Qué? —pregunté mientras trataba de mantener contacto visual con él de nuevo—. ¿De hecho qué?

—Tengo que irme.

—No, no, no. —Me incorporé tras él y anduve hacia la puerta, siguiendo sus pasos—. Dime qué has pensado y luego ya...

—Tengo que irme, Alessa.

La mirada de Falco en aquel momento iba cargada de esperanza y emoción y, aunque no sabía cuál era el motivo en absoluto, decidí confiar en él y esperar a que regresara.

—En cuanto confirme lo que estoy pensando, volveré. Si te convocan para la segunda prueba antes de que yo regrese... confío en que vas a sobrevivir.

—Gracias, Falco —asentí, mientras veía cómo Daphne se perdía por el pasillo y Falco hacía ademán de seguirla.

—Recuerda siempre quién eres —dijo antes de seguir los pasos de la ninfa—. Siempre fuiste una hiraia, aunque no lo supieras.

28

TANTAS COSAS EN LAS QUE PENSAR Y TAN POCOS MEDIOS CON LOS que solucionarlo. Giré sobre mí en la cama, no era capaz de encontrar una posición cómoda o que al menos me ayudara a conciliar el sueño y a dejar de darle vueltas a temas que no iban a tener ningún tipo de solución.

Con Falco buscando información por su cuenta, yo solo podía esperar a que me convocaran para la segunda prueba del Torneo. Había perdido mi única posibilidad de aprender algo de mi especie en aquella biblioteca incendiada y había perdido aún más privilegios si cabía.

No solo se habían perdido libros que contenían información sobre mí, sino que había dos personas que al parecer estaban involucradas en todo este misterio y, al menos una de ellas, quería matarme. Genial.

Traté de acurrucarme sobre una de mis almohadas, pero mis manos chocaron con algo duro y me obligó a incorporarme.

—No me lo puedo creer —susurré ahogando un grito eufórico con una de mis manos.

El libro, el maldito libro.

Las ganas de descansar se disiparon tan pronto fui consciente de que todo ese tiempo había tenido el libro que cogí en la biblioteca debajo de mi propia almohada. No solo me salvaron, sino que se encargaron de que recibiera aquella lectura.

Salí de la cama para revisar que las ventanas estaban libres de bekrigers espías y que ni Bruno ni ningún otro bekriger había entrado en mi habitación. Seguía estando sola.

Abrí el libro con entusiasmo por la primera página.

Hiraias:
Origen y claves de su naturaleza

—Madre mía —musité—. ¡Por fin!

Mi entusiasmo desapareció al tratar de leerlo: todas las páginas del libro estaban semi arrancadas o tachadas de mil maneras posibles.

Pasé desesperada cada una de las páginas del libro, esperando encontrar algo que fuera legible o que no estuviera estropeado. Pasé mis dedos nerviosa por cada fragmento que estaba tachado con tinta negra, pensando que tal vez podría borrarse, pero todo esfuerzo fue en vano.

Alguien no quería que aprendiera sobre mi poder o mis orígenes, me querían desinformada.

Al mover el libro de un lado a otro, nerviosa, un papel más pequeño salió de entre sus páginas, como si alguien lo hubiera metido ahí a propósito.

Sentí un rayo de esperanza durante unos instantes.

Extendí el papel y comencé a leer.

Querida Alessa:

Para cuando leas esto, ya te habrás dado cuenta de que alguien no quiere que sepas más de ti y de tus poderes. Lo siento, traté de que consiguieras este libro mucho antes, pero se me adelantaron. Aun así, he aprovechado estas páginas para que te llegara este mensaje, espero que no te importe.

Tengo sospechas de quién puede estar detrás de esto. No puedo darte más detalles, influiría en tu manera de afrontar el Torneo y eso es algo de lo que nadie puede librarte; debes sobrevivir por ti sola. Espero que poco a poco acabes descubriendo tu verdadero cometido y por qué este reino te necesita, pero hasta entonces debes trabajar sola y confiar en tus capacidades.

No le hables a nadie acerca de este mensaje. Probablemente ya sospeches de varias personas distintas que creerás que están detrás de esta extraña nota, pero no lo compartas con ninguna de ellas. Guárdala para ti, para aprender y crecer, para sobrevivir a las pruebas del torneo.

Y, por eso, aquí entro yo. He aprendido varias cosas acerca de las hiraias que creo que podrían ayudarte en lo que te queda de Torneo, de lo demás que he aprendido... te enterarás de una forma u otra. Así que, por favor, lee atentamente todo lo que te voy a relatar.

Según varios escritos, las hiraias existís en cualquier universo y podéis viajar a aquel que os corresponde, como ya sabes. Pero lo especial y creo que más destacable de todo, es que hay ciertas teorías que explican que, como hiraia, puedes controlar todos los dones que caracterizan a tu universo.

Es decir, Alessa, si tú quieres, puedes poseer las cualidades y poderes de todas las criaturas existentes en este mundo. El único requisito es familiarizarte con ellas y su poder.

No sé cuántas personas te lo habrán dicho ya, pero eres muy poderosa, Alessa. El único problema es que tú todavía no lo sabes.

Suerte y sobrevive.

Dejé la nota en el borde de la mesilla mientras me llevaba las manos a la cabeza. No podía creer lo que acababa de leer. Había alguien que se estaba tomando muchas molestias para que yo aprendiera sobre mi naturaleza; desde lo ocurrido en la biblioteca hasta esta nota escondida en un libro que yo creía destruido, pero alguien había dejado debajo de mi almohada.

Leí de nuevo una de sus últimas frases de la nota:

«Puedes poseer las cualidades y poderes de todas las criaturas existentes en este mundo».

¿Cómo podía ser? Familiarizarme con tal cantidad de criaturas iba a resultar imposible de cara al Torneo y, además, tampoco sabía a qué se refería exactamente.

Todo eso me venía grande, muy grande.

—¿Puedo pasar?

La voz de Daphne me alertó.

Guardé rápido el libro junto a su nota debajo de la almohada antes de responder.

—Claro.

La ninfa entró con decisión en el cuarto en el que había estado un rato antes. Dudó en sentarse en uno de los sofás ante mi atenta mirada.

—¿Todo bien? —pregunté.

—Sí, quería venir a verte —sonrió simpática—. Antes apenas hemos hablado.

—Ya —respondí y, a decir verdad, no comprendía cuál era el objetivo de la ninfa—. ¿Sabes algo de la prueba?

—No.

—¿Entonces…?

—¿Entonces para qué vengo, dices?

Daphne sonrió divertida. Cogió uno de sus mechones de pelo y comenzó a enrollárselo entre los dedos.

—¿Sabes dónde estás, Alessa? —continuó.

—Pues sí, claro. —Enarqué una ceja—. No deliro ni nada parecido.

—No, no. —Rio—. Digo dónde estás ahora. ¿Tienes idea de a quién perteneció esta habitación?

Miré a mi alrededor cómo si de pronto fuera a aparecer el fantasma de su antiguo ocupante.

—No tengo ni idea —respondí—. ¿Quién?

—¿Recuerdas a Lynette?

—Claro que me acuerdo de ella.

¿Cómo iba a olvidar a la criatura más poderosa que jamás ha existido?

—Ella se alojaba aquí, era su habitación.

Asentí mientras echaba otro vistazo al cuarto. Una especie de nostalgia me dominó al pensar que alguien como ella durmió en la misma cama que yo; fue alguien que sacrificó su alma por amor hacia alguien, por amor hacia un reino.

—Daphne —musité—. ¿Por qué era tan poderosa? ¿Qué era capaz de hacer? —pregunté con admiración—. Era una ninfa cómo tú, ¿no?

—Sí que era una ninfa, pero se alejaba mucho de parecerse a una, en realidad —respondió con ternura mientras echaba un vistazo a las paredes repletas de dibujos de enredaderas—. Las ninfas de Drybia tenemos una magia concreta que se asocia a un elemento, por ejemplo, yo soy una alseide, ninfa de las flores. Mi poder se reduce a la vegetación, a las plantas… Pero ella reunía poderes muy diversos que nunca se habían visto en nadie.

—Entiendo. —Eso me recordaba las palabras de la carta—. ¿Como cuáles?

—Pues no es como que se hiciera una lista de todos y cada uno de ellos... Pero Falco sí que detectó que Lynette era capaz de abarcar la magia, no solo diferentes tipos de ninfas, sino de diferentes tipos de criaturas.

—¿Cómo es posible?

—No lo sabemos. Lynette expresaba la magia sin ser consciente ella misma, le costó mucho tiempo dominarla.

—¿Qué poderes tenía? —pregunté, inclinándome hacia delante. No pude evitar relacionar la carta del anónimo con estos datos acerca de la histórica ninfa. Pensar que ser una hiraia tenía algún tipo de relación con Lynette podía parecer descabellado, pero ¿podía ser una casualidad esa serie de coincidencias?

—Manejaba cada uno de los elementos que cada especie de ninfa controla, era capaz de moverse en el agua como una sirena e, incluso, dominar los poderes de las demás criaturas feéricas, como el poder curativo de las hadas —musitó—. Se dice que Lynette utilizó la magia de hada que nacía dentro de ella para salvar a unos humanos que estaban agonizando por un ataque en Trefhard.

—Es alucinante —dije llena de emoción; no por su poder, sino por su bondad—. Pero ¿cómo...?

—¿Cómo se puede salvar una vida con magia? —Daphne terminó mi pregunta con una divertida sonrisa que denotaba lo mucho que le gustaba hablar de Lynette—. En general, la sangre de un hada puede ser curativa o beneficiosa. Pero solo la sangre de la muerte de una puede llegar a salvar una vida;

por eso era tan impresionante lo que hizo Lynette. Esta norma no se aplicaba a ella, con tan solo un poco de su sangre bastaba para salvar vidas.

—Entiendo —respondí—. Ojalá ser la mitad de poderosa que ella, sería todo mucho más fácil.

—Lo sé —respondió Daphne—. Por eso…

—Alessa —una voz grave me llamó al otro lado de la puerta—. Vístete, que nos vamos.

Miré a Daphne confusa.

—Ya estoy vestida —exclamé—. ¿Qué pasa?

—Salimos en cinco minutos, da gracias a que te he avisado. —Identifiqué a Bruno, pero sonaba más enfadado de lo normal—. Ya sabes lo que te toca.

¿La segunda prueba? ¿Ya?

—Suerte, Alessa. —Daphne se acercó a mí y me abrazó con entereza—. Va a ir bien, ya verás. Hablaremos después —terminó en un susurro.

Asentí nerviosa mientras veía a la ninfa correr hacia el cuarto de baño para esconderse; supuse que no quería que el bekriger la viera en mi habitación otra vez. Habían pasado apenas unos días desde la primera prueba y el único entrenamiento que había tenido fue junto a Hunter en los bosques de Ffablyn, ni siquiera había visto a los otros competidores. Me apresuré a vestirme con unos pantalones y la camisa de mangas anchas que había llevado la primera vez que llegué aquí, con el corsé verde oscuro encima.

Si iba a enfrentarme a la segunda prueba ya, debía tener en mente todo lo que la nota decía. Encontrara lo que encontrara tenía que ser capaz de superarlo pensando en los poderes que podía llegar a obtener.

No me dio tiempo a pensármelo ni siquiera un poco más,

Bruno abrió la puerta, cómo no, sujetando un familiar saco de tela.

—Empecemos —murmuré mientras el bekriger caminaba hacia mí, saco en mano.

29

—Qué manía con ponernos la maldita bolsa.

Llevaba varios días sin escuchar la voz de Rhiannon, pero estaba claro que la persona que no había dejado de quejarse ni un solo segundo durante toda nuestra espera era ella.

Ya no guardábamos un silencio sepulcral como en los momentos previos a la primera prueba, aunque la tensión se podía palpar de igual manera.

«*Dithio*, prueba, sobrevivir», repetí en mi cabeza.

No sabía a ciencia cierta si el procedimiento iba a ser el mismo, pero a juzgar por que llevábamos unos cuantos minutos con los sacos puestos en una habitación sin poder movernos, pensé en que tal vez el patrón podría repetirse.

—Haced lo que os digan ahora, ¿de acuerdo? —dijo un bekriger que se encontraba con nosotros.

Desde la oscuridad de aquella bolsa, escuché cómo varias personas entraban en la habitación a paso firme. Uno de ellos se detuvo justo frente a mí.

Y, aunque odiara reconocerlo, distinguiría ese olor en cualquier lugar del mundo.

—Bebe —me ordenó Derek.

Abrí la boca sin saber muy bien de dónde tenía que beber.

Él, sin embargo, agarró una de mis manos para colocármela en lo que, por el tacto, parecía una especie de taza de cerámica y levantó un poco el saco para liberar mis labios. Escuché cómo otras personas que no conocía también obligaron a beber a mis compañeros.

Posé mis labios en aquello y bebí un par de tragos, la mano de Derek continuaba sobre la mía mientras yo sujetaba la taza, me estremecí al instante y luchaba por disimular lo que provocaba su tacto en mí.

No sabía lo que estaba bebiendo, pero no era desagradable. Y aunque supiera a un té demasiado edulcorado, en cuanto Derek apartó bruscamente la taza de mis labios, supe que, si nos estaban obligando a beber algo justo antes de una prueba, tenía que ver con ella.

—¿No vas a desear suerte a tu prisionera? —murmuré enfatizando las últimas dos palabras de manera sarcástica. Incluso debajo del saco y ya lejos de su tacto, sabía que Derek continuaba delante de mí; podía sentir su respiración acelerada al ritmo de la mía y sentí su aliento acercarse aún más.

—¿Desde cuándo necesitas que yo te desee suerte? —susurró—. Sobrevive, tienes que cumplir tu promesa de intentar matarme.

Escuché cómo sus pasos y los de las demás personas se retiraban de la habitación antes de que yo pudiera responder a lo que me había dicho Derek.

«Sí, intentaré matarte», pensé.

El hormigueo del *dithio* comenzó en las puntas de los pies y esperé con todas mis fuerzas que el dolor durara menos que el de la última vez, así que cerré los ojos con fuerza esperando abrirlos ya en el terreno de juego.

Y así fue.

De nuevo la luz solar y el miedo a lo que pudiera haber tras mis párpados parecía querer impedir que yo abriera los ojos. Sin atreverme a abrirlos y siendo consciente de que ya no tenía la bolsa en la cabeza y de que la luz del exterior provendría del terreno de juego, extendí mis sentidos.

Escuchaba vítores que me resultaron muy familiares, hasta la respiración acelerada de mis compañeros parecía estar cerca de mí.

—¡Bienvenidos a la segunda prueba de este emocionante Torneo!

Con la voz de Cassandra taladrándome los oídos una vez más, decidí enfrentarme al nuevo terreno de juego.

—Joder —murmuré.

Los intentos de Falco y Daphne por averiguar algo de la segunda prueba se quedaron obsoletos cuando vi dónde me encontraba.

«Árboles, piedras…», recité en mi cabeza todo lo que iba viendo como si eso fuera a calmar de alguna forma la ansiedad que sentí.

El estadio había cambiado, y mucho. En lugar de agua y unas plataformas sobre las que saltar, me encontraba sobre un terreno repleto de árboles frondosos y rocas que me recordaron al bosque de Ffablyn.

Levanté la cabeza y sorprendía al ver que habían creado todo un microclima que estaba cubierto por una claraboya transparente que nos separaba del público del estadio y, pese a ello, lograban gritar lo suficientemente fuerte como para que pudiéramos escucharlos a la perfección.

Habían convertido la arena en un bosque ficticio.

—Emocionante. —Antes de volverme, supe que el alma entusiasmada era Idris, cómo no.

—Siempre tan eufórico por tener que luchar para vivir —respondí.

—Prefiero tener esta actitud antes que lamentarme, ¿no crees? —Yo asentí ante su declaración. El dragón llevaba una túnica de cuero negra a juego con su característica barba, que no dejaba de atusarse una y otra vez.

Busqué a las reinas con la mirada y las encontré, en la misma plataforma de cristal que en la anterior prueba, junto a Derek que, al igual que ellas, miraba con curiosidad a través de la claraboya.

—Es increíble, nos tratan como títeres...

—¡Qué emoción veros a todos hoy reunidos para el desenlace de la segunda y penúltima prueba!

Iba a responder a Hunter, pero Cassandra nos interrumpió de nuevo.

—Deryn, Owen, Rhiannon, Idris, Hunter y Alessa lucharán por sobrevivir una vez más —exclamó.

De nuevo, el estadio fragmentado en dos grupos pero que, por ahora, todos exclamaban al unísono tras ella.

—Iremos al grano esta vez... No hemos escatimado en magia para crear este increíble espacio para que juguéis, espero que lo apreciéis —vociferó. No pude evitar poner los ojos en blanco—. Antes de comenzar la prueba, os hemos dado de beber a todos un líquido muy especial: sangre de pilz.

—Serán desgraciadas —escuché a Rhiannon tras de mí.

—La caza de pilz es algo muy cotizado en Ellyeth, como ya sabréis. Es por ello por lo que hemos querido hacer uso del componente tóxico que tiene su sangre para que lo bebierais. Una gota de su sangre apenas es dañina, pero... la cantidad que os hemos dado va a hacer que dejéis de respirar en menos de veinte minutos.

Me llevé la mano a la garganta como acto reflejo, mi corazón ya comenzaba a aumentar de ritmo y, con ello, mi ansiedad.

—Hemos escondido en este pequeño terreno cuatro antídotos. Sois seis personas así que… haced cuentas. Quien encuentre su antídoto antes de quince minutos, gana la prueba y, por ello, sobrevive. Quien no encuentre el antídoto, pues, bueno… ¡Morirá! —exclamó Cassandra mientras reía escandalosamente.

Todos los participantes nos miramos entre nosotros, dos de nosotros tendrían que morir hoy. Hasta entonces no había tenido la oportunidad de mantener contacto visual con el fauno, Owen, pero supe por su mirada que estaba tan asustado como yo.

Ahí fue cuando sentí el primer signo de asfixia, parecía que ya me costaba respirar un poco y, por la tos de Deryn supe que a los demás comenzaba a afectarles también.

«Mente fría, Alessa», pensé. Debía encontrar mi antídoto y salir de aquella prueba con vida, pero ¿dónde encontraría un antídoto en un lugar como aquel? Parecía un bosque con árboles tan frondosos como los de Ellyeth, los botes de antídoto debían ser diminutos y en quince minutos parecía misión imposible conseguirlo sin contar con ningún tipo de arma.

Pero me repetí a mí misma una y otra vez que lo encontraría. Esta vez podría gestionar bien la prueba, sería capaz.

Debía recordar quién era.

—Ya sabéis cómo funciona. Cuando mi hijo deje de tocar el cuerno, podréis empezar. Sabréis cuándo ha terminado la prueba porque el veneno habrá hecho efecto —exclamó Cassandra—. Derek, cariño mío, comienza.

Eché un vistazo a la plataforma y, de nuevo, el príncipe posó sobre sus labios el instrumento para hacerlo sonar. El sonido de la muerte de dos de nosotros.

«Posición de alerta y ojos bien abiertos para buscar los dichosos botes», pensé.

Y el cese del cuerno dejó al estadio en silencio.

Los seis nos separamos por el terreno, dirigiéndonos a diferentes árboles o rocas para buscar el bote que nos salvaría la vida.

Corrí hacia uno de los árboles más cercanos, palpé su madera buscando algo que me indicara que por allí podía estar la solución, pero nada. Di varias vueltas por diversos árboles, ignorando que mis compañeros hacían exactamente lo mismo que yo, pero en otros distintos.

A medida que el tiempo pasaba, mi garganta comenzaba a escocerme un poco más y mi histeria aumentaba con ello.

—¡No hay nada! —escuché sollozar a Deryn mientras trataba de alcanzar la rama de unos árboles—. ¡Nada!

Su grito desesperado fue la representación de cómo nos sentíamos los demás. No dejaba de moverme de un lado a otro sin destino concreto, esperando que un bote con un antídoto apareciera de entre los árboles o rocas.

Me tiré al suelo desesperada y levanté algunas rocas, pero por más que arañaba la tierra con fuerza lo único que encontraba era arena y más arena.

—¡Joder! —grité. Y tuve que dar una bocanada de aire para volver a coger fuerzas. El veneno continuaba avanzando.

Todavía tirada en el suelo con las manos escarbando entre unas rocas, me percaté de que había perdido de vista a la mitad del grupo, que se habían adentrado aún más en las profundidades de aquel bosque ficticio.

Corrí hacia su interior esperando encontrar algo distinto a árboles de copas tupidas y rocas y más rocas que convertían aquel espacio diáfano en una especie de trampa con obstáculos, pero todo era igual, cada árbol parecía una copia del anterior.

—¡Lo tengo! ¡Lo tengo!

Seguí la voz de Rhiannon desesperada y vi, a unos diez metros de mí, a la sirena de trenza rubia bebiendo de un frasquito de cristal y con la otra mano señalaba a lo alto de un árbol.

—Están al descubierto —exhaló.

—Al descubierto —traté de decir yo, pero en lugar de una frase bien hecha, salió una especie de quejido. El aire que quedaba en mis pulmones luchaba por entrar y salir con normalidad por mi garganta, pero esta no hacía más que cerrarse, como si estuviera teniendo un episodio asmático muy lento.

Crucé miradas con Hunter que apareció de entre dos árboles al seguir la voz de la sirena. Tenía el rostro desencajado y los ojos azules llenos de lágrimas; estaba aterrado, como yo.

—No puedo… —trató de decir algo, pero se llevó las manos a la garganta indicándome que le costaba respirar como a mí. Asentí y continué buscando en todos los árboles.

No encontraba nada y mi supuesto poder de hiraia no podía cambiarlo.

Los síntomas ya no se limitaban a la hinchazón de mis vías respiratorias, aunque en ese momento no supe si era el veneno o mi ansiedad lo que hacía que los oídos me pitaran y que lo que veía a mi alrededor me parecieran imágenes borrosas. Cuanto más segundos pasaban, más cercana sentía la muerte.

Volví a tirarme al suelo, tal vez entre las raíces de algún árbol se encontraba el segundo frasco.

O el tercero, más bien el tercero.

En cuanto mis rodillas rozaron el suelo, escuché a Idris celebrar con un sonoro rugido haberse bebido otro de los antídotos. Me llevé las manos a la cara, exasperada y presa del pánico. Solo quedaban dos frascos y cada vez me costaba más respirar y reunir energía suficiente para correr.

Estaba rodeando el tronco de uno de los árboles cuando, de repente, una estructura diminuta que reflejaba la luz, apoyada sobre la rama más baja del tronco, llamó mi atención.

Un frasco.

Di un par de zancadas lo más rápido que pude y salté para cogerlo, pero el cuerpo de Owen que saltó desde el lado contrario me tiró al suelo al tratar de alcanzarlo.

Me incorporé lo más rápido que pude mientras tosía y me fijé en el estado del fauno, que también cayó al suelo a causa del choque de nuestros cuerpos. Tenía el rostro hinchado y no dejaba de arañarse el cuello preso de la desesperación, no podía respirar.

—No, no, no... —musité.

Alcancé el frasco de un salto y me agaché al ver cómo el fauno agonizaba. Estaba mucho peor, su glotis se había cerrado por completo y con la boca tan solo hacía alguna que otra bocanada para intentar coger aire, pero era en vano. Yo no dejaba de toser y tenía cierta dificultad respiratoria, pero para Owen el veneno había sido infinitamente más letal.

«Eres imbécil», pensé cuando fui consciente de que, sin pensarlo mucho, tenía el antídoto sobre sus labios y estaba dispuesta a darle parte al fauno para que sobreviviera.

Pero llegué tarde. Owen dio su última bocanada de aire con el rostro de un color violáceo que me estremeció la piel.

Me costaba cada vez más respirar y notaba cómo se me hinchaban los labios, además de los ojos. La ansiedad no había hecho más que aumentar y mi alrededor seguía siendo una especie de imagen borrosa que no me dejaba pensar.

Debía tomar ya el antídoto.

—¡Alessa!

El grito ahogado provenía de Hunter y cuando me volví en

su dirección vi cómo caía desplomado al lado de Owen, boca-rriba.

—¡No! ¡No, no, no!

Me arrastré lo más rápido que pude donde Hunter yacía. Mi tos y las expectoraciones aumentaban por segundos y yo misma era consciente de lo ingenuo que era por mi parte preocuparme por la salud de otro sin haberme tomado el antídoto yo. Pero no podía dejar morir a otra persona delante de mí, no era capaz.

—¿Deryn se ha tomado el otro? ¡Hunter! —exclamé al ver que este comenzaba a cerrar los ojos—. ¿Deryn se ha tomado el otro frasco?

El joven humano tenía el rostro del mismo color que Owen minutos atrás y sus pulmones emitían un pitido peculiar al intentar coger aire. Estaba mucho peor que yo, no podía dejarle atrás.

«A la mierda», pensé.

Abrí la boca de Hunter y mientras parte del antídoto aún mojaba sus labios, me tomé el resto.

El líquido hizo efecto y, a los pocos segundos, fui capaz de tomar aire adecuadamente por primera vez en unos minutos, pero continuaba pendiente de que Hunter respirara con nor-malidad.

No lo hacía, permanecía con los ojos cerrados y el rostro hin-chado. Ya ni siquiera tomaba bocanadas de aire.

—Hunter, despiértate venga —supliqué mientras le zaran-deaba.

No, no podía haber muerto.

El antídoto me había hecho efecto y a él debería hacerle efecto también.

—¡Hunter! ¡Despierta! —exclamé desesperada. Noté que mis ojos comenzaban a humedecerse.

Todos los conocimientos de medicina que había aprendido en mi anterior mundo pasaron por mi cabeza como si de una película se tratara.

«No puedo practicarle una traqueotomía porque no tengo nada con qué hacerlo, tampoco le puedo provocar el vómito porque expulsaría el antídoto que había tomado», repasé mientras le colocaba en posición de seguridad y comprobaba que aún tenía pulso.

—Hunter, por favor —supliqué.

Le abrí la boca para ver si tenía la glotis cerrada, aunque no había indicios de que siguiera asfixiándose. Tenía pulso, pero no respiraba.

«Puedes poseer las cualidades y poderes de todas las criaturas existentes en este mundo».

Buscaba soluciones como humana pero la realidad es que era una hiraia, debía poder hacer algo.

Y sin saber muy bien cómo, ni por qué, algo dentro de mí me dijo lo que debía hacer. Una especie de voz interior me poseyó y me dio la clave para actuar como una hiraia, aunque ni yo misma supiera que podía comportarme como tal.

Posé las dos manos en su garganta y cerré los ojos. Dejé que todo mi poder, mi energía y la cura que acababa de ingerir, se transmitieran como si fueran una especie de luz radiante que implantaba en su cuerpo. Podía notar la vibración de mi energía al salir por las yemas de mis dedos, sentía la fuerza de lo que estaba haciendo y sabía que incluso las personas del estadio también lo podrían percibir.

Una magia extensa que yo desconocía que tenía.

—Por favor, por favor —murmuré aún con los ojos cerrados, sin dejar de tocar su garganta.

Y ahí estaba, una leve bocanada de aire de Hunter provocó

que todo el público estallara en vítores ante lo que acababa de suceder.

Alcé la vista por inercia y crucé miradas con Derek, quien, pese a que sus madres continuaban con la tez seria mientras observaban el espectáculo, él asintió con una sonrisa ladeada. Yo asentí de vuelta.

—Gracias.

Hunter apretó mi mano con firmeza desde el suelo y yo le dediqué un apretón cariñoso para, después, volver a alzar la cabeza y percatarme de que todo el estadio continuaba en pie.

—Y pensar que tú eras el eslabón débil. —Rhiannon apareció de entre los árboles y caminó hacia donde nos encontrábamos Hunter y yo—. Joder, hiraia.

«Sí, joder, hiraia».

30

Caminábamos por los túneles que había debajo de la arena del estadio, rodeados de bekrigers que no dejaban de apremiarnos para que nos moviéramos aún más rápido. En cuanto sonó el cuerno que indicó el final de la prueba, todo se desató. No me dio tiempo a ver qué ocurría en el estadio, pero cuando los bekrigers entraron en la arena para sacarnos a toda prisa, supe que algo no había ido bien.

—Mueve el culo —gruñó uno de los guardias que agarraba mi brazo.

Nos tropezábamos con nuestros propios pies, aquellos pasillos laberínticos y oscuros parecían no tener fin, y estaba convencida de que ninguno de nosotros tenía la cabeza realmente puesta en el destino al que íbamos. Al terminar, quisimos pedir el cuerpo de Owen para poder enterrarlo, pero con el público fuera de sí, los bekrigers solo sabían que tenían que sacarnos del estadio cuanto antes.

La prueba no dejaba de repetirse en mi cabeza una y otra vez. Fui capaz de salvar de la asfixia a Hunter usando tan solo las manos y confiando en mi poder, pero no comprendía cómo había sido capaz.

Tampoco entendía por qué el veneno le había hecho más

efecto a los demás que a mí, por qué yo tuve suficientes fuerzas para salvar a Hunter y Owen apenas pudo no tuvo fuerzas para levantase tras nuestro choque. La imagen del cuerpo violáceo sin vida del fauno no dejaba de pasar por mi cabeza una y otra vez.

Pero todos mis pensamientos se vieron interrumpidos cuando vi a las reinas caminar con decisión por el pasillo, arrastrando sus recargados vestidos por los suelos mugrientos de los túneles.

Iban acompañas de Derek.

—Parad —ordenó el bekriger.

Rhiannon, Deryn, Idris, Hunter y yo nos quedamos pegados a la pared sin pronunciar palabra.

—¿Te crees más lista que los demás, Alessa Lennox? —Cassandra sobrepasó a los demás participantes para ponerse frente mí. Su mirada incisiva me atravesó—. ¿Crees que puedes tú decides quién vive y quién muere en nuestro torneo?

Respiré hondo antes de responder.

—No he incumplido ninguna norma —respondí.

La reina Cassandra frunció la boca como si tuviera que reprimir el impulso de insultarme. Mientras, Derek permanecía callado y con la vista fija en mí, a diferencia de Lauren, que parecía divertirse jugueteando con la trenza rubia de Rhiannon.

—No me toques —murmuró la sirena.

—¿Qué has dicho?

—Que no me toques —repitió Rhiannon.

Lauren mostró una sonrisa sombría justo antes de tomar de nuevo su trenza entre los dedos.

—No me puedes prohibir nada, sirena defectuosa —escupió.

El rostro de la joven sirena pareció apagarse y agachó la mirada. Yo miré a Derek esperando que hiciera o dijera algo, pero, para sorpresa de nadie, se mantuvo al margen.

—No puedes interferir en las pruebas de esta manera —continuó Cassandra.

—Tengo permitido usar mi poder, al igual que han hecho mis compañeros.

—¿Tu poder? Venga ya —exclamó Cassandra mientras se apartaba uno de los mechones de su pelo—. Intentaste salvar al fauno.

—Repito que no he incumplido ninguna norma —gruñí. Iba a continuar hablando, pero resoplé y me mordí la lengua.

Centré mi vista en los ojos negros de Derek, que parecían estar examinándome hasta el último detalle.

—Te estás tomando la justicia por tu mano, Alessa Lennox. —La reina me agarró cara con una de sus manos—. En Ellyeth no funcionamos así y esperaba que lo entendieras por las buenas. Debiste dejar que el fauno muriera desde un principio.

Una amenaza directa.

Quise escupirle, quitarle la mano de mi rostro y gritarle que era una tirana despiadada que lideraba su pueblo con crueldad y que jamás iba a actuar como ella quisiera si eso implicaba renunciar a aquello en lo que creía.

Traté de reprimir todos esos impulsos, pero no lo conseguí del todo.

—¡El fauno murió! No logré salvarlos a todos y es de eso de lo único de lo que me arrepiento. Nunca dejaré de actuar como yo creo que es justo, Cassandra —respondí, todavía con su mano presionándome las mejillas.

—Tú sigue jugándotela. —La reina me soltó con brusquedad—. Pero tú sola estás dibujando tu destino.

No me dio tiempo a responder, Cassandra y Lauren continuaron su camino. Derek pareció sorprenderse de que sus madres nos dejaran ir tan rápido, y con un leve movimiento de cabeza, me dijo adiós y avanzó detrás de ellas. Detrás del reino y del deber, como siempre.

Los bekrigers nos agarraron de nuevo y continuamos a paso ligero por los pasillos. Después de las advertencias de las reinas, entendí por qué había sentido que algo no iba bien; interpretaron como un desafío que hubiese intentado salvar a mis contrincantes.

Esperaba una reprimenda por haber conseguido que Hunter volviera a respirar con mi magia, pero, en su lugar, Cassandra parecía enfurecida por el simple hecho de que hubiera estado dispuesta a dar mi antídoto al fauno. ¿Le preocupaba más una muestra de solidaridad que el hecho de que hubiera descubierto parte de mi poder? Algo seguía sin cuadrarme, toda esta serie de acontecimientos solo me hacían sentir más y más confusa.

—Esto es muy extraño —murmuró Hunter, que caminaba detrás de mí escoltado por otro de los bekrigers.

—Lo sé —respondí. Tanto él como yo sabíamos que algo no iba bien y esa repentina prisa por trasladarnos al castillo no hacía más que demostrarlo.

Entonces, el bekriger rubio que llevaba a la sirena agarrada del brazo frenó antes de adentrarse en uno de los últimos túneles.

—Esperad aquí.

Él y los otros cinco guerreros continuaron el recorrido de los túneles hacia la derecha, dejándonos a nosotros en mitad de aquel pasadizo oscuro y solitario.

—Pinta raro, ¿no os parece? —Idris se apoyó contra una de las paredes, de brazos cruzados. Era increíble cómo aquel dragón siempre mostraba una actitud divertida pasara lo que pasara.

—A lo mejor cancelan el Torneo después de lo de hoy —murmuró el hada Deryn tímidamente.

—¿Estás de broma? No van a cancelarlo, no cuando tienen a todos sus elfitos así de entretenidos —respondió la sirena—. Pero está claro que no les ha gustado nada tu comportamiento, hiraia.

—Pero ¿qué he hecho para que estén tan molestas?

En cuanto pronuncié aquella pregunta mis compañeros me miraron con los ojos muy abiertos. Llegados a este punto, había llegado el momento de asumir que hacer preguntas absurdas se había convertido en mi especialidad.

—¿Hola? ¿Cómo que qué has hecho hoy? —Rhiannon pareció divertirse con su sarcasmo y a Idris también le hizo mucha gracia—. Has resucitado a un humano delante de todo el pueblo de Ellyeth y Trefhard tocándole solo la garganta y, lo que es peor, antes has estado dispuesta a morir por él y por un fauno al que apenas conocías dándole la mitad de tu antídoto. ¿Tú sabes lo que significa que hayas hecho eso?

Guardé silencio esperando a que ella continuara, al igual que Hunter, que se había apoyado en la pared junto a Idris.

—Significa que has demostrado ser la viva imagen de que las leyendas pueden cumplirse. Y eso a las reinas no les gusta nada.

—Es evidente que la manera de sacarnos del estadio indica que algo no va bien, pero asumir que todo este ajetreo es por un acto de ella, ¿no te parece demasiado? Le estás echando el peso de un reino sobre sus hombros —intervino Hunter cruzándose de brazos.

—No es demasiado para ella y tú deberías saberlo. Bueno, deberíais saberlo todos. —Rhiannon alzó los brazos, indignada—. ¿O es que no pensasteis lo mismo que yo cuando supisteis que era una hiraia?

—Rhiannon no entiendo de qué va todo esto —dije.

—Yo, cuando te vi tan… perdida en la primera prueba, no

creí que realmente fueras quien eres. Asumí que serías una demente que dice ser una hiraia para llamar la atención —dijo Idris—. Pero cuando te vi luchar con la espada élfica... ¡Se me pusieron los pelos de punta hasta a mí!

—¡Basta ya! Dejad de hablar en código y decidlo claramente. ¿Qué soy y por qué he causado tanto revuelo? —exclamé.

Rhiannon, Deryn e Idris parecieron mirarse de manera cómplice, mientras que Hunter negó con la cabeza y continuó apoyado en la pared. Fuera lo que fuera lo que me iban a contar, él no estaba de acuerdo.

—He crecido escuchando historias de cómo un día Trefhard podría ser liberado, de cómo todos los marginados seríamos por fin escuchados y formaríamos parte de la rebelión más grande de la historia de este reino. —La voz dulce de Deryn comenzó a hacerse paso entre nosotros. Rhiannon se hizo a un lado, como Idris y Hunter—. De cómo una hiraia con un poder inimaginable vendría a Dybria a terminar una labor que comenzó hace siglos la ninfa Lynette. Llevamos esperando toda la vida a que alguien como tú apareciera.

—Por eso te temen —continuó Rhiannon—. Porque, al igual que nosotros, se han dado cuenta de que no eres la más débil; eres la más fuerte que ha existido y que jamás existirá.

31

PASARON UNOS SEGUNDOS HASTA QUE FUI CAPAZ DE DECIR ALGO. Todo lo que había pensado a lo largo de esos días se mezcló en mi cabeza presionándome la sien y generando otras miles de preguntas.

—Por eso el pueblo de Trefhard te vitoreaba en el estadio, Alessa. —Rhiannon, se acercó y agarró mis hombros con firmeza—. El hecho de que una hiraia viniera a este mundo a terminar la obra de Lynette era... como un cuento popular, algo que todos deseábamos, pero sabíamos que era casi imposible.

—Y tan poco probable..., apenas te mantenías en pie en las plataformas —contestó Idris peinándose la barba con una de las manos.

—Pero ¿cómo puedo ser yo la encargada de terminar una labor que comenzó hace siglos? Yo no puedo...

No sabía cómo expresar lo sobrepasada que me sentía.

—Porque esa ninfa lo dejó así escrito. Antes de realizar el *enaid* dejó una nota y...

—A ver, a ver, sirenita. —Idris frunció el ceño—. Yo solo lo escuché como una simple leyenda.

—Pues tienes a la leyenda delante de ti, dragoncito —respondió Rhiannon señalándome—. Se dice que Lynette dejó

271

una nota en la que, en lugar de despedirse, explicaba que su alma no había muerto ni moriría jamás. Que una hiraia volvería a cumplir su misión.

—Creo que esto es un error. —Hunter alzó la voz e interrumpió la explicación de los otros dos participantes—. Alessa debería concentrarse en sobrevivir a la tercera prueba por encima de todo y le llenáis la cabeza con cuentos sobre liberar a un pueblo de su esclavitud. ¿Estáis locos?

—No estamos diciendo que tenga que liberar a nadie ahora, humano. —A Rhiannon parecía molestarle la actitud de Hunter—. Le estamos explicando por qué estamos en un pasadizo de la Corte después de haber sido evacuados del estadio.

—¿No sabías nada de…?

—No, Deryn —respondí. Mi pecho comenzaba a agitarse a medida que iba asimilando todo lo que acababa de escuchar—. Pregunté a mi tutor, Falco, por el mote princesa de Trefhard —miré a Rhiannon y esta abrió los ojos sorprendida—, pero no quiso contarme nada.

—Cómo es lógico —Hunter intervino de nuevo—. No querría distraerte.

—Merece saber la verdad. —El hada hablaba con dulzura y firmeza a partes iguales—. No es una distracción, es una realidad.

Los cinco nos quedamos callados, supongo que ellos no sabían qué decirme y yo no tenía control ni sobre mis propios pensamientos en esos momentos. Habían resuelto muchas de las dudas que tenía, aunque fuera de una manera que yo nunca habría imaginado.

«Espero que poco a poco acabes descubriendo tu verdadero cometido y por qué este reino te necesita, pero hasta entonces debes trabajar sola y confiar en tus capacidades».

Ya me lo advirtió la nota anónima, mi cometido siempre fue mucho más que superar las pruebas de un torneo y la única que no lo sabía era yo misma. Pero no podía olvidar el suceso en la biblioteca; si todo el pueblo y mis compañeros conocían esa leyenda, estaba claro que las dos personas que quisieron leer los archivos la otra noche también lo sabrían.

Esa leyenda no podía ser cierta; yo no podía ser la encargada de una labor tan seria como aquella, si ni siquiera había aprendido a controlar mi supuesto poder. Todavía me sentía una humana perdida en Drybia, ¿cómo iba a asumir todo aquello?

Sí que era cierto que había cierta relación entre los poderes de los que hablaba el anónimo y lo que me había contado Daphne de Lynette…, pero era demasiado. Era demasiado por asumir y demasiado para ser capaz de abarcarlo. Yo no era como ella.

—Hablaré con Falco en cuanto suba a la habitación —respondí, en lugar de gritar que era imposible que yo fuera la elegida para cumplir aquella misión o para llevar a cabo la labor de una ninfa mucho más capacitada que yo

Apenas había terminado, Idris me agarró del brazo para llamar mi atención y me indicó que me callara con el dedo índice. Cada mínimo ruido provocaba eco en aquel pasadizo oscuro y los tacones que venían del pasillo por el que habían desaparecido los bekrigers nos alarmaron a los cinco.

Alguien venía con mucha prisa.

—Saber todo esto te puede poner en peligro —susurró el hada—. Recuérdalo.

—Lo sé.

Los pasos se acercaban cada vez más. Idris y Hunter se apartaron de la pared y se unieron a Deryn, Rhiannon y a mí, que permanecíamos de pie juntas, esperando a ver quién venía a por nosotros.

—Estás aquí, menos mal.

—¡Daphne! —exclamé al ver a la ninfa entrar en el túnel.

—Alessa, ven conmigo.

La alseide parecía nerviosa. Su actitud calmada y dulce a la que estaba habituada había desaparecido y, en su lugar, tenía el rostro desencajado y la mirada temerosa.

—¿Qué pasa? —pregunté.

—Ven conmigo…, arriba te cuento, ¿vale? —Ella me tendió la mano—. Ven, por favor.

Me volví a mirar a mis compañeros.

—¿Ellos no vienen?

—Vendrán a por ellos algunos bekrigers para llevarlos a las habitaciones, pero tú tienes que venir conmigo ya.

Todos asintieron, todos salvo Idris que negó con la cabeza mientras murmuró algo que no logré entender.

—Tened cuidado —musité antes de que Daphne tirara de mi mano.

—Tú también —respondió Hunter.

El joven humano me miraba con pena, me daba la sensación de que tenía un concepto de hiraia muy distinto al que tenían nuestros compañeros. No sabía si es que no confiaba en mí o, simplemente, le daba miedo que todo aquello me afectara en la siguiente prueba.

La mano de Daphne estaba fría como el hielo. Caminaba por los pasadizos del palacio sin mirar atrás y sin decir nada.

—Daphne, para un segundo.

Ella estaba un par de escalones más arriba que yo, en una de las escaleras que me llevarían al pasillo donde estaba mi habitación. Por primera vez paró y se volvió para mirarme muy despacio.

—¿Qué ha pasado? ¿Qué está ocurriendo?

Hasta los tulipanes de su pelo parecían estar marchitándose. Su mirada se clavó en mí con tristeza y, en lugar de responderme directamente, cerró los ojos despacio y me dedicó un intento de sonrisa bastante fallido.

—Ahora te lo explico todo. Espera a que estemos solas.

Y así fue. En el momento en el que cerramos la puerta de la habitación y nos quedamos solas, la ninfa se llevó las manos a la cabeza con una mueca de pánico absoluto.

—Cuéntame ya qué ha pasado, Daphne.

Sentía que se me iba a salir el corazón del pecho y que el corsé que llevaba puesto iba a acabar rompiéndose por mi respiración acelerada. Pero la ninfa estaba incluso peor que yo, le temblaba el labio antes de intentar siquiera hablar.

—Alessa, todo se ha complicado mucho —inspiró despacio y trató de calmarse.

—¿A qué te refieres?

—A la Corte. En Ellyeth solo hablan de lo ocurrido.

—He hablado con mis compañeros y me han contado lo de Lynette, Daphne. —Ella no mostró signo de sorpresa—. ¿Cuándo ibais a decírmelo? Es imposible, no puede ser cierto, no puede ser que yo…

—Ese no es el tema ahora, Alessa. —Podía ver la frustración en su voz—. Luego hablamos de eso, pero es que… todo viene de antes, de antes de que realizaras la prueba.

—¿Qué ha pasado antes?

Y ahí fue cuando la ninfa pareció romperse.

—Daphne, tranquila —dije mientras me acercaba a ella y posaba mis manos sobre sus hombros. Ella tenía el rostro ensombrecido y comenzó a llorar desconsoladamente—, pero necesito que me digas lo que ha pasado.

—Horas antes de que te convocaran a la segunda prueba

del torneo, encontraron el cuerpo de Falco en los pasillos de la biblioteca, Alessa.

Aparté las manos de Daphne al escuchar aquello.

—Han asesinado a Falco.

Escuché esa frase a cámara lenta. Me sentí confusa, mareada, y no pensaba que aquello pudiera ser real; no era posible que hubieran asesinado a aquel buen hombre que tan solo quería ayudarme.

Me llevé las manos a la cabeza. Quería gritar con toda la furia y tristeza que sentía en mi corazón, maldecir a quien hubiera hecho eso; nada más pasaba por mi mente.

—¿Se sabe quién…? —tartamudeé, de espaldas a la ninfa con las manos aún cubriéndome el rostro. No podía volverme y mirarla sabiendo que lloraba por lo mismo que yo, asumir que aquel anciano inocente había sido asesinado.

—No —lloró Daphne—, tampoco se sabe qué hacía allí.

—Yo sí lo sé. —Mientras decía esas palabras, mi corazón se hacía añicos—. Fue a buscar información acerca de mí y las hiraias, me contó que había tenido una idea y que… ¡Joder!, Falco fue a la biblioteca por mí y lo han matado por ello, Daphne.

Me sentía abrumada. Hacía unos segundos solo estaba llorando su muerte, pero al tomar conciencia de que por qué le habían arrebatado la vida a Falco, ya solo quedó espacio en mi corazón para dos sentimientos: culpabilidad y la rabia más intensa que había sentido jamás.

—Por eso tenía que sacarte del pasadizo, Alessa. —Daphne se secó las lágrimas con la manga de su vestido—. Esto se está haciendo más grande de lo que él y yo nunca imaginamos.

—Pero ¿por qué matarle a él? ¿A alguien inocente? La hiraia soy yo —sollocé—. Que me intenten matar a mí.

— Quien sea que haya hecho esto sabía que estaba allí por ti y que lo que fuera que quería conseguir en la biblioteca te iba a beneficiar. Tenemos que solucionar esto cuanto antes.

Entonces, recordé que nunca les conté a ninguno de los dos nada de lo ocurrido en el incendio. No sabían de la existencia de la nota y mucho menos de que dos personas habían intentado obtener el mismo libro que yo.

—No he sido del todo sincera hasta ahora —musité.

—Lo sé.

—¿Lo sabes?

—Sí, mientes fatal. —Entre lágrimas pareció mirarme con algo de ternura—. Es lo del incendio, ¿verdad?

Asentí y le conté todo lo ocurrido. Desde el pergamino de mi habitación, pasando por el incendio, hasta la nota posterior que recibí dentro del libro tras el accidente. Me sentía avergonzada por no haber confiado en ellos. Falco lo había apostado todo a mi destino y yo no había hecho otra cosa que actuar por mi cuenta sin pensar en nada más.

—Entiendo. —Daphne me miraba aterrada mientras le contaba mi relato—. Esto cambia las cosas, Alessa. ¿Podemos fiarnos de quien te dejó la nota?

—Si no hubiera sido por ese mensaje, no habría logrado salvar a Hunter. No era consciente de mi poder, no sabía que podía hacer tales cosas —murmuré—. Podemos fiarnos.

—También sabemos que hay alguien que pretende conseguir lo mismo que tú, alguien que quiere saberlo todo sobre las hiraias por un motivo u otro…

—¿Sospechas de alguien?

La ninfa se secó los restos de lágrimas que habían quedado en sus mejillas y trató de hacer memoria llevándose una mano al rostro.

—Sinceramente… Creo que tanto tú como yo estamos pensando en lo mismo.

Sí, era lo más obvio. Las únicas personas que habían demostrado abiertamente su odio hacia mí y mi poder eran las reinas, aunque sabía que Daphne no se atrevería a decirlo en alto.

—Si son ellas… sería un escándalo. No comprendería que incendiaran su propia biblioteca o que mataran a uno de sus súbditos

Daphne asintió y me di cuenta de que se sentía tan perdida cómo yo. ¿Cómo íbamos a afrontar esa situación? Si era cierto lo que me había contado Rhiannon, sabía que las reinas no iban a tolerar ningún tipo de desafío en la tercera prueba, mucho menos después del asesinato de Falco.

Lo que llevaba a pensar: ¿qué habría encontrado Falco en la biblioteca?

—Daphne —musité—, me han contado lo de Lynette, lo de… la leyenda. —Ella asintió—. Es imposible. De verdad. —Mis ojos se aguaron de nuevo—. ¿Cómo voy a liderar una rebelión si no soy capaz ni de controlar los poderes que me decís que tengo? Además, según aquel anónimo… abarco los poderes de todas las criaturas de este universo por ser una hiraia… ¿Qué relación tendría eso con Lynette? Esto es un error.

—Salvaste a Hunter con un poder que tenía Lynette. Toda su magia se reencarnó en ti y… —Daphne frunció la boca—. Está claro que ser una hiraia te ha otorgado poderes inimaginables, pero el destino, la magia y la fuerza son de ella.

—No, pero… —negué con la cabeza—. Esto es mucho más grande que superar el Torneo; es liberar a un pueblo esclavizado. Y… no comprendo mi relación con ella. ¿Soy su hija? ¿Su descendencia?

—No. —A Daphne pareció hacerle gracia mi suposición—.

Al realizar el *enaid*, su alma se reencarnó en ti; todo su poder, sus cualidades... ahora tú eres la encargada de albergarlas. Eres... más poderosa incluso que ella, el propio poder de ser una hiraia ya es inmenso y se ha sumado al de Lynette. No eres consciente de lo que eres capaz de hacer.

—Pero...

—No te agobies por eso. —La ninfa mostró una leve sonrisa y acarició con cariño mis manos al ver lo asustada que me sentía—. No te dijimos nada porque sin las pruebas superadas no podrías abordarlo; no ibas a poder luchar por un reino en el que no puedes vivir, ¿no? Pero no contábamos con que todo se descontrolara antes de tiempo. —Daphne se atusó el vestido nerviosa—. Con que le ocurriera esto a Falco y Trefhard reaccionara así en el estadio.

—¿Qué hicieron?

—Tenías que haberlo visto... Todas las criaturas en pie, aplaudiendo y llorando. Llenos de fervor por verte salvar una vida con tu poder. —Su mirada se encendió—. Todos escucharon esas leyendas de niños, todos soñaban con que se cumpliese la profecía.

—Ni siquiera he estado en Trefhard, no sé nada... soy una extraña.

—No eres ninguna extraña. ¿Acaso Lynette lo era? Tienes su alma dentro de ti, no puedes ser una extraña cuando Lynette dio a Trefhard tanta fuerza aun sin ser de allí —dijo—. Tienes que darte tiempo para asimilarlo, nada más.

Vine a este reino pensando que todo era un sueño cumplido y que todos los libros que había leído podían ser ciertos; pero el cuento hecho realidad era yo. Según Daphne, la leyenda viva era mi mera existencia.

—Falco y yo hablamos de ello en numerosas ocasiones, él

siempre tuvo la esperanza de que aparecieras —continuó—. Al realizar el *enaid*, Lynette le dejó una nota en la que hablaba de que su alma no había muerto, que una hiraia volvería a cumplir su misión… y no se equivocaba.

—¿Falco fue el que recibió la nota?

—Sí. Era su tutor.

Falco siempre estuvo de parte de la lucha de Lynette y, por lo tanto, de la mía.

—Yo no… no sé si puedo estar a la altura de alguien como ella. —No pude ni mirar mis propias manos, como si mirarlas representara todo el valor que sentía que me faltaba.

—Si algo caracterizaba a Lynette era su capacidad para ver más allá de la especie de cada uno, hasta su corazón. Y tú has demostrado, sin necesidad de nadie, que con independencia del poder que poseas en ese momento, estarías dispuesta a salvar la vida a los demás anteponiendo la tuya. —Me agarró las manos emocionada. Sus ojos vidriosos me miraron fijamente—. No sé cómo solucionar todo esto, necesitaría a Falco aquí para que nos diera una respuesta sabia a tanta incógnita. —Tragó saliva—. Pero lo que tengo claro es que, por ahora, debes saber que superar la tercera prueba es clave para tu destino y para el de todo este pueblo, hiraia.

32

Daphne y yo hablamos de lo ocurrido durante horas, hasta que la luz naranja del atardecer en Ellyeth bañó cada esquina de mi habitación. Ahora ese cuarto me ahogaba más que nunca. Pasé horas sin ser capaz ni siquiera de lavarme el cuerpo lleno de heridas y rasguños por la prueba, sin poder quitarme la ropa con la que había vivido todo aquello.

Sentía tanta rabia, tanta frustración por la situación que nos envolvía que, al despedirme de Daphne una vez llegada la noche, no pude evitar romper a llorar entre sus brazos presa del pánico y la culpabilidad. Falco había muerto por intentar ayudarme, pero no pensaba permitir que algo así volviese a ocurrir. Jamás.

Sabía que el anciano había descubierto algo antes de su muerte y quien lo hubiera asesinado no quería que yo lo averiguara. Alguien nos pisaba los talones de cerca.

Si algo me había quedado claro tras hablar con la ninfa era que no podía pensar en mi deber de continuar el legado de Lynette si no sobrevivía a la maldita tercera prueba que, estaba segura, iba a ser la más mortífera de todas.

Pero ¿qué iba a hacer si lograba sobrevivir? ¿Cómo podía asumir tal destino? Honestamente, no me creía capaz y eso me atormentaba.

Tres golpes en la puerta de mi habitación hicieron que apartara la mirada de la noche estrellada por primera vez en varias horas.

—Adelante —exclamé.

Nadie abrió la puerta, la persona que había al otro lado dudó.

—Adelante —repetí.

—¿Puedo pasar?

Derek abrió la puerta de mi habitación con cautela y yo no pude esconder mi sorpresa al verle. Iba a preguntarle que desde cuándo pedía permiso para hacer algo, pero no tenía energías para discutir con él. Hoy no.

—Sí.

—Venía a verte por lo ocurrido con Falco. Yo me encargué de que él fuera tu tutor y cuando me enteré de la noticia, pensé en venir.

El príncipe, de nuevo, llevaba un atuendo similar al del embarcadero. Una camisa de cuello pico unida con una cuerdecita diminuta y nada de arcos o armas que indicaran su posición de bekriger. Su manera de hablarme también era más relajada y desenfadada.

—Gracias, Derek —murmuré.

No sabía qué decir; por primera vez en mi vida, sentía que cualquier cosa que dijera iba a ser una sinsentido.

El príncipe permanecía en la oscuridad de mi habitación, iluminado por la luz de la luna junto a la puerta, quieto. Supongo que él tampoco sabía muy bien por qué había decidido venir.

—Se me hace raro que no me insultes —confesó.

—Todavía no me has dado motivos para ello —respondí y agradecí mentalmente el estar tan lejos de él para poder disimular lo nerviosa que me sentía—. Y hoy tampoco tengo fuerzas.

—Siempre tienes fuerzas para eso.

—Hoy no.

Derek dio un par de pasos hacia mí y la luz de la luna iluminó mejor aún su rostro afilado.

—Te lo tengo que preguntar, ¿has venido a sacarme información? —Esa pregunta pareció pillarle de sorpresa. Enarcó una ceja, confuso—. ¿Hay bekrigers fuera esperándome o algo así?

—No hay bekrigers fuera y no he venido en nombre de nadie —respondió—. ¿Por qué no te fías de mí? Ya te dije que a mi prisionera…

—Basta ya de tu prisionera.

Y ahí estaba, de nuevo, el príncipe heredero.

—¿Qué pasa?

—No sé por qué te extrañas cuando te pregunto si has venido con mentiras por delante —reclamé—, solo me hablas por deber porque soy tu prisionera. No sería la primera vez que me engañas para ayudar a tus madres.

En ese momento, la tensión se hizo palpable entre nosotros. Una tensión entre nuestras miradas que parecían querer gritar mucho y no ser capaces de ello.

—No puedo… No puedo dirigirme a ti de otra forma.

Era triste, pero cierto. No podía porque no había estado enamorado de la idea del amor como me había pasado a mí. Pese a todo lo que viví con Mario en mi anterior mundo… quise ser capaz de enamorarme de Derek allí, quería confiar en el amor una vez más, pero no pude.

Derek no podía porque nunca me había querido, pero nuestra forma de mirarnos era tan demoledora que no podía ni imaginarme cómo sería mirar a alguien a quien amara de verdad.

—Lo entiendo —resumí en esa frase todo lo que llevaba

sintiendo desde que soñé con él por primera vez—. ¿Te puedo hacer una pregunta?

—Sí— respondió. Apenas un metro de distancia nos separaba.

—¿Alguna vez alguien ha muerto por tu culpa?

—¿Lo preguntas por Falco?

—Sí —murmuré, dirigiendo la vista al exterior. Rehuyendo su mirada.

—Muchas veces, sí.

—¿Y eres capaz de dormir sabiéndolo?

—Al principio cuesta. —Derek pareció pensarse mucho la respuesta—. Al principio… y cada día de tu existencia, en realidad. Pero aprendes a vivir con ello, con el dolor y con la culpa. El llanto se acaba convirtiendo en un dolor de pecho constante que te acompaña cada segundo de tu día.

Miré al príncipe que parecía querer transmitirme algo con sus ojos negros. Había sufrido mucho más de lo que pudiera llegar a imaginar y me lo estaba haciendo saber. Por primera vez sentía que hablaba con Derek y no con el líder de ningún ejército.

—Hace unos años, mis madres me nombraron general Bekriger, el título con el que había soñado siempre y para el que me habían preparado desde mi nacimiento. Lidero misiones, organizo redadas… la labor para la que he trabajado toda mi vida —continuó—. Pero ser lo que quieres ser también requiere que asumas el dolor de muchas decisiones, y la culpa que las acompaña.

—¿Cómo puedes asumir la culpa de cosas que tú no has hecho?

—Porque es mi deber, es para lo que existo. —Derek se llevó la mano al pecho nervioso. Cuanto más cerca estaba de mí, más tenía la sensación de que nuestras miradas se fusionaban en una sola—. Alessa, yo...

Por primera vez desde que le conocía de verdad, vi debilidad en su mirada.

—... he tenido la oportunidad de evitar cosas terribles y no lo he hecho. Solo sé seguir órdenes y eso no justifica nada de lo que he podido hacer o no. ¿Te has preguntado por qué soy igual de odiado que mis madres en todo el reino?

Negué con la cabeza y, siguiendo un impulso repentino, agarré una de sus manos.

—Mis hombres han llegado a matar inocentes porque yo no fui capaz de incumplir una maldita orden de alguien que me superaba en rango. —Frunció la boca—. Tengo la imagen de cada una de esas familias en mi cabeza cada vez que abro los ojos por las mañanas y he aprendido a vivir con ella.

—¿Qué hicieron? —me atreví a preguntar.

—Desde la Corte enviaron varias misiones a Trefhard por unos supuestos individuos que amenazaban a la Corona de manera directa. Me dijeron que teníamos que reducirlos, así que llevé a mi equipo hacia el Pueblo, a las casas que me indicaron, allí no había más que familias inocentes que no sabían ni lo que estaba ocurriendo. —Su voz se quebró—. Traté de frenar la orden, pero era demasiado tarde, la masacre ya había comenzado.

—No fue tu culpa, tú quisiste evitarlo y...

—No, sí que fue mi culpa. —Derek, soltó mi mano. Jamás había visto al príncipe tan vulnerable—. Soy la misma escoria y me he convertido en ello con el tiempo.

—No creo que seas escoria —respondí buscando la mirada del príncipe que había vuelto a agachar—. Creo que eres inocente y no te mereces vivir con la culpa.

—Tú no te mereces vivir con la culpa de la muerte de Falco

porque no fue ninguna orden tuya, Alessa. —Me estremecí al recordar al anciano—. Pero yo sí me merezco cada noche sin poder dormir y cada pinchazo en el pecho.

Mientras decía eso, dio unos cuantos pasos atrás, alejándose de la ventana y de mí, de su prisionera.

—Asumimos lo que creemos que merecemos o, más bien, lo que es justo para nosotros. —Derek me miró desde la puerta, con la mano en la manilla—. Por eso... por eso me dirijo a ti como «mi prisionera». No creo que pueda permitirme nada más.

33

—¿Un baile la noche antes a la prueba final? Bruno, ¿me estás vacilando?

El bekriger frunció el ceño mientras ponía los ojos en blanco. Llevaba cinco minutos quejándome de la noticia.

—Alessa, haz mi trabajo algo más fácil —suplicó mientras se masajeaba la sien—. Un baile, esta noche. Es una orden y tenía que informarte, ya está.

Un característico sonido de tacones hizo que ambos girásemos la cabeza hacia el lado izquierdo del pasillo.

—Menos mal —musité al ver a Daphne—. ¿Tú ves normal lo del baile?

—Déjamela a mí, Bruno —susurró amablemente la ninfa mientras tocaba el hombro del guerrero—. ¿Nos dejas a solas?

—Soy su guardia.

—Órdenes del príncipe.

Bruno agachó la cabeza y dio un paso atrás, obedeciendo al instante a la ninfa.

—Me retiro entonces. Avísame cuando hayáis terminado.

Mientras Bruno se iba, le dediqué una sonrisa sarcástica por lo obediente que era cuando se trataba del deber. Él me respondió con su clásica cara de indignación.

—¿Órdenes del príncipe?

—Claro que no —musitó.

—Dime que es coña lo del baile.

—No, y mira que he intentado que pudieses escabullirte...
—Daphne se agarró de mi brazo y dio un par de pasos hacia
delante por el pasillo—. Te iba a ofrecer dar un paseo y que
vieras lo alrededores del castillo, pero ya sabes la situación que
hay.

Asentí desganada. Desde lo ocurrido con Falco una semana
antes, la tensión en palacio no solo había aumentado, sino que
la poca libertad que tenía me la habían quitado. No podía salir
de la habitación para nada, ni para entrenar; los únicos que me
acompañaban, además de Daphne en alguna ocasión contada,
eran mis propios pensamientos.

Llevaba sin ver a Derek desde la noche que vino a hablar
conmigo y descubrí un poco más de él, ni siquiera le había visto
por los pasillos del castillo. Supuse que me rehuía.

—Ya tendrás tiempo de ver Ellyeth cuando ganes el Torneo —continuó Daphne. Estaba más animada que hacía unos
días—. Podrás hacer lo que quieras, además de...

—Sí. De aquello. —Sabía que se refería a todo lo relacionado
con Lynette—. Tendré tiempo.

La tercera prueba. Sabía que iba a ser cruel y mortífera, aún
más después de lo ocurrido esos días. Las reinas no se arriesga-
rían a que se pudiera solucionar con alguno de mis poderes,
harían lo necesario para asegurarse de que tuviéramos que
cumplir las exigencias de sus pruebas.

—¿Un baile, por qué?

—Tras lo que hiciste en la segunda prueba, se ha generado
cierta tensión entre los miembros de Ellyeth y Trefhard. Me han
llegado noticias de Ffablyn confirmando que allí también se ha

comentado, supongo que habrá llegado a las otras ciudades también.

—¿Y en qué afecta un baile a todo eso? No es como que se vaya a dejar de comentar de un día para otro —murmuré. Venían un par de elfos hacia nosotras y tuvimos que bajar el tono de voz—. Si ha llegado a otras ciudades lo de que soy una hiraia...

—Pues que no hay mejor forma de parar un escándalo que fingiendo que todo está bien. —La ninfa se acercó más a mi oído mientras caminábamos—. Si ven que todos los participantes acudís al baile, no creerán que has desafiado a la Corte, creerán que estáis bajo sus órdenes y que ellos son los que mandan.

—Y así es. —Frené mi paso—. Por muchos rumores que corran.

—Lo sé, pero paciencia. —Los ojos marrones de la ninfa me miraron con tranquilidad—. Recuerda que el primer paso es sobrevivir a la prueba, sabes que tienes de tu lado a mucha gente, tus propios compañeros te apoyan.

Pensé en Hunter y en la última vez que lo vi en el pasadizo, tras la segunda prueba. Estaba asustado por mí, sabía que todo lo que hice por él iba a tener consecuencias, pero lo volvería a hacer.

Le echaba de menos, me gustaba mucho estar con él y no había tenido la oportunidad de verle en todos estos días, ni siquiera sabría lo de Falco.

—¿Alguna novedad con lo de la biblioteca?

—Nada, Alessa. —La mano de Daphne volvió a apretarme el brazo con firmeza—. No pienses en nada más que la prueba y..., bueno, el baile. ¿Que es una tontería que haya un baile? Claro que sí, pero te podrás poner un vestido precioso y yo otro para acompañarte, que estoy harta de ir así vestida.

Reí ante las ocurrencias de la ninfa, pero la realidad era que ella siempre llevaba vestidos preciosos con detalles florales, todos en tonalidades rosas y rojas, a juego con los tulipanes de su pelo que parecían estar vivos.

—Y a ti también te viene bien arreglarte. Que vaya cara me llevas últimamente. —Rio mientras me abrazaba con cariño—. Es broma, siempre estás guapa, pero seguro que arreglarte te anima.

—Seguro que sí.

No iba a negar que a la Alessa del pasado le habría vuelto loca la idea de ir a un baile en un reino de elfos, con vestidos preciosos como los de las series que siempre había admirado. Pero aunque parte de esa Alessa siguiera en mí, no podía evitar ver el baile como lo que realmente era: una tapadera para la crisis a la estaba siendo sometido el reino y de la que yo estaba siendo partícipe.

—Vamos a por esos vestidos, entonces.

—¡Madre mía, Alessa!

La ninfa comenzó a dar saltos alrededor de mí mientras aplaudía. Todavía no se había puesto su vestido y tan solo llevaba un fino camisón.

—Queda muy bien. —Sonreí—. Tengo que reconocer que ha quedado bonito, al final.

—¿Que queda bien? ¿Tú te has visto?

Me miré al espejo mientras Daphne continuaba tapándose la boca emocionada. La ninfa había insistido en que me pusiera este vestido porque, según decía ella: «iba a parecer, literalmente, de otro universo».

—Me gustaba mi vestido, pero después de esto... ¡Como si voy desnuda!

Me reí al escuchar a mi amiga. Llevaba una semana bastante triste, igual que yo, y, al final, el hecho de prepararnos juntas para el baile hizo que la habitación no me resultara tan asfixiante y que todo lo que me quedaba por vivir me asustara menos.

—Voy a vestirme —murmuró, dando vueltas sobre sí misma para buscar el vestido—. ¡Que llegamos tarde!

Mientras Daphne corría hacia la silla donde estaba estirado su precioso vestido color rosa, me miré al espejo de pie del salón.

Estaba muy guapa, hacía mucho tiempo que no me sentía así. El vestido era de color granate, la parte del pecho estaba recubierta de pedrería del mismo color, y se ajustaba a mi cuerpo como una segunda piel hasta llegar a la cintura, donde se abría con un vaporoso y espectacular tul, también granate. Mis hombros estaban descubiertos, pero las mangas, unidas con la pedrería del pecho, estaban hechas del mismo tejido y terminaban en las muñecas con una gasa delicada y semitransparente que llegaba al suelo.

El pelo lo llevaba ondulado, Daphne había estado unos treinta minutos intentando hacerme un semirrecogido, pero la paciencia pudo con ella, así que, tras maldecir a sus antepasados, creó unas florecillas rojas diminutas que engarzó entre algunos mechones de mi pelo.

—Tú también estás preciosa. —Sonreí al mirar a la ninfa. Su vestido se componía de un corsé color rosa palo, palabra de honor con una falda de tul rosa también. Cambió los tulipanes del pelo por unos del color de vestido utilizando algo de magia—. De verdad.

—La verdad es que sí. —Se puso a mi lado enfrente del espejo.

Al mirar nuestros reflejos juntos, me di cuenta de lo mucho que había infravalorado a Daphne todo este tiempo. No había apreciado lo suficiente lo mucho que se había jugado por mí hasta esa semana en la que tan solo quedábamos ella y yo frente a esta locura.

—Oye, Daphne. —Miré a la ninfa a través del espejo—. Tú trabajas con Derek, ¿no?

—Así es, sí. —Puso los ojos en blanco—. Bueno, he sido la encargada de organizar su agenda mucho tiempo, ya te dije que sin mí habría estado perdido hace mucho.

—Es tan...

—¿Tan cruel cómo parece? ¿Tan frío? —Daphne me miró directamente—. Es como le dicen que tiene que ser.

—Yo también lo creo —musité sin apartar la mirada de nuestro reflejo. Los días anteriores le había relatado a la ninfa todo lo que ya le conté a Falco de mis sueños y ella no dio crédito.

Entonces, me fijé en cómo se apagó la mirada de Daphne en cuestión de segundos.

—¿Qué pasa? —pregunté. Daphne se mordió el labio nerviosa—. Puedes decírmelo.

—No te enfades conmigo, ¿vale?

—No me voy a enfadar —dije esperando que fuera cierto—. Dime.

Daphne se apartó de delante del espejo y anduvo rápido hasta la silla en la que antes estaba su vestido. Rebuscó entre un par de cosas y, tras dudar unos segundos ante mi atenta mirada, me tendió un sobre.

Para la ninfa Daphne Edevane

—Un bekriger me dio esto hace una semana, estaba en el bolsillo de Falco cuando le encontraron.

Toqué el sobre con cuidado y, de nuevo, supe que lo que había dentro no iba a darnos más que problemas.

—¿Lo has abierto?

—Sí, a eso quería ir yo —murmuró—. Dentro trae una nota que dice que el contenido del sobre solo te lo debo enseñar a ti, al finalizar la tercera prueba.

—Falco quería que yo recibiera esto al terminar la prueba —repetí—. No lo entiendo, ¿por qué no ahora?

—Porque no quería que te distrajeras, pero, Alessa, he leído lo que contiene y aunque espero que allá donde esté Falco sea capaz de perdonarme, creo que debes leerlo. Por eso no te lo dije antes, no quería fallarle.

—No pasa nada —respondí—. Pero vamos a leerlo ya.

La ninfa me miró nerviosa con sus ojos color canela, mientras abría el sobre delante de mí y yo no dejaba de pensar en por qué Falco me había escrito una carta antes de morir. Seguramente sabía que alguien lo querría matar al averiguar tal información y prefirió ser precavido y redactar esta carta.

—No podía escucharte hablar sobre Derek y que no supieras esto, necesitas leerlo.

Cuando dijo aquella frase, levanté la vista por encima del sobre para echar una última mirada a mi amiga. El corazón comenzó a taladrarme el pecho y comencé a leer.

Si estás leyendo esto es que alguien me habrá matado como yo esperaba; no soy el único que andaba detrás de respuestas. No te preocupes, ya era un viejo anciano que había vivido mucho; solo espero que te haya llegado esta carta y que mi cometido como tutor se haya podido realizar.

Pedí a Daphne que te explicara todo lo relacionado con Lynette y tu labor como hiraia si algún día faltaba, así que espero que, llegados a este punto, ya estés plenamente informada; pero no vengo a hablarte de eso.

Verás, no eres la única hiraia que existirá entre los miles de universos, pero sí eres la única capaz de seguir el legado de Lynette, de completar su obra. Al principio pensé que el asumir que eras tú la indicada era porque nunca antes había llegado una hiraia a nuestras tierras, erais una simple leyenda que nos gustaba creer; pero no ha sido eso lo que te ha hecho ser considerada la descendiente de Lynette; y creo que la clave está en lo que soñaste.

Me di cuenta cuando me relataste tus sueños, y es que lo que te diferencia de cualquier otra hiraia es que tú no solo soñabas con tu destino en el reino; soñabas con una persona en concreto, Derek Maxwell. Me planteé que fuera una casualidad, pero, querida, nada en lo que se refiere a la magia es casualidad.

Acudí a la biblioteca tras el incendio, y sobre los restos de uno de los estantes encontré algunos escritos de la vida de Lynette que me hicieron comprenderlo todo. Nuestra querida ninfa hizo lo que hizo porque se enamoró de un humano, de Kellan. Fue capaz de entregar su alma a otra dimensión porque estaba tan enamorada de él que no era capaz de vivir en una dimensión en la que no se pudieran amar, pero aquí entra el matiz: él tampoco.

Él entregó su alma al *enaid* igual que ella, él fue capaz de ver la bondad en una criatura de una especie que históricamente siempre había discriminado a los humanos. La labor de liberar Trefhard y permitir el amor libre entre especies no era solo cosa de uno, fue el amor de ambos lo que impulsó al pueblo a sublevarse.

Los sueños de las hiraias, según algunos escritos, suelen representar futuros posibles, pero los tuyos presentaban futuros posibles junto a Derek. Vuestro destino está unido y tus sueños te lo han estado mostrando siempre.

Lynette amó tanto a Kellan, y Kellan amó tanto a

Lynette, que fueron capaces de iniciar una rebelión a costa de su amor.

No solo tú tienes esta labor, Alessa, Derek también. Derek es tu Kellan, tu motivo para iniciar una revolución, la persona cuya bondad eres capaz de ver, pese a su especie. Es una persona de distinto rango al igual que Lynette lo era para Kellan, una persona con la que este mundo no te dejaría estar.

Estáis destinados, os une la fuerza más poderosa que podríais imaginar: el amor incondicional que ni vosotros sabéis que sentís. No solo el alma de Lynette se reencarnó en ti, la de Kellan tomó el mismo destino con Derek.

Ya me lo dijo Lynette en aquella nota cuando realizó el *enaid*, que una hiraia volvería a este reino para acabar su labor en nombre del amor; su destino era demasiado grande como para que muriera con ellos. Pensé que se refería al amor en cualquier sentido, pero, supongo, que el amor que podéis sentir vosotros es mayor que cualquier otro.

Las conexiones no se fingen, no se evitan. El destino os quiere juntos, Alessa, y él lo tiene que notar. Una fuerza tan grande como la de Lynette y Kellan no se puede rehuir, pero hay que ser lo suficientemente valiente como para aceptarlo.

Tenéis el alma de aquella pareja revolucionaria en vuestro interior.

Lucha y ama a partes iguales; aunque, ¿se puede luchar sin amar? ¿Y amar sin luchar?

Suerte, hiraia.

Sabía que vendrías, sabía que mi Lynette no se equivocaría.

Cerré el sobre con las manos temblorosas, todavía con la vista fija en él. Notaba cómo mis ojos comenzaban a aguarse y el corazón se me aceleraba más.

—Di algo —murmuró Daphne al ver que no levantaba la vista de la carta.

—No me lo puedo creer —exhalé levantando la vista del papel.

Todo lo que había soñado, todas esas miradas llenas de amor, la conexión que sentía que Derek y yo compartíamos, tenían una explicación.

Siempre estuvimos unidos, este lugar era mi destino si Derek estaba en él. Él era mi destino.

—Así es. —La ninfa se cruzó de brazos.

—Él no... él no me quiere, Daphne. —Los ojos se me seguían llenando de lágrimas—. Yo siento que debería..., pero no puedo. No puedo odiarle. Se ha tenido que equivocar, ¿cómo va a ser mi alma gemela alguien que estuvo dispuesto a matarme?

—Pero no lo hizo. —La ninfa tenía también los ojos vidriosos—. Y claro que no os odiáis, esa conexión que sientes desde el primer día te ha impedido hacerlo. Al igual que se lo ha tenido que impedir a él.

—La conexión es clara, pero ¿esto es amor, Daphne? —Mi garganta comenzaba a escocerme por las ganas inminentes de llorar.

—El universo no se equivoca —dijo, mientras me quitaba el sobre de las manos y agarraba una de ellas—. Si el alma de Lynette y Kellan vive en vosotros... por mucho que él no lo sepa, lo debe notar. Y le debe volver loco saber que tiene que aceptar un amor que no siente que se merece. —Tragó saliva—. No sé si debería de habértelo dicho ahora, pero no podía aguantar cómo me contabas cosas del príncipe tan confusa sin saber esto. Pero recuerda que no cambia nada de lo que tenemos que hacer ahora.

—Lo sé, baile y sobrevivir a la prueba —repetí, cerrando los ojos mientras inhalaba profundamente—. Sigo estando sola.

—Nunca has estado sola —dijo apretando aún más mis manos—. Una vez sobrevivas, todo estará hecho.

Eso esperaba. Esperaba que tras la prueba todo fuera diferente, que Derek asumiera lo que sentía.

Aunque su deber estuviera por encima de todo.

Aunque fuera capaz de hacer cualquier cosa por sus madres.

Siempre vi algo en él, en su mirada; tal vez ese brillo que detectaba en sus ojos negros era el reflejo de su alma a la que yo estaba unida.

—¿Las reinas sabrán esto?

—Tú relación con Lynette está clara o, al menos, contemplan la posibilidad de que así sea... por eso les enfadó tanto tu actitud en la segunda prueba. Pero lo de Derek no, no lo sabrá ni él.

Respiré hondo una vez más, atusé el tul del vestido, tomé el brazo de mi amiga y nos dirigimos al baile.

Pese a tener que jugarme la vida al día siguiente en la última prueba, lo único que pasaba por mi cabeza mientras avanzaba por los pasillos de mármol blanco de Ellyeth, era una absurda pregunta a la que no le encontraba respuesta:

«¿Durante cuánto tiempo alguien puede esconder su amor por otra persona?».

No sabía cuánto tendría que esperar hasta que alguno de los dos asumiera su destino, pero lo que sí sabía era que al día siguiente yo tendría que demostrar a todo el reino mi valía como hiraia.

Sobrevivir por Trefhard y por él, pero, sobre todo, por mí.

34

—¿Lista?

—Lista —respondí a Daphne aunque no me sintiera lista en absoluto.

Anduvimos unos pasos más y vi, delante de mí, aquellas gigantescas puertas de cristal que conducían al salón de baile. Estaban entreabiertas y decenas de ciudadanos feéricos con espectaculares atuendos, caminaban entre aquella sala y los pasillos.

La ninfa y yo nos paramos delante de los portones.

—Vamos a hacer esto, hiraia. —La voz de Rhiannon me sobresaltó. Se había colocado a nuestro lado, delante de la puerta—. Que mañana es cuando nos jugamos la vida, no hoy.

—Qué ganas —respondí con sarcasmo, sin mirarla.

—¡Un poco de fiesta no nos viene mal!

Idris.

Cómo no, el dragón.

—Bueno, yo os dejo que ya veo que estás acompañada. —Daphne me dedicó un apretón cariñoso.

—¡Pero que la ninfa se quede! —exclamó Idris entre risas. Y, aunque él siempre tuviera esta actitud tan auténtica, supuse que la copa vacía que llevaba también había hecho efecto.

Daphne negó con la cabeza sonriendo y se adentró en el salón—. Venga, solo es un baile.

—Solo es un baile. —Deryn repitió las palabras de dragón mientras aparecía por detrás—. A mí me apetece.

—Y a mí.

Hunter.

—¿De verdad te apetece? —respondí mientras me volvía hacia él y el hada.

—Claro que no.

Hunter iba muy guapo, guapísimo. Llevaba un traje blanco, compuesto por un chaleco de cuero, una camisa de mangas abullonadas y una levita larga del mismo tono. Sus ojos azules destacaban por encima de cualquier otro color.

—Estás muy guapa. —Sonrió Hunter—. Impresionante.

—Gracias. —Sonreí mientras acariciaba el tul del vestido.

—Todos estamos muy guapos, ahora... pasemos. —El carácter arrollador de la sirena salió a relucir de nuevo. Por lo menos ya no se burlaba de mí como en la primera prueba—. Idris, dime dónde has conseguido esa bebida.

El dragón guiñó un ojo a Rhiannon, divertido, y caminaron por el salón, al igual que Deryn, que tras retirarse unos mechones oscuros de la frente, y echar un vistazo rápido a su precioso vestido verde, les siguió.

—¿Me concedes el honor?

—¿Desde cuándo eres tan caballeroso? —Reí al ver a Hunter con el brazo en alto para que me agarrase a él—. Te haré el honor, sí.

—No siempre se tiene la oportunidad de ir a un baile élfico con una chica así —confesó.

Reí ante el comentario de Hunter y, agarrada a su brazo, anduvimos hasta el interior de aquel gigantesco salón.

Ya conocía aquel sitio, era el mismo salón al que me llevaron Bruno y Carl cuando conocí a las reinas, la primera vez que vi a Derek. Pensé que el lugar se veía muy distinto, pero sentí que la que había cambiado en su esencia era yo. Ya no iba con un saco en la cabeza, ni estaba aterrorizada por sentir que estaba en un sitio al que no pertenecía; ahora ya sentía que mi destino se encontraba allí y lo que me asustaba era tener que demostrarlo.

El suelo diáfano se había convertido en una pista de baile donde decenas de criaturas feéricas disfrutaban de una agradable velada, bailando y riendo. Todos con atuendos con los que había soñado toda mi vida, vestidos como el que llevaba yo esa noche. Al fondo del todo, había una orquesta compuesta por otras criaturas, creo que distinguí a un fauno, y me estremecí al recordar al joven Owen. La música era preciosa, melodías rítmicas muy bailables, tocadas con diferentes instrumentos de cuerda.

El salón estaba lleno de personas y lo único en lo que realmente pude fijarme en cuanto entré por aquellas puertas agarrada del brazo de Hunter fue en Derek. Junto a la orquesta, se encontraba el trono de las reinas en un altillo, donde permanecían sentadas mirando a cada uno de sus invitados. A su derecha estaba él y, desde que entré por esa puerta no dejamos de mirarnos ni un solo segundo. Llevaba el uniforme de teniente con una levita negra por encima.

—Parece que somos famosos —susurró Hunter.

No entendí a qué se refería hasta que me permití dejar de fijarme en los ojos negros del otro lado del salón; entonces me percaté que todos los presentes tenían la vista fija en nosotros y en nuestros compañeros, que permanecían unos cuantos pasos más adelante de nosotros. Nos miraban con curiosidad e incluso ¿miedo? Me pareció ver algún elfo interponerse entre nosotros y alguna elfa como si quisiera protegerla.

—¡Nuestros competidores ya han llegado!

Al sonido de una copa, las reinas se levantaron y tanto la música como el cuchicheo cesaron. Ambas llevaban vestidos verde esmeralda a juego, aunque el de Lauren era mucho más sencillo y menos aparatoso que el de Cassandra, que llevaba una capucha de raso incorporada al cuello pico de este.

—Espero que disfrutéis de una maravillosa velada y que recibáis todo nuestro cariño para el evento de mañana.

¿Acababa Cassandra de denominar al Torneo evento? Estuve a punto de responder, pero preferí continuar con la mirada impasible hacia ellas. Escuché a Idris murmurar algo delante de mí.

—Es un honor para nosotros —continuó Lauren—. ¿Verdad, hijo?

Derek asintió, mostrando una sonrisa efímera. Echó una mirada a los laterales del salón y fue ahí cuando advertí que toda la estancia estaba rodeada de bekrigers. No vi a Bruno al principio, pero sí que me llamó la atención Carl. Llevaba sin ver a aquel guerrero desde que había comenzado toda esta locura y, recordé, cómo él ya me avisó de toda la situación injusta que vivía este reino, aunque Bruno no estuviera de acuerdo. ¿Sabría él mi situación? ¿Qué opinaría de ello? No pude averiguarlo porque el bekriger no apartaba su mirada del frente, en posición de descanso militar.

Tan pronto como empezó la música de nuevo, la pista de baile se llenó de parejas bailando. Rhiannon y Deryn se echaron a un lado, a diferencia de Idris, que alzó la copa con un grito de efusividad. Nunca pensé que vería a un dragón borracho, pero ahí estaba. Llevaba una especie de toga roja, con detalles escamados en los bordes, estilo que completó con un ahumado negro en los ojos que combinaba con su barba poblada.

Rhiannon ya llevaba una copa en la mano y se echó a un lado junto al hada, mientras Idris bailoteaba de un lado al otro de la pista ante la mirada de los elfos que parecían algo sorprendidos.

—Quién diría que él también se juega la vida mañana —dijo Hunter—. No lo parece.

—Por lo menos disfruta —respondí mientras echaba un vistazo rápido a la sala para buscar algo que beber también. Si iba a estar unas horas en un baile con Derek impasible junto a sus madres, necesitaba una copa—. Ahora vengo.

El ambiente era tan excéntrico como mágico. Allá donde mirara me encontraba una oreja puntiaguda élfica o alguna ninfa. Caminaban con aquellos atuendos como si fuera algo habitual para ellos vestirse con galas de seda o levitas envueltas en pedrería, bailaban en parejas aquella música de violín como si hubieran estado ensayando toda la vida para ello.

No pude evitar acordarme del sueño que tuve con Derek en la Plaza. El ambiente era distinto y la felicidad de la gente, también. Ahora que sabía que eso no era más que un posible futuro, no podía evitar sentirme algo emocionada ante la idea de vivir algo así en la vida real, aunque sabía que la realidad de Trefhard debía ser muy distinta a lo que yo había imaginado.

Me apoyé sobre una de las mesas de cristal redondas que había en las esquinas del salón, con un montón de bebidas de diferentes colores y tentempiés con formas que hacían que, ni aunque lo intentara, pudiera averiguar lo que contenían.

—Esto es un aburrimiento. —Rhiannon me acompañó y dejó su anterior copa en la mesa—. Pero no nos queda otra, ¿no, hiraia?

—Podríamos huir y no hacer ninguna prueba mañana —respondí mientras me llevaba a los labios una copa con un líquido rosa—. Es una opción.

—Si pudiera huir, lo habría hecho hace algún tiempo. —Rhiannon se sirvió un líquido naranja en una copa—. ¿Quieres otra?

—Casi ni he empezado esta —contesté enarcando una ceja.

Ella encogió los hombros y se dispuso a beberse la copa, mientras ojeaba la sala. Me fijé en su larguísima melena rubia que, en vez de llevarla sujeta en una trenza como en las pruebas, cubría su espalda como si fuera un enorme manto ondulado. Su vestido era azul cielo y se ajustaba a su figura. Le quedaba espectacular.

—¿Te puedo hacer una pregunta?

—¿Cómo no responder a una pregunta de una leyenda viva? —Rhiannon dijo eso entre risas—. Dime.

—¿Por qué participas en el Torneo?

—Quiero ir a Ilysei, con los míos —no tardó mucho en responder—. No quiero seguir viviendo en un sitio en el que a lo que más puedo aspirar es a poder cenar bien dos días seguidos.

—No sé si te incomodaría, pero…

—¿Por qué estoy en Trefhard y no en Ilysei? —Rhiannon completó mi pregunta mientras volvía la vista de nuevo al salón de baile—. Nací siendo una cambiante de sirena, no una sirena normal. —Remarcó esta última palabra mientras exhalaba una risa—. Pero cuando voy a cambiar a mi otra forma, no puedo estar más que unos minutos transformada en el agua; vuelvo a mi forma humana sin poder controlarlo.

—No sabía que hubiera varios tipos de sirenas —dije en lugar de reconocer que no conocía los tipos de ninguna especie.

—No son especies de sirenas, son especies de criaturas

—explicó. Parecía disfrutar de darme toda esta información sobre ella—. Cada criatura tiene su forma normal y su forma cambiante, es decir, que para serlo... tiene que pasar por un proceso de transformación. Mira, ¿ves a nuestro compañero? El dragón ebrio —aclaró mientras soltaba una risita y señalaba con su cabeza a Idris, que tarareaba la melodía de los violines con un par de elfos más—. Él también es un cambiante, pero al transformarse no puede volar, por eso no le admitieron en Grymdaer.

—Entiendo —asentí mientras miraba al dragón—. ¿Y Deryn?

—Las hadas son diminutas. Deryn es como nosotras, y eso hace que no pueda volar, aunque tenga alas y por eso tampoco puede estar en Ffablyn.

—Todos estamos aquí por lo mismo entonces, para que nos acepten donde nos merecemos —musité.

—¿Tú dónde quieres ser aceptada, hiraia? No hay duda de que perteneces a este lugar. —Rhiannon se apartó el pelo de los hombros.

Pensé la respuesta porque, a decir verdad, estaba luchando a ciegas. ¿Dónde me merecería ser aceptada si el fin de mi vida se basaba en cuidar de un pueblo al lado de Derek? ¿Cómo podía explicarle que mi destino era simplemente luchar por ellos, aunque yo no me viera capaz de ello?

—No lo sé —respondí—. Pero participo en estas pruebas porque las reinas no confiaban en que realmente fuera una hiraia... quisieron matarme.

—Bueno, no me sorprende.

—¿Por qué?

—No son tontas; si todos nosotros sabemos lo de Lynette está claro que ellas también lo saben y por eso han querido ponerte a prueba. No querrán que desarrolles tu poder lejos de ellas, hay que recordar que Lynette quería destruir todo lo que la Corte controla.

—Por eso este baile y este espectáculo... Ya se dieron cuenta en la anterior prueba cuando salvé a Hunter.

—Así es —asintió—. Tengo que reconocer que yo misma, cuando te vi en aquella plataforma de madera tan asustada y perdida, asumí que morirías nada más comenzara el sonido del cuerno.

—Yo también lo pensaba. —Le guiñé un ojo—. No te culpo.

Ni yo misma confiaba en mí unas semanas antes, de hecho, nadie salvo Falco y Daphne lo hacían. Estaba enfrentándome sola a un reto en el que me jugaba la vida.

—Ahí viene.

—¿Quién? —pregunté siguiendo con la mirada a la sirena.

—Hunter. Ya tardaba, eh.

Por los ojos que puso la sirena, supe que su mirada quería decir exactamente lo que me temía.

—No —musité—, de verdad, que no.

—No si a ti él no te gustará, pero al revés...

—Tampoco —corté la frase de la sirena—. Es amable conmigo.

—¿Amable? Alessa, ¿ser hiraia implica estar ciega o ser idiota?

—¡Rhiannon! —reí—. Amable. Somos amigos. No me gusta.

Mientras dije aquella frase, dirigí la mirada al trono de nuevo, ahí se encontraba el teniente Derek sin inmutarse ni mostrar un solo ápice de diversión.

—Mira qué sonriente está. —La sirena parecía pasárselo genial—. Qué amable es, ¿eh?

—¿Qué decíais? Os lo estáis pasando mejor que yo por lo que veo. —Hunter se puso delante de nosotras y Rhiannon tomó otro trago de su copa en lugar de responderle.

—Rhiannon, que es graciosísima.

—Ya. —Hunter enarcó una ceja sin saber muy bien por qué nos estábamos riendo—. Bueno...

—Me voy a beber con Idris. —La sirena, agachó la cabeza haciendo una reverencia—. Y a dormir, que mañana os tengo que ganar.

—¿Y Deryn? —pregunté con la esperanza de que la sirena se quedara con nosotros, pero se fue copa en mano de camino a bailar con Idris—. ¿Y Daphne?

No supe por qué, pero desde que Rhiannon había insinuado la posibilidad de que le gustara a Hunter, no podía evitar ponerme muy nerviosa al pensar en estar a solas con él. Sí que era cierto que estaba muy tranquila a su lado y que, en parte, se había convertido en la única persona además de Daphne en la que sentía que podía confiar a ciegas, pero ¿podía plantearme sentir algo por él en mi situación?

La idea del amor no había dejado de asustarme por mucha leyenda viva en la que me hubiera convertido después de leer la carta de Falco. Me dolía reconocerlo, pero algo de mí seguía convencido de que, si me dejaba llevar, acabaría sufriendo igual que en el pasado.

Y con Hunter ocurriría igual.

—Están juntas, allí —respondió Hunter. Supe que había percibido mi nerviosismo por la forma en la que me miraba—. Oye, pues, no sé tú, pero yo ahí veo algo, eh.

Junto a un grupo de elfas, Deryn y Daphne charlaban animadamente. La ninfa se acariciaba los tulipanes del pelo, nerviosa, mientras Deryn hablaba sobre algo que, al parecer, le parecía muy interesante.

—Pues tienes razón. —Alcé la cabeza para verlas mejor, Hunter se puso a mi lado—. Nunca lo había pensado.

—Oye, Alessa. —Me dio la sensación de que llevaba querien-do decir eso desde que llegó hacía unos segundos.

—Dime.

Me temí lo peor o lo mejor. No sabía cómo catalogarlo.

— ¿Quieres bailar conmigo?

35

Hunter me tendió la mano y yo, accedí.

Nos unimos a un grupo de personas que iban a comenzar un baile en pareja en medio del salón y, al caminar junto a él, me pareció escuchar algún comentario despectivo de unos elfos.

—Es porque somos de especies distintas —explicó Hunter mientras colocaba su mano en mi cintura, sobre la pedrería de mi vestido—. Les escandaliza.

—Encima entre dos participantes —dije, consciente de que la distancia a la que estábamos se había reducido considerablemente—. Qué espectáculo les estamos dando.

Y la música comenzó.

Hunter y yo empezamos a bailar como lo hacían los demás, una especie de vals rítmico pero solo dábamos vueltas agarrados el uno al otro. Los demás bailaban como si hubieran ensayado a diferencia de nosotros, que intentábamos no pisarnos el uno al otro.

—Se nos da mejor luchar —reí.

—Eso creo —respondió Hunter mirándome fijamente con sus ojos azules.

Dimos un giro sobre nosotros mismos al ritmo de la música, Hunter no apartaba la vista de mí, aunque yo de vez en cuando intentara mirar cómo bailaban los demás para no hacer el ridículo en exceso.

Hasta que le vi a él.

Derek bailaba con una muchacha en la pista, daban vueltas y se movían con mucha más ligereza que nosotros. Y, para mi sorpresa, nuestros ojos se encontraron de nuevo.

Mi corazón se trasladó a cuando bailamos en la Plaza en mi sueño, entonces nos mirábamos ansiando estar el uno junto al otro y lo expresábamos con palabras de aliento, a cada giro en el que cambiábamos de pareja, rezábamos por aparecer en brazos del otro en el siguiente movimiento.

Para mí nada había cambiado. Notaba esa conexión en esa mirada cálida y penetrante que nos dirigíamos pese a estar bailando con otras personas.

Y me dolía. Me dolía muchísimo tener que aferrarme a la carta de Falco con la esperanza de que algún día Derek viniera a por mí y su personalidad de príncipe cruel y ruin se alejara de nosotros.

Que él fuera como en mis sueños, que lo único que fuera real de todo eso era nuestro vínculo.

—¿Estás bien?

—Sí —respondí mirando a Hunter a los ojos por primera vez en un buen rato.

Nos movimos por todo el salón, continuando aquel vals al ritmo de la música de la orquesta. Busqué a Derek de nuevo con la mirada y le encontré; ¿cómo era posible sentirse tan cerca y tan lejos de alguien al mismo tiempo?

Siempre había soñado con vivir algo así. Un baile en un castillo con un vestido de ensueño y rodeada de criaturas magníficas. Pero la realidad de cómo me sentía en ese momento se alejaba mucho de mis sueños.

Bailaba pensando en cómo me dolía no poder estar junto a él en ese instante.

Bailaba sabiendo que al día siguiente tal vez no estaría viva y ya no habría ninguna labor que cumplir. No existirían más bailes en los que lograr bailar a su lado.

La música cesó y yo sentí que mis pies se tropezaban sobre sí mismos. Me sentía muy abrumada y aturdida por la situación. Hunter me miró confuso, sin soltar su mano de mi cintura.

—Alessa, ¿seguro que estás bien?

—Sí, solo necesito parar un poco —respondí, tratando de fingir una sonrisa—. Tranquilo.

En cuanto todas las parejas dejaron de bailar, otras nuevas dieron un paso adelante para sustituirlas. Yo lo único que veía en aquel instante eran las puertas de cristal por las que había entrado antes.

Necesitaba salir. Me estaba ahogando.

La pedrería del vestido no disimulaba en absoluto la agitación de mi pecho y sentía que mi propio pelo sobre la espalda me agobiaba.

Caminé entre las parejas con la vista fija en las puertas, una mano en mi pecho para intentar calmarme y con la otra intentando apartar mi pelo de la nuca para refrescarme.

Este maldito baile me superaba. Verle a él ahí y no poder hacer nada, me superaba.

—Me voy —susurré hacia mis adentros.

En cuanto crucé las puertas de cristal, me incliné hacia delante y apoyé las manos sobre las rodillas. Estaba agotada y me sentía como si hubiera estado entrenando durante horas.

No me echarían de menos en el baile, podría ir a mi habitación a descansar hasta la prueba del día siguiente. Podría huir de allí.

—¿Alessa?

Él.

—¿Estás bien?

El príncipe permanecía delante de las puertas por las que yo acababa de salir y llevaba su levita negra en la mano. Parecía nervioso.

—Sí, claro. Mañana tengo que competir, me voy a descansar.

—Va a ir bien.

Me mordí el labio por la frustración. Derek permanecía inmóvil delante de mí y lo único que quería hacer era contarle lo de la carta de Falco, gritarle lo nerviosa que me sentía y lo asustada que estaba por el día siguiente.

—No lo sabes —musité—. Puedo morir mañana.

Cuando lo dije en alto pareció sorprenderse. Abrió los ojos de par en par y negó con la cabeza.

—No digas eso. —Derek se acercó a mí despacio. Yo permanecí inmóvil.

—¿Por qué?

—Porque…

La distancia entre nosotros seguía siendo de un metro, pero sentía que estábamos mucho más cerca. Derek se mordió el labio al mismo tiempo que yo, y percibí algo de ¿frustración, tal vez?

—¿Qué? —susurré.

Derek parecía querer descifrarme o, tal vez, no sabía qué decir. Respiraba con fuerza mientras nuestras miradas se encontraban de nuevo y yo luchaba contra mis impulsos.

—Nada, Alessa. Suerte mañana.

—¿Ya está? ¿Eso es todo?

Cerré los ojos por un segundo, agotada. Escuché que unas

personas salían del salón del baile justo en ese preciso instante, impidiéndonos cualquier tipo de soledad.

—Sí. —Derek dio unos pasos hacia atrás—. Mañana al terminar la prueba, hablamos.

Enarqué una ceja confusa.

—Ya no serás mi prisionera —susurró mientras se retiraba—. Mañana no te pongas ese vestido en la prueba, no creo que sea lo más indicado.

Resoplé al escuchar su manera de decirme que quería que viviera y que le gustaba mi vestido. Ya no parecía ser el teniente cruel y ruin que había conocido unas semanas atrás.

Agarré el bajo del vestido y, tras echar una última mirada a los portones de cristal, me dirigí a mi habitación sabiendo que estaba a punto de comenzar o la última noche de mi vida o la última noche antes de mi libertad.

36

LA RESPIRACIÓN ACELERADA DE MIS COMPAÑEROS SE CONVIRTIÓ en la banda sonora de los momentos previos a la prueba. Incluso Idris parecía agobiado, a juzgar por los golpes que daba con sus botas a una de las esquinas de la sala.

—¡Que vengan ya! No aguanto más aquí —exclamó Rhiannon.

La sirena caminaba de un lado a otro mientras se pasaba las manos por la trenza una y otra vez. Desde que los bekrigers nos llevaron a aquel búnker a través de un *dithio,* no había parado de dar vueltas presa del pánico.

—¿Qué será lo que nos tienen preparado? ¿Por qué no nos han puesto unos sacos de tela en la cabeza? —Deryn parecía estar incluso más nerviosa que Rhiannon, pero a diferencia de la sirena, ella no se había separado del estante repleto de armas que había colocado dentro del propio búnker.

—Tranquilizaos todos. No puede ir tan mal, ¿no? —Le dirigimos una mirada incisiva y Hunter entendió que su intento de tranquilizarnos fue en vano—. Vale, vale.

—¿Tú no dices nada, Alessa? ¿Tu poder de hiraia no puede sacarnos de aquí? —dijo Idris.

Levanté la vista para mirarle. Llevaba sentada en el suelo con las rodillas pegadas al pecho desde que aparecí y no pensaba moverme hasta que me obligasen. Necesitaba tener la mente fría, estar tranquila hasta que tuviera que enfrentarme a la muerte.

—Me temo que no —musité—. Ojalá pudiera.

—Ya nos salvarás. —Las palabras de Rhiannon sonaron amenazantes y esperanzadas a partes iguales—. Cuando todo termine.

—Sí, cuando todo termine.

No podía evitar tener fe en que al terminar la prueba podría comenzar a trabajar en mi verdadero objetivo, pero ¿cómo se lidera un pueblo? ¿Cómo iba a ser capaz de ejercer ese papel? Y, lo que me causaba más inseguridad que mi propia valía, ¿cómo iba a convencer a Derek de que debía luchar a mi lado?

—Va a ir bien. Todo va a ir bien. —Hunter se agachó junto a mí—. De veras.

Pensé en decirle que realmente él no lo sabía, como le dije a Derek cuando hablamos tras el baile, pero, en lugar de eso, asentí y volví a dirigir mi mirada a la puerta metálica que no se abría.

Un barullo nos arrancó de nuestro ensimismamiento. Provenía del exterior de la sala.

—Hay gente fuera —susurró Rhiannon mientras redirigía su caminata hacia la puerta.

—Mucha, de hecho —respondí yo incorporándome y siguiendo sus pasos—. Estamos en la Arena.

—¿En serio?

Hunter se acercó también a la puerta. Deryn permaneció quieta igual que Idris, que dejó de dar golpes a la pared con su bota.

—Empezaremos en breve —comentó Hunter.

Y antes de que pudiéramos responderle, la puerta de la sala se abrió y, con ello, una luz deslumbrante hizo que tuviéramos que taparnos los ojos.

Di un paso al frente. El público aplaudía emocionado. Otro paso más y ya estaría fuera; parecía que mis compañeros esperaban a que yo diera la cara y fuera la primera en pisar la arena. Y así lo hice, di un paso fuera y vi que el lugar en el que habíamos estado recluidos era una especie de búnker instalado en mitad de la Arena.

Los cinco nos colocamos en círculo en mitad de aquella tierra diáfana y rodeada de asientos. No había ni un solo obstáculo en aquel espacio por lo que lo único que veíamos era a la gente vitoreando nuestros nombres. Lo único en lo que podía pensar en ese instante era en sus gritos y en cómo se había hecho un espectáculo con nuestras muertes.

Al dar una vuelta sobre mí para mirar el estadio al completo, vi a las reinas. En esta ocasión, su plataforma de cristal se había instalado a primera fila. Más cerca para poder apreciar mejor la tragedia, supuse.

—¡Esto ya termina! Con el comienzo de esta… maravillosa jornada terminan también lo que han sido tres días espléndidos.

Cassandra alzó la voz y el público guardó silencio.

—Todo resulta… conmovedor cuando llega el momento de despedirse, ¿verdad?

Observé al público y, para mi nula sorpresa, el estadio se había fragmentado de nuevo.

—De la mitad a la izquierda te quieren viva, los otros desean que mueras, hiraia —murmuró Rhiannon detrás de mí, al ver que me giraba a ver al público.

—Espero que animen más fuerte los de la izquierda.

315

Con «los de la izquierda» se refería al pueblo de Trefhard que, cómo no, por su estética se distinguían bastante de las criaturas del otro lado que parecía que continuaban con los vestidos recargados y las levitas de colores llamativos del baile de la noche anterior.

—Como podréis observar, esta vez vuestro lugar de competición será un poco diferente. Nada de bosques, nada de agua; solo vosotros y ese terreno —vociferó Lauren—. ¿Queréis saber qué va a pasar?

Me apreté la coleta mientras miraba a mis compañeros. Todos tenían la vista fija en las reinas; todos menos Hunter, que al ver que lo miraba giró su cabeza hacia mí y me sonrió.

—Las normas son sencillas. Esta vez la lucha por vuestra libertad consistirá con tratar de evitar que os hieran. —Cassandra hizo una pequeña pausa—. Cuando el cuerno cese, como siempre, comenzará la prueba y vuestro único cometido será aguantar sin que nada ni nadie os provoque una herida. Si recibís un corte… moriréis al instante. ¿Entendido?

—Evitar que nos corten —repitió Deryn—. No puede ser difícil, ¿no?

Todos miramos al hada por inercia queriendo decirle que si estaba en la tercera prueba, no iba a ser fácil. Estaba convencida de que las reinas no escatimarían esfuerzos para asegurarse que el menor números de competidores sobrevivieran.

«Tengo que recordar quién soy», pensé. Las notas del desconocido y las palabras de aliento de Falco fueron clave para que en medio de aquel estadio pudiera alzar la cabeza con orgullo y pensar en lo mucho que me merecía ser aceptada en mi verdadero hogar.

—Hijo —gritó Cassandra—, comienza.

Vi al príncipe por primera vez caminar hacia el frente de la plataforma. No llevaba el uniforme de bekriger habitual, en su lugar, lucía una levita parecida a la que llevó en el baile encima de lo que parecía un chaleco de cuero a juego, con una camisa. ¿Serían esas sus galas especiales para verme morir?

Derek sujetó el cuerno con ambas manos, algo temblorosas. Posó sus labios sobre la boquilla y me miró desde la plataforma, me apreté la coleta de nuevo y di unas cuantas vueltas a mi espada para después sujetarla con ambas manos. Él asintió.

El cuerno sonaba y con ello la sensación de adrenalina aumentó. Parecía mentira que con un sonido, tan odioso para nosotros, se pudiera lograr tanto silencio.

Nos separamos en el terreno, cada uno con la vista puesta en algún punto de la Arena, esperando a que comenzara la prueba en cuanto el cuerno dejara de sonar.

No se escuchaba ni un alma, solo nuestra respiración acelerada mientras mirábamos a todos lados esperando que, en cualquier momento, algo apareciera.

Un trueno en el cielo.

Sujeté la espada con firmeza y alcé la mirada a pesar de notar las piernas temblorosas.

Traté de agudizar la vista, pero lo único que vi fue un conjunto de nubes que comenzaban a ponerse de tono grisáceo.

O eso pensaba.

—¿Qué es eso? —exclamó Deryn.

Una de las nubes expulsó una especie de masa negra que descendía con rapidez hacia nosotros. A medida que se iba acercando, el contenido de esta se disipaba y revelaba lo que era.

—¿Son criaturas? —grité. El público también se exaltó al ver que no se trataba de una lluvia normal.

Corrí hacia uno de los laterales del terreno, Idris y Rhiannon me siguieron. Lo que desde el cielo parecía una masa uniforme negra se había separado en decenas de diminutas partículas voladoras que comenzaron a sobrevolar el área.

—No me lo puedo creer —musitó Rhiannon—. Son malditas gyoteg.

Por la cara de pánico que puso la sirena supe que fuera lo que fuera aquella palabra, significaba que estábamos ante un terrible peligro.

—Para que tú me entiendas. —Rhiannon alzó su espada y revisó el terreno—. Hadas... malvadas. Son... ¡Corre!

Me agaché al ver que un grupo de gyoteg volaban hacia mí. La arena se había llenado de decenas de ellas y parecían dispuestas a todo para hacernos sangrar.

¿Dónde podía ir? No había lugar en el que esconderse. Solo podía correr.

Una de ellas voló hacia mí a toda velocidad y pude ver que las gyoteg eran hadas vestidas de negro con los ojos amarillos como las serpientes. Se me heló la respiración al ver que sus manos tenían unas garras puntiagudas que, probablemente, serían con lo que me provocaría ese corte que causaría mi perdición.

No podía dejar que me alcanzaran.

Corría por la arena desesperada, ni los vítores de la gente del público chirriaban tanto como el sonido que hacían aquellas criaturas cuando volaban hacia mí. Empuñé la espada en alto intentando frenarlas y parecía que había logrado darle a alguna, pero eran del tamaño de la palma de una mano y tan veloces como un relámpago; abatirlas era una misión casi imposible.

—¡Al suelo!

Escuché a Idris a mi derecha, obedecí sin saber de dónde venía la amenaza. Una vez en el suelo, sentí cómo un calor intenso me rodeaba; era fuego de dragón. Al levantar la vista por encima de mi espada, vi cómo Idris expulsaba una bocanada de fuego hacia el grupo de gyoteg que intentaba atacarnos.

¿Qué podía hacer además de huir? No se me ocurría qué hacer con mis poderes recién descubiertos.

Busqué con la mirada a Hunter. Recorría la arena, arco en mano, tratando de acertar con una flecha a alguna de aquellas criaturas.

—¡Cuándo va a terminar esto! —exclamé angustiada, mientras corría alrededor del terreno de juego tratando de golpear con mi espada a alguna de aquellas criaturas.

Pero eran rápidas, muy rápidas.

—¡No!

Tanto Hunter como yo, que habíamos huido hacia el mismo lado del terreno, buscamos de dónde provenía el grito.

Rhiannon.

La sirena se tocaba el brazo con desesperación y en cuanto nos miró supe que alguna gyoteg había conseguido su cometido. Idris permanecía al lado de Rhiannon sin saber cómo reaccionar ante la herida que acababa de recibir nuestra compañera.

O eso pensaba.

Agudicé la vista y me percaté de que del brazo semiescamado del dragón, caía un leve hilo de sangre. A él también le habían herido.

Corrí hacia ellos con el único pensamiento de repetir lo que hice con Hunter en la anterior prueba. Salvarles como pudiera; tal vez si llegaba a tiempo podría curar los cortes y eso les permitiría seguir participando en el Torneo. Tal vez pudiera hacer uso de la magia que Daphne me había contado que yo encarnaba.

—Cúbreme —pedí a Hunter mientras corría. Este asintió y,

flecha en mano, siguió mis pasos disparando a las gyoteg que se interponían en nuestro camino.

Rhiannon entró en pánico al darse cuenta de que una de aquellas criaturas la había herido y comenzó a llorar.

—Espera —grité, como si eso evitara lo que creía que estaba ocurriendo—. ¡Voy!

Escuché un grito a mi derecha. Deryn.

El hada se abría paso de manera increíblemente ágil entre las decenas de gyotegs que la perseguían, espada en mano.

—¿Qué hacemos? —exclamé. Tuve que agacharme para que la garra de una gyoteg no me alcanzara. Hunter consiguió clavarle una flecha—. ¿Qué se te ocurre, Deryn?

—¡No lo sé!

Rhiannon lloraba desconsoladamente mientras trataba de frenar la hemorragia del corte, de rodillas en el suelo. Idris no parecía ser consciente de lo que estaba sucediendo y se limitaba a observar su corte. No podía asumir su muerte.

Deryn y yo alcanzamos a nuestros compañeros y cuando me percaté de la cantidad de sangre que expulsaban, recordé las palabras de Daphne.

Si todo era cierto, si la reencarnación de Lynette en mí no era un fraude... debía tener sus poderes, incluidos los curativos. Ella salvó a un pueblo con su sangre, tal vez yo pudiera hacer lo mismo.

Me tiré al suelo junto a la sirena y, sin pensármelo mucho, me hice un corte en el brazo con mi propia espada.

—Vamos —murmuré, mientras veía la sangre caer por mi brazo.

Escuché a Hunter exclamar, sorprendido.

—Esto les va a salvar, esto...

Giré la cabeza hacia el joven y, para mi sorpresa, no miraba el corte que me acababa de hacer o a nuestros compañeros que habían sido heridos. En su lugar, los ojos de Hunter iban directos hacia Deryn.

El hada yacía en el suelo.

—¡¿Qué ha pasado!?

Todo pareció descontrolarse aún más. Las gyotegs no dejaban de atacarnos y Hunter estaba cada vez más apurado; pero no podía prestar atención a otra cosa que no fuera a mis compañeros repletos de sangre.

—¿Quién te ha…?

Y lo vi, la espada de Deryn cubierta de sangre y su abdomen encharcado.

—Solo la sangre de un hada muerta puede salvar vidas —susurró entre lamentos.

Mi propia espada se resbaló de mi mano y ahogué un grito horrorizado.

—¡Mi sangre también! ¡Deryn, mi sangre bastaba!

Me arrastré hacia el cuerpo del hada desesperada, y volví a alcanzar mi propia espada.

—Ve… ¡Venid! —tartamudeé. Rhiannon e Idris se acercaron a mí—. Coged de mi sangre… bebed o… ¡no lo sé! ¡Untad la sangre en vuestra herida!

No sabía qué hacer, no sabía cómo solucionar todo aquello y los vítores del público se habían convertido en una melodía que sonaba de fondo en aquel espectáculo sangriento.

Con un movimiento firme, realicé otro corte en el mismo brazo para intentar curar al hada.

—Deryn, no era necesario, yo…

—Lo siento —susurró esta.

Parte de mi sangre caía sobre su abdomen.

—¡Vamos! —exclamé, al ver que Rhiannon se quedaba paralizada de nuevo al ver a Deryn agonizar en el suelo. Era la primera vez que veía así a la sirena, pero no podía parar ahora después de este sacrificio.

—Tiene que ser suficiente… —susurré. Los ojos del hada seguían cerrándose—. Por favor.

—Lo siento mucho, no sabía… No lo sabía.

Y, con un último soplo de aire, los ojos del hada se cerraron; a pesar de tener el torso manchado por el goteo de mi sangre.

—Tiene que beber —susurré desesperada. Un grito de Hunter tratando de frenar a una gyoteg irrumpió mi pensamiento—. Tal vez si bebe….

—¡Vamos a morir, Alessa! No podemos…

—¡Cállate, Hunter!

Giré la cabeza para mirar a la sirena y al dragón y, tan pronto cómo nuestros ojos se cruzaron, el cuerpo de la sirena se derrumbó sobre la tierra de la Arena. Idris no tardó en desmayarse.

Mi sangre estaba por todos sus brazos e, incluso así, habían caído.

—No puede ser, no…

Las promesas de Daphne pasaron por mi cabeza. Tenía que ser verdad, tenía que poder salvarles.

Comprobé si Deryn respiraba o si tenía pulso, pero no solo no encontré ni un mínimo atisbo de vida en su cuerpo, sino que sus alas comenzaron a marchitarse. Estaba muerta.

Aun así, restregué mi brazo por su boca, con la esperanza de que eso sirviera, de que con beber de mi sangre fuera suficiente; pero las alas continuaban fusionándose con la tierra.

No podía ser, no podía haber muerto tanta gente.

—Por favor, por favor… —musité mientras buscaba la arteria carótida de Rhiannon con mis dedos.

Pulso. Había pulso.

Rhiannon estaba viva.

Hice lo mismo con el dragón y, para mi sorpresa, aunque yaciera desmayado, también percibí algo de pulso débil.

—Has sido demasiado valiente, Deryn —sollocé.

—Alessa, no podemos quedarnos quietos —escuché a Hunter de fondo, me pitaban los oídos.

No podía haber muerto otra persona.

—¡Alessa! ¿Están vivos?

—Ellos sí —respondí, tirada en el suelo—. Ellos lo están, pero... Podría haber salvado a todos, mi sangre podría haber...

Miré a Hunter, que me sujetó con ambas manos de los hombros tratando de tranquilizarme.

—No podemos parar ahora. Hay que seguir, si piensan que están muertos nos dejarán terminar el Torneo.

Intenté asumir que acabábamos de perder a uno de los nuestros mirando los ojos de Hunter mientras hiperventilaba. Agité la cabeza de lado a lado intentando recuperar la calma.

—Vale —exhalé—, vale.

Tenía que continuar luchando, no podía detenerme por la muerte de nadie; ni siquiera por la de aquella valiente hada. Me incorporé dejando los cuerpos desmayados de Rhiannon e Idris detrás. Tuve que cortar un trozo de mi camisa para intentar improvisar un torniquete y tratar de frenar la sangre que borboteaba de mi brazo. Era consciente de que ejercer presión sobre la herida era un mejor abordaje, pero no tenía otra opción.

Hunter sacó otra de sus flechas y apuntó a toda velocidad al cielo de donde venían otras gyoteg que parecía que nos iban a alcanzar. Pero cada vez eran más rápidas, cada segundo que pasaba complicaba la misión.

Una de las criaturas me tiró del pelo, empujándome hacia atrás. Chillé de dolor al chocar de espaldas con el suelo, pero me volví lo suficientemente rápido como acabar con ella.

La gyoteg se desintegró en cuanto el filo de mi espada élfica le apuñaló.

Luché por respirar, por encontrar algo de tranquilidad entre el caos en el que estaba inmersa.

—¡Mierda!

Oí a Hunter gritar mi nombre mientras las gyoteg me rodeaban. Presa del pánico, moví mi espada de un lado a otro esperando abatirlas. Pero nada parecía suficiente.

Hasta que escuché aquel sonido que hacía unos minutos sentía que me quitaba la vida.

El cuerno sonó y todas las gyoteg se disolvieron en cuestión de segundos.

—¡Atención!

Alcé la vista desde el suelo al escuchar a Cassandra gritar. No tenía fuerzas para llorar ni para preguntarle nada a Hunter, que permanecía a mi lado.

—Esto que voy a decir a continuación… creo que os va a gustar.

Todo el estadio gritó.

—Hunter y Alessa, habéis llegado hasta el final —continuó Cassandra—. Pero este Torneo solo puede ganarlo uno así que… Que empiece la lucha.

Derek, a su lado, se llevó una mano a la boca.

37

Mis rodillas temblaban ante el grito ensordecedor del público que coreaba mi nombre.

O mi muerte.

No podía más. Apenas podía siquiera pensar en qué estaba haciendo o quién era. ¿Por qué tanta injusticia?

¿Por qué yo tenía que ser una hiraia? ¿Por qué tenía que luchar por mi vida?

Alcé la cabeza desde el suelo de la arena mientras el pueblo de Ellyeth chillaba y el de Trefhard lloraba. La riqueza y la pobreza en un solo estadio sumido en la locura.

No veía a Hunter, tan solo escuchaba su respiración entrecortada y un leve jadeo que me decía que estaba igual de agotado que yo. ¿Qué íbamos a hacer? ¿Cómo íbamos a salir de esta? Con las gyoteg vencidas pensé que toda esa pesadilla habría terminado.

Solo podía quedar uno y no pensaba matar a la única persona que había permanecido a mi lado en las dos primeras pruebas.

Fue en ese momento, tirada en el suelo, cuando me di cuenta de lo absurdo que era todo esto y lo que el destino me había forzado a hacer. Todo era absurdo porque Derek permanecía junto a sus madres y Ellyeth; y yo continuaba en mitad de la arena del estadio sabiendo que la muerte era el destino más probable.

Busqué a Derek con la mirada de nuevo, esperando que comprendiera la crueldad de la situación o al menos fuera capaz de verme morir. Pero no, no renunciaría a sus madres tan fácilmente.

Ni por su alma gemela ni por nadie.

Hunter y yo estábamos solos.

—Levanta.

El ruido de un cuerno y la estridente voz de Cassandra me estremecieron. Pero no me levanté, no pensaba hacerlo bajo sus órdenes.

—Termina lo que has empezado, Hunter.

Me sorprendió oír que la reina no se dirigía a mí, sino a un joven humano que obedeció sus órdenes al instante. Giré la vista hacia él y alcé la mano para que me ayudara a levantarme.

—Aparta.

Hunter rechazó mi mano bruscamente. ¿Qué estaba haciendo? ¿Estábamos siguiendo un plan del que no me había enterado?

—¿Qué intentas? —susurré tratando de incorporarme. Busqué una mirada de complicidad, pero me dio la espalda.

—¡Que te calles!

El grito de Hunter silenció los miles de voces que retumbaban en el estadio; todas, salvo una: la risa de Cassandra que perforó mis oídos como si de un rugido de dragón se tratara.

Aparté mi mano de Hunter y retrocedí despacio. ¿De qué iba esto? Miré de nuevo a Derek y me sorprendió ver que él también me estaba mirando confuso.

—¡Hazlo ya! —vociferó Lauren—. Qué ingenua eres, Alessa

—¿Hunter? —balbuceé mientras caminaba hacia él esperando que me explicara lo que estaba sucediendo.

—Todo este tiempo… —susurró—. Todo este tiempo he esperado estar ante ti para poder hacerlo.

—¿Ante mí? ¿Hacer el qué?

Hunter giró su torso hacia mí y por primera vez desde que le conocí, vi odio en su mirada. Ni rastro de una mirada cómplice, tan solo asco e ira.

—¡Ante ti, Derek Maxwell!

El corazón comenzó a golpear mi pecho con fuerza de nuevo al ver que Hunter señalaba con el dedo al príncipe heredero. Todo el estadio ahogó un grito al mismo tiempo.

Derek se levantó y miró con confusión a Cassandra, esta tan solo le devolvió un apretón cariñoso en el hombro sin apartar la mirada de la arena.

—Y tengo que reconocer que se me ha hecho difícil no encariñarme de ti, Alessa. —Esta vez me miró—. Pero la mirada de Chiara me venía a la cabeza cada vez que tú me sonreías y se me revolvían las tripas.

—¿De qué estás hablando, Hunter? —pregunté intentando no echarme a llorar.

—¡Explícaselo, Derek! ¿De qué hablo? —gritó. Alzó la que había sido la espada de Rhiannon—. ¿Quién es Chiara, Derek?

Miré al príncipe buscando respuestas, pero él, todavía sin habla, miró a su madre de nuevo y le sujetó la mano.

—Derek sabe quién es Chiara, Hunter. Sigue a lo tuyo —respondió Cassandra.

—¡No, no! —Hunter estaba fuera de sí—. ¡Explícale a Alessa quién es Chiara! —vociferó de nuevo—. ¿Te suena algo de una misión de exterminio a Trefhard? ¿Te suena la familia Relish?

Al pronunciar el apellido Relish otros habitantes de Trefhard que llevaban unos cuantos minutos sin decir nada, gritaron. Pensaba que no comprendía la situación hasta que me fijé en la reacción de Derek, y en cómo agachó la cabeza abatido.

Solo le había visto así una vez, la primera vez que vi más allá del Derek real y se pareció al de los sueños que un día tuve. El día que vino a mi habitación tras la muerte de Falco.

—Quise desalojar el terreno, Hunter —pronunció Derek por primera vez. No solo yo quedé impresionada al ver al príncipe heredero mostrar una actitud vulnerable delante de todo el estadio, incluso algunos ciudadanos de Trefhard se llevaron las manos a la boca.

Recordé la noche en la que Derek me contó sobre aquella misión que no salió como esperaba y acabó con la vida de una familia de inocentes; volvió a mi memoria cómo miré sus ojos negros y le repetí una y otra vez que no fue culpa suya, que cumplieron unas órdenes que él quiso evitar.

Sabía que la culpa recaía sobre sus hombros porque él era el teniente a cargo de la misión y de todos los bekrigers, pero ¿a qué precio?

—¡Cállate! No digas una sola palabra o haré que la muerte de Alessa sea mucho más dolorosa de lo que tenía pensado.

—¡No maté a nadie, lo juro! —exclamó Derek dando un paso al frente y, por primera vez, apartándose del trono de sus madres. Nunca le había visto así y mucho menos delante del reino y de su familia—. ¿De qué va esto?

Cassandra frunció la boca y miró a su mujer, pero por la expresión despiadada de Lauren supe que la respuesta que estaban a punto de dar a su hijo no iba a calmarle en absoluto.

—Cariño. —Lauren intentó tocar el hombro de Derek, pero

este se apartó—. Hunter sabe lo de la misión de los Relish, sabe lo que hiciste y…

—¡Yo no hice nada! ¡Fueron vuestras malditas órdenes!

—Y por eso mataste al amor de mi vida, ¿verdad, Maxwell? ¿O ni siquiera sabías su nombre?

De pronto lo comprendí todo: la única persona en la que pensaba que podía confiar me había estado manteniendo con vida para matarme delante de Derek.

Como pensaba que había hecho Derek con Chiara.

—Él no mató a nadie —exclamé en medio de todo aquel caos—. ¡Él intentó evitarlo!

—¡Silencio!

Hunter dirigió su espada hacia mi cuello.

Tragué saliva con la punta afilada a escasos centímetros de mi barbilla. —Anulé la orden —vociferó Derek apoyándose en la barandilla—.¡Juro que anulé la orden!

Vi por primera vez al príncipe fuera de sí, a él y a todo el estadio.

—Pienso hacerte sufrir igual que sufrí yo con la pérdida de Chiara. —En lugar del amable y atento chico que había sido mi compañero todo ese tiempo, tenía ante mí a una persona vengativa y con sed de sangre en su mirada.

Mi sangre.

Pero entonces, algo en lo que no había pensado hasta ahora, hizo que parte del miedo que sentía se duplicara: ¿por qué Hunter sabía que tenía que matarme para herir a Derek? ¿Cómo sabía lo de nuestro vínculo?

Falco solo me había contado a mí la historia sobre la descendencia del amor de Lynette y Kellan, solo a mí. Ni el propio Derek debía saber sobre esa conexión creada por el destino, mucho menos Hunter.

Entonces, Hunter apartó la espada de mi cuello, no sin antes dejarme un corte en la barbilla a modo de advertencia. Me estremecí.

—Dicho esto, la prueba final será aún más divertida. —La voz de Cassandra se abrió paso entre todos los vítores que continuaban retumbando por el estadio—. Mátala, Hunter.

Me llevé la mano al pecho y volví a mirar a Derek con los ojos vidriosos, este agarró con ambas manos una de las barandillas de la grada y agachó la cabeza.

Podía oír los gritos de los habitantes de Trefhard que lamentaban la injusticia que iba a suceder.

Las voces de los habitantes de Ellyeth, que solo expresaban confusión y nada de lástima por mi inminente asesinato.

Pude distinguir a Rhiannon pedir que le dejaran salir a luchar conmigo y alguna que otra súplica de Carl por frenar las órdenes de sus propias reinas.

—Voy a matarte, Alessa. —Hunter empuñó con fuerza la espada sosteniéndola con las dos manos—. Y Derek lo va a disfrutar desde su estadio.

Y ahí fue cuando comprendí que ya no había marcha atrás. Que el Hunter que conocí no existía y que solo me quedaba una opción.

No me quedaba más opción que sobrevivir sola, como había hecho hasta entonces.

No podía morir ahora y dejar atrás la promesa que le hice a Falco sobre continuar el legado de Lynette, aunque ni yo misma lo comprendiera del todo.

No podía morir sin haber tenido tiempo de amar a Derek o sin haberme atrevido a hacerlo.

—Lo sé todo, Alessa. La historia trágica de amor de Lynette y Kellan ahora se materializa en vosotros —continuó él, pronunciando con rabia cada una de las sílabas—. Ellas me lo contaron todo y a ti, ahora, solo te queda morir.

Pero antes de que me diera tiempo de asimilar todo lo que acababa de confesar, Hunter alzó la espada en mi dirección y yo tuve que responder.

38

Este duelo no se parecía al que tuvimos aquella vez en Ffablyn; nuestras espadas se cruzaban con rabia y no con camaradería.

Bloqueé un ataque que pretendía cortarme el cuello. Fui rápida y mis pies se movían con mayor velocidad que nunca.

A Hunter le costaba seguir el ritmo y sus jadeos le delataban. No supe si era mi fuerza como hiraia o por fin estaba siendo yo, pero la espada no solo se había convertido en una extensión de mí, sino que mis movimientos eran más ágiles de lo que habría logrado imaginar nunca.

—¿Has entrenado? —resopló Hunter, mientras trataba de contrarrestar mi acometida.

—Yo que tú volvería a coger el arco —respondí. Giré sobre mí misma y traté de apartarme el pelo del rostro con un movimiento de cabeza—. Se te da mejor.

—Voy a acabar contigo y él lo va a ver —exclamó Hunter después de que mi espada rozara uno de sus muslos—. ¿Quieres que te explique cómo suplicaba Falco por su vida?

No me lo podía creer.

—Te juro que te voy a matar —grité mientras alzaba mi espada con fuerza.

—Se estaba interponiendo en mi misión, Alessa —respondió bloqueando mi movimiento. Nuestros cuerpos se quedaron muy cerca—. Toda la información que… quería recopilar, la necesitaba.

—Hunter, un regalito para que te ayude en tu cometido —escuché cómo Cassandra gritaba totalmente fuera de sí.

Aproveché el segundo de distracción de Hunter para tratar de atacarle, pero tropecé y caí de bruces al suelo de la arena.

Mi boca comenzó a saber a sangre.

Me arrastré por el suelo, intentando levantarme y, entonces, lo vi.

Hunter se echó hacia atrás y dejó que todos aquellos bekrigers que estaban en los laterales del estadio saltaran a la arena para luchar.

—¡Bekrigers, matadla!

La orden de Cassandra retumbó en todo el estadio: iba a morir.

No podía más. Mi cuerpo estaba lleno de heridas, cada vez me costaba más moverme

«No puedo seguir», pensé.

Estaba sola. No sabía utilizar mi poder, no sabía hacer nada aparte de luchar con una maldita espada y batirme en duelo; pero no contra un grupo de diez guerreros entrenados.

—No puedo —susurré.

Hunter sonrió, al igual que los demás guerreros que caminaban hacía mí con lentitud, disfrutando de los vítores del pueblo de Ellyeth.

Iba a morir ahí y ya no era capaz ni de levantarme del suelo.

—Siento haber tardado tanto.

Levanté la mirada.

—No estás sola, Alessa. Mientras yo viva nunca lo estarás.

Derek.

Estaba junto a mí en la arena. Arco en hombro y tendiéndome la mano.

—¿Estás…?

—Estoy aquí —dijo mientras yo agarraba su mano y me incorporaba—. Luego hablaremos de todo, por ahora, vamos a matar a mi propio ejército.

Entre todo el caos en el que estábamos sumidos, encontramos algo de paz al mirarnos. La misma tranquilidad que llevaba sintiendo esas semanas y que pensaba que tendría que ignorar para siempre, la misma calma que sentí la primera vez que soñé con él, pero esta vez era real.

Todo pareció cobrar otro sentido. Por muchas preguntas que pudieran surgirme, el brillo en sus ojos negros y la decisión con la que agarraba mi mano fueron todo lo que necesitaba en aquel momento para saber que él estaba a mi lado.

—¡Detente, hijo! —Cuando Cassandra gritó, los bekrigers que venían a atacarme frenaron—. ¿Qué se supone que haces? ¡Es tu ejército!

El público no daba crédito. Todo el estadio se sumió en un silencio profundo.

—No pienso volver a fingir que renuncio a ella —exclamó—. Si mis hombres quieren matarla, tendrán que pasar por encima del cadáver de su teniente.

Después de todo, me estaba eligiendo. Ni el deber ni la lealtad a un reino habían logrado que Derek ignorara nuestra conexión.

—Vamos a luchar —declaré mirando a Derek. Este asintió mientras apartaba la mirada de sus madres—. Juntos.

—¡No hagas ninguna tontería!

—No me dejáis elección, madre. —Derek colocó su arco en

posición y, con la mirada fija en sus guerreros, sacó una de las flechas—. No volveré a elegir mal.

—Os mataré a los dos, entonces. —Hunter se encogió de hombros a unos metros de distancia de nosotros—. Una pena.

Entonces, miré a Derek una última vez antes de devolver la mirada a las decenas de espadas que venían hacia nosotros.

Todos los bekrigers corrieron armas en alto.

—¡A tu izquierda! —grité. Derek se giró y clavó con su propia mano una de las flechas.

Comenzó la batalla: los bekrigers eran tenaces y estaban bien entrenados, pero nosotros éramos más rápidos y Derek conocía a la perfección sus movimientos.

En cuanto a mí, su presencia me había dado fuerzas.

—¡No! —gritó Hunter, le había hecho un corte en el brazo con mi espada.

—A la próxima tendré más puntería.

Derek pegó su espalda contra la mía y comenzamos a movernos en sintonía. Movimientos de espada bloqueados que no llegaban a cortarnos, las flechas de Derek que siempre acertaban el objetivo.

—¡Parad! ¡Poned fin a esto!

La voz de Cassandra atravesó el barullo de los gritos de mis compañeros, las súplicas de los habitantes de Trefhard, el rugido escandalizado de los de Ellyeth, el ruido del batir de las espadas y el silbido de las flechas.

—¡Dejad de atacar a mi hijo!

Los bekrigers se detuvieron de manera inmediata sin mostrar expresión alguna. Incluido Bruno, que no había dudado en cumplir órdenes.

—Pues quita a este principito de aquí y déjame terminar con el trato —vociferó Hunter. Estaba fuera de sí, tenía la ropa llena de cortes por todos lados y la mirada tan perdida que no supe si quedaba un atisbo del chico que creí conocer en algún momento—. ¡Vamos!

No dudé más. Aproveché aquel momento de confusión para empuñar mi espada con certeza hacia Hunter. El joven gritó de dolor al ver cómo el metal de mi arma atravesaba su abdomen.

—Serás…

Hunter cayó al suelo con sus manos presionando el abdomen y sentí la mirada de Derek desde mi lado; pero yo no aparté la mirada de su torso que no dejaba de borbotear sangre.

En lugar de sentir rabia por haber sido traicionada de aquella manera o satisfacción por haber conseguido apuñalar a quien quería matarme, la pena y el arrepentimiento me dominaron al instante en cuanto la adrenalina me abandonó.

—No lo has conseguido, Hunter —vociferó Cassandra.

Él no era el verdadero enemigo; él no era quien se merecía ser apuñalado.

Derek y yo miramos hacia la plataforma. Cassandra tenía los ojos fijos en nosotros y las manos en la cabeza, a diferencia de su mujer, que sonreía mientras negaba con la cabeza. Sentí la mano de Derek apoyarse sobre mi hombro; me temblaba el pulso aún sin haber soltado la espada.

—El Torneo se da por finalizado.

Miré a mi alrededor confusa. Esto no había terminado.

Perdimos de vista a las reinas que se marcharon de la plataforma, observé cómo Hunter, con el abdomen lleno de sangre y la mirada fija en nosotros, abandonaba el estadio mientras unos bekrigers le cogían en brazos. Los demás guerreros se fueron de la Arena, cogiendo los cuerpos desmayados de Rhiannon e Idris.

Todo era muy confuso, el público comenzó a abandonar el estadio demasiado rápido, como si huyeran de algo.

—Esto no me da buena espina —murmuré, viendo cómo los bekrigers se retiraban de la arena.

—Escúchame, Alessa.

Derek se volvió hacia a mí y le vi a él, al príncipe que conocí en mis sueños. La mirada de amor con la que había soñado.

—Conozco a mis madres, no tenemos mucho tiempo —murmuró. Nervioso, buscó tocarme los hombros—. Han parado la prueba porque saben que estábamos causando un escándalo, no porque no quieran matarte. Pensé que no sabían nada de nuestro vínculo, que podía seguir luchando porque se quedara en un secreto para poder salvarte la vida, pero después de lo de Hunter... Yo no sabía nada, Alessa. No sabía que ya tenían un plan para matarte.

—Derek, no entiendo nada —respondí—. ¿Cómo sabes lo del vínculo? ¿Cómo...?

—Lo he sabido todo siempre —musitó. Estaba muy nervioso—. Siempre supe la magnitud de tu poder, de nuestra unión. Por eso fui a la biblioteca, por eso recibiste aquella carta.

—¿Eras tú?

—Siempre fui yo.

—Pero... —Sentía que mi mente colapsaba—. ¿Cómo sabías lo de Lynette y Kellan? ¿Cómo lo averiguaste?

—En cuanto empecé a soñar contigo decidí buscar información. Conocía la leyenda de la hiraia y la profecía sobre la descendencia de Lynette, pero no supe que yo formaría parte de ello hasta que encontré unos escritos que hablaban de ti, de lo nuestro. De nuestro deber.

—¿Soñaste conmigo? —No lograba organizar todas las preguntas que me surgían mientras Derek posaba una de sus manos en mi mejilla—. ¿Por qué ocultármelo?

—Ni yo mismo comprendía el vínculo que nos unía, me

volvía loco solo de pensar en lo mucho que necesitaba su tacto y me costó mucho tiempo darme cuenta de que no podía ignorar todo lo que ocurría en mis sueños. Por eso, decidí ocultárselo a mis madres, al reino. Por eso decidí ocultártelo a ti. —Tragó saliva—. No podía dejar que ellas se enteraran de que este vínculo existía porque sabía que querrían matarte con más ahínco. Logré que convocaran estas pruebas después de vernos en el calabozo porque, de lo contrario, te habrían ejecutado de inmediato para que no peligrase su corona. Ya peligró con la existencia de Lynette y contigo… sería peor.

—Derek…

—Pensé que estaba haciendo las cosas bien, que comportándome como el príncipe que siempre fui conseguiría que mis madres te perdonaran la vida. Pero no sabía que contaban con la ayuda de Hunter.

—Fue él el que estuvo en la biblioteca aquella noche. El que mató a Falco al ver que él estaba recopilando la información que iba a necesitar —susurré, sin dejar de mirar sus ojos ni un instante. Comencé a entender todo lo que había ocurrido en realidad—. Siempre fue un traidor y tú siempre quisiste ayudarme en la sombra.

—No lo conseguí. Si hubiera sabido del papel de Hunter… que mis madres ya sabían la profecía… todo habría sido distinto. En la segunda prueba te di menos veneno y logré que aguantaras, pero… podría haberlo hecho mejor, Alessa. —Hizo una pausa—. Todo después de ti cambió, incluso mi relación con mi propio ejército, con Drybia. Siempre he deseado el bienestar del reino por encima de cualquier cosa y, antes de ti creía que sabía cómo conseguirlo; fueron los sueños los que me guiaron, los que me hicieron darme cuenta de que el mejor destino para Drybia no era lo que yo esperaba.

Por unos segundos, me quedé sin habla.

Después de todo, nunca había estado sola. La conexión había sido real, nuestras miradas de complicidad habían existido.

Las almas de Lynette y Kellan de verdad se habían reencarnado en nosotros y ambos éramos conscientes de ello. Siempre lo fuimos, pero en nuestra historia nunca bastó con querernos.

—Pero ¿y tus madres? ¿Tu deber aquí?

—Crecí creyendo en lo que mi familia me decía, que tan solo en Ellyeth merecíamos una vida digna —susurró. Parecía sentirse avergonzado—. Todo esto... los sueños, me mostraron una Dybria unida e igual, un reino que no sabía que podía existir. El alma reencarnada de Kellan me hizo darme cuenta de esto y tuve que aceptarlo solo.

—Y tuviste que fingir para poder salvarme —susurré.

—Y llevo desde que soñé contigo por primera vez queriendo hacer esto.

Su mano acarició con suavidad mi mejilla y, en ese momento exacto, pese a continuar en la arena de aquel estadio, sentí la paz más absoluta. Acercó mi rostro con delicadeza y me permití mirar el brillo de sus ojos a esa corta distancia.

Cuando Derek rozó mis labios con los suyos, todo lo malo desapareció. Sentí que estaba besando unos labios que ya conocía pero, a la vez, sabían distinto. Nos besábamos como si nos estuviéramos ahogando y solo pudiéramos respirar a través de nuestra conexión.

Su mano acercó mi cuerpo con delicadeza para que la distancia entre nosotros se redujera, yo posé mi mano en su pelo, dejándome disfrutar del beso que había ansiado por tanto tiempo y creía que nunca iba a llegar.

Un beso cálido, lleno del amor que no nos pudimos expresar

y que ni nosotros éramos capaces de comprender. Lleno del afecto que Lynette y Kellan nos habían delegado.

Pero entonces unos brazos fuertes tiraron de mí y me separaron de Derek.

—Qué... ¡No!

Grité con todas mis fuerzas al darme cuenta de que un guerrero estaba apartándome de él a la fuerza y que, a Derek, otro bekriger le estaba separando de mí por igual.

—¡Soy vuestro príncipe!

—Órdenes, alteza.

Presa del pánico comencé a patalear, pero los brazos de aquel guerrero tiraban de mí con fuerza y no podía huir. Estaba atrapada.

—Soltadlo —exigí.

—Alessa, tranquila —gritó Derek.

La arena parecía haberse vuelto igual de asfixiante que antes. Mientras veía a unos guerreros llevarse a Derek supe que la pesadilla no había hecho más que empezar y que sobrevivir a las pruebas solo era el principio de la verdadera lucha contra Ellyeth.

Lo último que vi antes de que una bolsa de tela cegara mi vista fue la mirada llena de pánico de Derek a punto de ser cubierto por otro saco igual.

Y, a oscuras, escuché la orden que dictaminaría mi sentencia.

—Directa a Rhawsin, hiraia. Has ganado el Torneo.

Agradecimientos

A MAMI, POR SER MI APOYO FUNDAMENTAL EN LA ESCRITURA Y escribir cuentos conmigo cuando era pequeña. Viste la escritora que había en mí cuando yo no sabía que existía. Gracias por ser mi luz y la mayor representación del amor, te quiero.

A mi hermano Julio, por tu incondicionalidad; gracias por confiar en esta historia desde el primer momento en el que te conté mi idea. Te quiero mucho, aunque no te lo diga a menudo.

A papi, por enseñarme que el trabajo duro tiene su recompensa y por ponerme siempre los pies en la tierra; te admiro y quiero mucho.

A mi perrita Laika. Todas las noches en vela escribiendo han sido mucho más llevaderas cuando ella se tumbaba a mi lado.

A mi familia al completo: abuelos, tíos, primos… por ilusionaros por mí y apoyarme siempre.

A Marta, mi editora. Gracias por confiar en mi historia y hacer que todo este camino sea mucho más fácil. Viste un potencial en mí que yo no sabía que tenía; Alessa y Derek te lo agradecerán siempre.

A Pablo, por confiar en mí cuando yo no era capaz y recordarme mi valía siempre que lo he necesitado. Gracias por ser inspiración pura.

A Candela, por ser la mejor amiga del mundo y darme la mano en cada paso que he dado. Gracias por no dejarme sola nunca.

A Sonia, Geo, Noelia y Malena. Escribiría cientos de historias sobre nuestra amistad, no puedo expresar en palabras lo importantes que sois para mí. Habrá una parte de vosotras en cada historia que escriba.

A Gabi, Iryna y Gemma; en un mundo tan amplio como las redes sociales, encontré a unas amigas de verdad. Gracias por alegraros por mí siempre de manera genuina y confiar en que todo iba a ir bien. Teníais razón.

A Laura. Nuestras charlas me han salvado del bloqueo en muchas ocasiones. Gracias por aparecer y por quedarte, pasara lo que pasara.

A mis amigos futuros médicos por compartir mis dos pasiones. Ha sido una tarea mucho más sencilla teniéndoos a mi lado, gracias por apoyarme. Me emociona la familia tan bonita que hemos forjado.

A todos mis compañeros autores que, antes incluso de publicar esta novela, me han apoyado. Os admiro, gracias por hacerme un hueco en este mundo tan extenso.

A mis seguidores de redes sociales. Por confiar en mí siempre, apoyarme en cada paso que he dado y tratarme con tanto cariño y respeto. Os quiero.

A mis chicas de Lenke. Por pensar siempre en mi bienestar ante todo y convertiros en amigas. Me siento muy afortunada de poder trabajar con vosotras.

A todo el equipo de la editorial. Por ser tan profesionales, cercanos y amables conmigo y con mi libro.

A todos los personajes de esta historia; me habéis hecho crecer y creer en la magia como cuando era niña. Gracias por ser tan reales en mi imaginación y dejar que os plasme en estas páginas para que otras personas os conozcan.

A ti, lector, por dar una oportunidad a este mundo y a sus personajes, ya formas parte de Dybria. Siempre digo que la historia ya existe y yo soy la encargada de narrarla; así que, allá donde estén, Alessa y Derek te agradecerán acompañarlos en sus vidas siempre.

Glosario

Alseide. Ninfa de las flores. Su magia actúa sobre las flores en sus diferentes formas. Son ciudadanas de Ffablyn salvo que desempeñen algún alto cargo, en ese caso habitarían en Ellyeth.

Bekriger. Guerrero elfo originario de Ellyeth o Ffablyn. Forman parte del ejército de Ellyeth destinado a velar por la seguridad de sus ciudadanos y regular la relación entre especies. Se encargan de la admisión de las criaturas en sus respectivas ciudades.

Cecaelias. Criatura con rostro y torso humano, pero con tentáculos de calamar en lugar de piernas. Residen en Ilysei y en el lago Eternis. Una vez al mes, las cecaelias entregan al universo parte de su magia en forma de polvo de luz, espectáculo que suelen disfrutar los ciudadanos de Dybria que puedan acceder al lago.

Dithio. Traducción en élfico de *teletransporte*. Es el hechizo más usual que utilizan las criaturas de Ellyeth para poder cambiar de lugar en escasos segundos gracias a la magia feérica. Al principio puede resultar doloroso e incluso agónico; requiere de mucha práctica. Esta magia es de origen élfico, por lo que tan solo las criaturas que comparten este origen pueden usarla, sobre ellas mismas, o bien pueden inducir este poder a terceros.

Dríada. Ninfa de los bosques. Su magia actúa sobre la naturaleza y sus plantas. Viven en Ffablyn salvo que pertenezcan a la realeza,

347

circunstancia por la que residirían en Ellyeth. Su forma es antropomorfa, al igual que la del resto de las ninfas.

Dybria. Reino formado por Ellyeth, Ffablyn, Trefhard, Ilysei, Famwed y Grymdaer.

Ellyeth. La Corte de Dybria. Posee una fortaleza que protege su gran castillo. Hogar de la realeza y los altos cargos de Dybria, con su respectivo ejército de bekrigers.

Enaid. Magia ancestral. Realizar el *enaid* consiste en abandonar tu cuerpo físico para entregar tu alma a una fuerza mayor, en este caso, el poder del universo de Dybria. Existe una variante de este tipo de hechizo en parejas, para que sus almas estén unidas en el mismo espacio para siempre; pero no es algo común.

Famwed. Ciudad de los vampiros de Dybria. Escondida en las montañas, Famwed acoge a todos los vampiros nacidos en Dybria. No se sabe mucho de este territorio pues es el único que no recibe ningún tipo de ayuda de la Corte. Los bekrigers no regulan el interior de la ciudad, tan solo la frontera.

Ffablyn. Ciudad feérica de Dybria. Su origen se debe a la segmentación de especies causada por la rebelión de Trefhard. Residen elfos, hadas, ninfas y cualquier criatura de origen feérico o cuyas cualidades se asemejen a estas. Posee un castillo donde viven algunas de las personas más adineradas de la ciudad. Los requisitos de admisión son: aspecto físico similar a la estirpe feérica, belleza y agilidad.

Grymdaer. Ciudad guerrera de Dybria. Centauros, minotauros, dragones, faunos, cíclopes... residen todas aquellas criaturas terrestres con naturaleza guerrera. Los requisitos de admisión son: poseer cualidades físicas similares a las de las criaturas de su especie y saber controlar una o varias armas de guerra.

Gyoteg. Variante malvada de las hadas. Tienen el mismo tamaño que la especie original, pero esta especie viste de negro, posee garras venenosas de gran tamaño y los ojos de color ambarino. Se negaba su existencia hasta hace una década; no se conoce su origen con exactitud, pero se cree que un embrujo a un hada desencadenó una estirpe de estas características. Muy peligrosas.

Hiraia. Cambiador de mundos, viajero de universos. Dicho de aquella criatura nacida en un universo erróneo, cuya misión principal consiste en viajar al universo al que realmente pertenece. Especie extremadamente rara.

Ilysei. Ciudad acuática de Dybria. Sirenas, cecaelias, hipocampos o neidras son los habitantes de este lugar. Su territorio se encuentra a la orilla del lago Eternis, pero no es una ciudad submarina, pues la mayoría de sus habitantes pueden cambiar a su forma humana el tiempo que deseen. Aun así, parte de Ilysei se encuentra bajo el lago Eternis y tan solo sus ciudadanos pueden ingresar. Los requisitos de admisión son: aspecto físico similar a la criatura de su estirpe, agilidad en el agua o capacidad de convertirse en su versión acuática sin límite de tiempo.

Náyade. Ninfa de las aguas. Son capaces de controlar el agua, ya sea dulce o salada, utilizando su magia. Habitan en Ffablyn y sus casas suelen estar a la orilla del lago Eternis.

Neidra. Variante combinada del apareamiento de una serpiente con un dragón. Son semiciegas pero perciben las palpitaciones cardíacas y su agresividad se desata cuando detectan ansiedad en su oponente.

Pilz. Descendiente de los gnomos, pero de menor tamaño. Están en peligro de extinción pues, pese a que residen en Ffablyn, son cazados por los eruditos de la Corte como principal método de ocio.

Rhawsin. Cárcel del infierno o la pesadilla de Dybria son algunos de los apodos que le dan a este establecimiento. Con origen en el reinado de Moira y Deian, Rhawsin es un edificio anexo al castillo de Ellyeth donde los bekrigers custodian a todos aquellos ciudadanos que alteren la paz de Dybria. Sus métodos han sido cuestionados durante décadas por los demás residentes de otras ciudades, pues nunca ha salido nadie vivo tras su estancia en esta cárcel.

Sílfide. Hadas del aire. Criaturas diminutas que habitan Ffablyn. Sus alas son de un color azul cielo y tienen la capacidad de manipular el aire con magia feérica. Al igual que el resto de las hadas, poseen poderes curativos.

Trefhard. También conocida como el Pueblo, es la ciudad de los marginados de Dybria. Humanos o criaturas que no cumplen todas las características de sus respectivas ciudades son los habitantes de esta región.